Michael Peinkofer

TWYNS

Die magischen Zwillinge

Band 1

Ravensburger Buchverlag

Bibliografische Information der Deutschen Nationalbibliothek:
Die Deutsche Nationalbibliothek verzeichnet diese Publikation in der Deutschen Nationalbibliografie. Detaillierte bibliografische Daten sind im Internet auf www.dnb.d-nb.de abrufbar.

FSC
www.fsc.org
MIX
Papier aus verantwortungsvollen Quellen
FSC® C114500

1 2 3 4 5 E D C B A

Originalausgabe

Die Veröffentlichung dieses Werkes erfolgt auf Vermittlung
der literarischen Agentur Peter Molden, Köln.

Umschlaggestaltung: Carolin Liepins
Lektorat: Ulrike Schuldes

Printed in Germany

ISBN 978-3-473-40825-2

www.ravensburger.de

Michael Peinkofer

Twyns

Die magischen Zwillinge

Prolog

Vor zwölf Jahren in der Nacht des Schattens …

„Ist es die richtige Entscheidung?“ Sie sah ihn fragend an.

„Haben wir denn eine andere Wahl?“

Er konnte die Sorge sehen, die ihr sonst so sanftes Gesicht verfinsterte. Die Sorge – und die Furcht.

„Hab keine Angst“, flüsterte er. „Es wird alles gut werden.“

„Die anderen hatten recht, nicht wahr? Es war ein Fehler, von Anfang an. Es hätte niemals geschehen dürfen …“

Er lächelte schwach und deutete zu der Wiege, die in einer Ecke der gemütlich eingerichteten Turmkammer stand. Zwei Babys lagen darin und schliefen tief und fest. „Nennst du das einen Fehler?“

Sie trat näher und sah ihnen beim Schlafen zu. „So klein und verletzlich“, flüsterte sie. „Und völlig ahnungslos …“

„So soll es auch bleiben“, fügte er entschlossen hinzu. „Wir werden alles dafür tun.“

„Und wenn es … für immer ist?“ Wieder sah sie ihn an.

Tränen lösten sich aus ihren Augenwinkeln und liefen über ihre bleichen Wangen.

Er wusste nicht, was er erwidern sollte. Wortlos zog er sie an sich heran, und sie umarmten einander und spendeten sich Hoffnung und Trost in dieser kalten, sturmgepeitschten Nacht. Schäumende Wellen brachen sich rauschend an den Klippen, auf denen die Burg stand, und immer wieder zuckten Blitze über den dunklen Himmel.

„Sie kommen!“, sagte sie leise. „Ich kann sie spüren.“

„Dann wird es Zeit“, entgegnete er.

Noch einmal sahen sie sich an, bestärkten sich gegenseitig in dem, was zu tun war. Wenig später beugten sie sich über die Wiege, und jeder von ihnen nahm eines der Kinder heraus. Das ältere von beiden – wenn auch nur um einige Augenblicke – erwachte für einen kurzen Moment und sah seine Mutter müde an. Dann schmiegte es sich an ihre Schulter und war gleich wieder eingeschlafen.

Kurz darauf war von draußen Lärm zu vernehmen.

Hektische Schritte.

Schreie.

Das Klirren von Waffen ...

„Es ist so weit“, sagte der Vater. „Sie werden gleich hier sein.“

Die Mutter nickte und hob den freien Arm, an dem sie eine silberne Spange trug. Sie war mit dem Symbol eines Triskelions versehen und mit einem ovalen, türkisfarbenen Stein verziert. Und während die Mutter ein Wort in der alten Sprache murmelte, begann dieser Stein zu leuchten.

Der Lärm draußen wurde immer lauter. Sie kamen näher …

„Jetzt“, drängte der Vater.

„Ar-aragur!“

Sie wiederholte das Wort, lauter und eindringlicher diesmal, und das Leuchten steigerte sich. Kurz darauf wurde heftig gegen die Tür geschlagen.

„Aufmachen!“, schrie eine raue Stimme, die mit dem hässlichen Akzent der Grimmlinge sprach. Nur wenige unter ihnen konnten überhaupt sprechen. „Im Namen des Königs! Aufmachen!“

Wieder krachte es gegen die Tür der Kammer. Womit auch immer die Angreifer dagegen anrannten, es zeigte allmählich Wirkung. Ächzend gaben die Angeln ein Stück nach. Jeden Augenblick würden sie brechen.

„Das Tor“, sagte der Vater drängend. Das Kind auf seinem Arm war erwacht. Es hörte den Lärm, und als es die Unruhe spürte, begann es leise zu weinen.

Das blaue Leuchten des Steins war immer heller geworden und wie aus dem Nichts entstand darüber eine Blase aus Licht. Sie dehnte sich aus und wurde größer und größer.

In diesem Moment brach die Tür krachend aus ihren Angeln, und die Grimmlinge stürmten herein.

Entsetzlicher Gestank ging von den gedrungenen Kreaturen aus, die mit pechschwarzem Fell bedeckt waren und rostige Rüstungen trugen. Ihre Hände, die Speere mit vergifteten Spitzen hielten, waren so grün wie ihre spitznasigen

Gesichter, aus denen eitrig gelbe Augen starrten. Lauthals kreischend stürmten sie herein, die Münder mit den mörderischen Reißzähnen weit aufgerissen …

… doch sie kamen zu spät.

Denn inzwischen war die Blase aus Licht schon so groß geworden, dass sie den Mann, die Frau und die beiden Kinder vollkommen einhüllte. Schlagartig wurde das Licht so blendend hell, dass die Grimmlinge erschrocken zurückwichen. Und als es wieder erlosch, waren die Schergen des Dunklen Königs allein in der Kammer.

Nur blauer Rauch war zurückgeblieben, der sich rasch verflüchtigte. Der Mann, die Frau und ihre Kinder waren längst verschwunden.

I

Ein Missverständnis

Als der Wecker klingelte, war Annlea sofort hellwach.

Es war Montagmorgen. Schule …

Mit einer geübten Handbewegung schaltete Anny den Wecker aus, schlug die Bettdecke zurück und schwang sich aus den Federn. Nicht dass sie besonders gern zur Schule gegangen wäre, und am Anfang einer neuen Woche schon gar nicht.

Aber Anny war pflichtbewusst.

Und das bedeutete, dass sie nicht nur wusste, was zu tun war, sondern es auch ohne Murren tat.

Ihr Vater scherzte manchmal, dass sie wohl einen kleinen Mann im Ohr habe, der ihr die ganze Zeit Befehle gab. Das war natürlich Unsinn. Aber Anny konnte einfach nicht anders.

Draußen herumzustreifen oder im Sommer ins Schwimmbad zu gehen, wie andere Mädchen in ihrem Alter es taten, kam für sie nicht infrage. Denn es gab immer Dinge, die zu erledigen waren. Anny half ihrem Vater, wo sie nur konnte: Sie saugte die Wohnung und wischte Staub, kaufte ein und kochte. Und wenn sie mit allem fertig war, hatte sie noch Hausaufgaben zu machen. Freie Zeit blieb da nicht allzu viel, sodass Anny sich auch nie mit anderen Mädchen traf, um mit ihnen zu spielen. Freunde hatte Annlea deshalb keine. Aber das machte ihr nichts aus.

Denn es gab ja noch die Musik, und Musik war ihre große Leidenschaft.

Ganz gleich, wie anstrengend ein Tag auch gewesen sein mochte – wenn Anny am Abend ihre Violine zur Hand nahm, wenn sie mit dem Bogen über die Saiten strich und die sanften Schwingungen fühlte, dann war sie glücklich. Sie übte gern und freute sich, wenn sie mit jedem Mal besser wurde. Und dass die anderen Kinder in ihrer Klasse darüber nur den Kopf schüttelten und sich hinter ihrem Rücken über sie lustig machten, war ihr egal.

Sie war eben nicht wie andere und das war eigentlich immer so gewesen.

Es fing schon bei ihrem Namen und seiner besonderen Schreibweise an. Und es ging bei ihrem Vater weiter, der Bibliothekar war und ein komischer Kauz sein konnte. Anny hatte ihn lieb, aber die Leute redeten über ihn und machten ihre Scherze über den eigenbrötlerischen Bücherwurm.

Der Weg zum Badezimmer kam Anny an diesem Morgen trotz allem endlos weit vor. Gähnend schleppte sie sich den Flur entlang. Das blasse Mädchen im Spiegel sah sie so müde an, dass sie beinahe darüber erschrak. Ihr schwarzes Haar hing ihr glatt und strähnig herab. Sie hätte wohl doch nicht bis nach Mitternacht Geige üben sollen.

Anny wusch sich und putzte sich die Zähne. Dann kämmte sie sich, steckte sich die Haare hinten zusammen und schlüpfte in den knielangen schwarzen Rock und das dunkelrote Polohemd, die ihre Schule als Uniform vorschrieb. Wenig später ging sie hinunter in die Wohnküche des kleinen Hauses, wo ihr Vater schon beim Frühstück saß. Oder bei dem, was er dafür hielt ...

„Guten Morgen, Paps", sagte Anny.

„Morgen", gab ihr Vater mit vollem Mund zurück, während er sie über seinen Teller hinweg ansah.

„Isst du schon wieder Porridge?", fragte Anny und zog die Nase kraus. Wenn sie etwas nicht mochte, dann war es Haferbrei. Ganz gleich, ob man ihn mit Milch oder mit Wasser anrührte, ob man ihn süß oder salzig aß – er schmeckte einfach schauderhaft.

„Was denn sonst?", fragte ihr Vater.

„Na ja, zum Beispiel frisches Obst", sagte Anny, während sie nach einem Apfel griff und hineinbiss.

„Ohne Porridge wären Wellingtons Soldaten vor Waterloo verhungert, und Napoleon hätte den Krieg gewonnen", klärte ihr Vater sie grinsend auf. Er wusste genau, dass sie das Zeug nicht mochte. „Porridge ist der Mörtel, mit dem das britische Weltreich errichtet wurde."

„Mörtel ist richtig", meinte Anny und verdrehte die Augen. Sie setzte sich zu ihm an den kleinen Tisch in der Mitte der Küche und aß ihren Apfel, während ihr Vater weiter sein Porridge löffelte.

„Woran denkst du gerade?", wollte er wissen.

„An das Vorspielen übermorgen. Oben in Llandudno“, erklärte sie.

„Vorspielen“, echote er. Den leeren Blick, mit dem er sie durch die Gläser seiner Hornbrille musterte, kannte sie gut.

„Paps!“, sagte sie streng. „Du hast es doch hoffentlich nicht vergessen?“

„Nein, nein“, versicherte er und fuhr sich durch das wirre braune Haar. „Vorspielen am Freitag. Llandudno. Schon klar.“

„Übermorgen, am Mittwoch“, verbesserte sie ihn seufzend. „Du hast es tatsächlich vergessen.“

„Sorry, Schätzchen.“ Er machte ein Gesicht wie ein kleiner Junge, den man beim Kekseklauen erwischt hatte. „Kannst du mir noch einmal verzeihen?“

Anny zuckte mit den schmalen Schultern – sie kannte ihren Paps ja schließlich. „Hauptsache, du fährst mich hin.“

„Klar.“ Er nickte und damit war die Angelegenheit geklärt. Dachte Anny zumindest …

Nachdem sie den Frühstückstisch abgeräumt hatten, brachen sie auf. Der Vauxhall, der in der Auffahrt stand, gehörte der Bibliothek und hatte schon bessere Zeiten gesehen, was kein Wunder war bei all den schweren Bücherkisten, die er ständig zu schleppen hatte. Der Wagen knirschte und quietschte bei jeder Kurve, dass er Anny beinahe leidtat.

Das Haus, das ihr Vater und sie bewohnten, lag ein Stück außerhalb des Städtchens Tywyn auf einer Anhöhe. Bei klarem Wetter reichte der Blick von dort bis zum Meer, doch leider war der Himmel meist wolkenverhangen und es regnete, wobei es verschiedene Arten von Regen gab: prasselnden Frühlingsregen, erfrischenden Mairegen, lauen Sommerregen, stürmischen Herbstregen und natürlich nicht enden wollenden Hunde-und-Katzen-Winterregen. Aber das war nicht weiter schlimm. Die Menschen an der walisischen Küste waren daran gewöhnt und Anny war es sowieso egal. Denn wenn sie ihrer Lieblingsbeschäftigung nachging und Geige spielte, brauchte sie schließlich kein schönes Wetter.

Tywyn war eine kleine Stadt an der Mündung des Flusses Dysynni und seine meist zweistöckigen Häuser duckten sich zwischen dem blauen Meer und grünen Hügeln. Da die Einwohnerzahl nur etwas über dreitausend betrug, kannten sich die meisten zumindest vom Sehen, was gut und schlecht zugleich war. Denn einsam war in Tywyn zwar niemand, aber es wurde heftig getratscht und geklatscht. Nicht selten waren Anny und ihr Vater Thema dieses Tratsches. Anny hatte sich schon manches Mal gefragt, warum sie nicht längst von Tywyn weggezogen waren, doch ihr Paps, der aus London stammte, pflegte zu sagen, dass er das beschauliche Leben in dieser kleinen Stadt dem hektischen Trubel in der Großstadt vorziehe. Und Anny hatte es aufgegeben, ihm zu widersprechen.

Immerhin gab es in Tywyn alles, was man zum Leben brauchte: zwei Supermärkte, eine Eisdiele, ein Kino und mehrere Läden entlang der Hauptstraße, die von Nordosten kommend durch die Hügel führte. Außerdem hatten sie hier ein öffentliches Schwimmbad sowie einige Bäckereien und

Restaurants, darunter sogar ein indisches, in dem Anny und ihr Paps manchmal essen gingen. Und dann war da natürlich noch die Bibliothek, in der Annys Vater arbeitete – ein kleines Gebäude an der Neptune Road, das bis unter das flache Dach mit Büchern vollgestopft war. Trotzdem war es der besondere Ehrgeiz von Annys Vater, immer neue Bestände heranzuschaffen.

Bücher waren seine Welt.

Anny konnte sich an keinen einzigen Tag in ihrem Leben erinnern, an dem sie ihren Paps nicht mit einem Buch in der Hand gesehen hatte. In jüngeren Jahren hatte er sich sogar selbst am Schreiben eines Romans versucht, wie er Anny einmal erzählt hatte, doch aus irgendeinem Grund hatte er damit aufgehört. Anny vermutete, dass es etwas mit ihrer Mutter zu tun hatte, aber sie hatte ihn noch nie danach gefragt. Denn wann immer die Rede auf ihre Mutter kam, wurde Annys Vater seltsam traurig und verschlossen, und es schmerzte Anny, ihn so zu sehen.

Tywyns eigentliche Attraktion aber waren weder die Bibliothek noch die Strände, die sich entlang der Bucht von Cardigan reihten und im Sommer Touristen aus dem Landesinneren anlockten, sondern es war die Talyllyn Railway, eine alte, von einer Dampflok gezogene Eisenbahn, die auf schmalen Schienen durch die Täler und Schluchten des Hinterlandes ratterte – und das seit mehr als einhundertfünfzig Jahren.

Eine Schule hatte Tywyn auch – ein altes Backsteingebäude, das inmitten der kleinen Ortschaft lag. Annys

Vater setzte sie jeden Tag auf dem Weg zu seiner Arbeit dort ab, sodass sie nicht mit dem Schulbus zu fahren brauchte. Oft nutzten sie diese gemeinsame Zeit, um sich noch ein wenig zu unterhalten. An diesem Morgen jedoch sprach Annys Vater kaum ein Wort. Angespannt saß er auf dem Fahrersitz und lenkte den Wagen, während er auf seiner Unterlippe kaute. Plötzlich – sie hatten das Schultor gerade erreicht – machte er ein Gesicht, als ob er in ein Stück Treibholz gebissen hätte.

„Verdammt", knurrte er.

„Was ist denn?", fragte Anny erschrocken.

„Wusst' ich's doch!", rief ihr Vater und schlug frustriert auf das Lenkrad.

„Was wusstest du?"

„Dass ich etwas Wichtiges vergessen habe." Kleinlaut sah er sie durch seine Brillengläser an. Sein Blick flehte um Verzeihung. „Anny, Liebling, es tut mir wirklich leid ... Das Vorspielen in Llandudno ..."

„Ja?", hakte sie nach.

„Es geht nicht", gestand er zähneknirschend.

Anny sah ihn zweifelnd an. „Aber Paps, du hast es doch versprochen."

„Ich weiß, ich weiß", versicherte er und fuhr sich hilflos durch das ohnehin schon wirre Haar. „Ich habe nur irgendwie gedacht, dass das Vorspielen am Freitag wäre, und habe deshalb für die Spendenparty zugesagt, die übermorgen in der Bibliothek stattfindet."

„Für die Spendenparty? Aber ..."

„Die ist wirklich wichtig, Schätzchen. Es werden ein paar einflussreiche Leute anwesend sein, die darüber entscheiden, ob wir das Geld für den neuen Anbau bekommen. Und bei dieser Gelegenheit wäre es schön, wenn du … wenn du …“

„Ich soll ein Konzert geben?“ Anny hob ungläubig die Brauen. „Auf deiner Spendenparty? Und dabei mein Vorspielen in Llandudno versäumen?“

„Es ist schließlich auch ein Vorspielen“, sagte ihr Vater mit entschuldigendem Lächeln. „Und sogar eins für einen guten Zweck. Wenn genügend Spendengelder zusammenkommen …“

Anny starrte ihn an. Sie sah, wie er den Mund auf und zu machte, aber sie bekam nicht mit, was er sagte.

„Das Vorspielen ist wichtig für mich, Paps“, erwiderte sie leise. „Wenn ich Glück habe, darf ich danach beim großen Festival teilnehmen. Es findet nur einmal im Jahr statt, und ich hätte die Chance, auf einer richtigen Bühne vor vielen Leuten aufzutreten.“

„Das kannst du im nächsten Jahr doch immer noch.“ Er strich ihr tröstend über die Wange. „Glaub mir, Schätzchen, du würdest mir einen riesigen Gefallen tun.“

Anny biss sich auf die Lippen.

Sie wollte sich weigern, wollte ihm sagen, dass das nicht fair war, dass sie unbedingt an dem Vorspielen teilnehmen wollte und dass es ihr großer Traum war …

Aber sie tat es nicht.

„Okay“, sagte sie nur und nickte. Was hätte sie sonst auch sagen sollen? Ihr Pflichtbewusstsein hatte sie eingeholt wie eine schlechte Gewohnheit und ließ es einfach nicht zu, dass sie widersprach.

„Danke, Schätzchen. Ich mach's bald wieder gut, das verspreche ich dir."

Anny seufzte. Hätte sie jedes Mal, wenn er das sagte, zehn Pence bekommen, dann hätte es inzwischen schon für ein neues Fahrrad gereicht.

„Ich wünsch dir einen schönen Tag."

„Ich dir auch, Paps." Sie lächelte schwach, öffnete die Beifahrertür und stieg aus. Sie wollte schon gehen und sich dem Strom der anderen Schüler anschließen, der sich dem Eingangstor entgegenwälzte, aber dann drehte sie sich noch einmal um. „Mama hätte mich verstanden", sagte sie leise und wusste selbst nicht genau, warum.

„Ja", gab er zu und ein Schatten legte sich über sein Gesicht. „Das hätte sie wohl."

Sie konnte sehen, wie er schluckte, und obwohl es genau das war, was sie gewollt hatte, tat es ihr jetzt leid. Sie wollte noch etwas sagen, da schlug er schon die Tür zu und fuhr davon.

Anny seufzte und schulterte ihre Sachen.

Die Schule begann.

2

In der Schule

Es war langweilig.

Absolut LANGWEILIG.

„Prinzessin Wynlon?“

LAAAAAANGWEILIG.

„Prinzessin? Hört Ihr nicht, dass ich mit Euch spreche?“

Plötzlich drang die Stimme in ihr Bewusstsein. Wynn war so damit beschäftigt gewesen, das Wort „langweilig“ in allen Ausführungen vor sich hin zu buchstabieren, dass sie sie gar nicht wahrgenommen hatte.

„Äh … was?“

Wynlon blickte von ihrem Tischchen auf. Weise Augen, die durch dicke Brillengläser blickten, starrten fassungslos auf sie herab.

„Das ist schon das dritte Mal, dass ich Euch ermahnen muss, Prinzessin“, sagte der Mann, der vor ihr stand und mit dem langen weißen Bart und den grünen Kleidern wie ein Waldschrat aussah. Er war ein Elderling, ein Baumdruide, und mindestens ebenso alt wie weise. Aber leider auch ebenso langweilig.

„Das dritte Mal in dieser Woche?“, fragte Wynns Banknachbar Gwydd, der wie immer den Mund nicht halten konnte.

„Nein, in dieser Unterrichtsstunde!“, verbesserte ihn der bärtige Lehrer knurrend, dessen runzlige Haut wie die Borke eines Baumes wirkte. „Wenn es so weitergeht, werde ich der Königin einen Brief schreiben müssen, Hoheit.“

Wynn zuckte nur mit den Schultern. Es wäre nicht der erste Brief, den der Druide ihrer Mutter zukommen ließ.

Gwydd warf ihr einen bewundernden Blick zu – anders als Unny, die hinter ihm saß und Störungen des Unterrichts immer als sehr ärgerlich empfand.

„Also, wo waren wir stehen geblieben?“ Meister Cathbad rückte seine Brille zurecht. Die Eule, die in einer Ecke des Klassenzimmers auf ihrem Ständer hockte, gurrte ihm etwas zu. „Ah“, sagte er, und seine faltige Miene hellte sich etwas auf. „Vielen Dank, Athena. Wir waren bei der Präsenskonjugation des Elfischen. Als Beispiel nehmen wir das schöne wie einfache elfische Wort *anádalu*. Was bedeutet es, Prinzessin?“

„Äh – was?“ Wynn sah ihn an. Sie hatte keinen Schimmer.

Meister Cathbad schnaubte. „Was *anádalu* bedeutet, würde ich gerne wissen.“

„Vielleicht ‚Langeweile‘?“ Es war das erste Wort, das ihr in den Sinn kam.

„Nein, das bedeutet es ganz gewiss nicht.“ Meister Cathbad wand sich mit Grausen und deutete auf Wynns Kameradin. „Unny?“, fragte er.

„*Anádalu* bedeutet ‚atmen'", antwortete das Gobblingmädchen blitzschnell. Kein Wunder, dachte Wynn, schließlich war Unny eine richtige Streberin. Genau wie ihr Bruder Nogg, der in der Bank hinter ihr saß, kannte sie nichts Schöneres, als ihre runde Kartoffelnase in Bücher zu stecken.

„Sehr richtig", lobte Meister Cathbad und strich seinen in Unordnung geratenen Bart wieder glatt. „Also, Prinzessin, nachdem Ihr nun wisst, was es bedeutet, werdet Ihr sicher in der Lage sein, das Wort *anádalu* zu konjugieren."

„Konju-*was?*" Wynn wurde heiß und kalt.

„Kon-ju-gie-ren", wiederholte er, jede einzelne Silbe betonend. „Also, wenn ich bitten darf: *anádala* – ich atme, *anádalain* …"

„*Anádalain* – du atmest", nahm Wynn die Vorlage dankbar auf. „*Anádal…is?*", startete sie einen unsicheren Versuch, die Reihe fortzuführen.

„Nein", kam es unbarmherzig zurück. Der Eldermann schien kurz davor, die Fassung zu verlieren. „Was habt Ihr denn noch anzubieten, Prinzessin? *Anádalirum? Anádalarum? Turalu? Tütatü?*"

„Sehr witzig", knurrte Wynn.

„Nein, das ist überhaupt nicht witzig! Es zeigt mir nur, dass Ihr für das, was ich Euch beizubringen versuche, nicht das geringste Interesse aufbringt. Unny?", rief der Meister wieder in seiner Not.

„*Anádalan* – er atmet", kam es prompt zurück. „*Anádalawen* – wir atmen. *Anádalanai* – ihr atmet. *Anádalanor* – sie atmen."

„Na also.“ Der Druide nickte. „Ist das denn wirklich so schwer, Prinzessin?“

Verlegen zuckte Wynn mit den Schultern. „Elfisch ist eben nicht gerade mein bestes Fach.“

„So?“ Meister Cathbad rückte seine Brille zurecht. „Aber welches ist denn Euer bestes Fach, Hoheit? An Gesang und Tanz seid Ihr nämlich auch nicht interessiert, wie ich von Fräulein Teg höre. Von meinen Lektionen in Geschichte und Geografie ganz zu schweigen.“

Wynlon merkte, wie sich alle Augen auf sie richteten. Sie hatte zwar nur drei Mitschüler, aber die starrten sie in diesem Moment alle an. Das ärgerte Wynn. Sie fühlte sich in die Ecke gedrängt und hatte das Gefühl, sich verteidigen zu müssen. „Weil es langweilig ist“, platzte sie heraus.

„Wie bitte?“ Die Augen in Meister Cathbads Baum rinden-Gesicht weiteten sich.

Wynn war noch nie gut darin gewesen, sich zu beherrschen.

„Wynlon!“, hauchte Unny entsetzt.

„Ist doch wahr“, ereiferte sich Wynn. „Wozu brauchen wir das denn alles? Ich würde viel lieber rausgehen! Ich möchte den Wald sehen und die Blumen und die Tiere und nicht nur darüber lesen …“

„Ein altes elfisches Sprichwort lautet *pob na'lhur*“, fiel der Meister ihr ins Wort. „Alles zu seiner Zeit.“

„Aber ich will nicht länger warten“, widersprach Wynn. „Ich will hinaus und die Welt entdecken!“

„Du würdest erschrecken“, sagte der Druide.

„Ich bin kein kleines Kind mehr“, erwiderte Wynlon zornig. „Ich weiß, was damals geschehen ist.“

„Dann wisst Ihr auch, was Euch außerhalb dieser Burgmauern erwartet – und dass Ihr sehr vorsichtig sein müsst, Prinzessin. Und dankbar dafür, dass die Gobblinge Euch und Eurer Mutter in der Stunde der Not Unterschlupf gewährt haben.“

„Das bin ich“, versicherte Wynn. Warum kamen Erwachsene nur immer mit denselben Argumenten um die Ecke? „Aber warum muss ich all diese Dinge lernen, die mich nicht interessieren? Warum soll ich Elfisch pauken? Die Menschen verstehen diese Sprache ja nicht einmal!“

„Ihr wollt in die Welt der Menschen? Dorthin zieht es Euch?“ Meister Cathbads Wangen blähten sich unter seinem weißen Bart, während er nach Atem rang. „Du ... du undankbares Gör!“, herrschte er sie an. „Du hast ja keine Ahnung, was andere geopfert haben, nur damit du hier sein kannst!“

Damit wandte er sich um und war im nächsten Moment zur Tür hinaus. So aufgebracht hatte Wynn ihn noch nie erlebt. Als er die Tür hinter sich zuschlug, flatterte Athena kreischend auf, und die unzähligen Landkarten und ausgestopften Tiere, die von der Decke hingen, wackelten.

Einen Augenblick lang herrschte Stille.

„Das hättest du nicht tun sollen“, sagte Unny schließlich. Ihre Stimme piepste noch mehr als sonst, sie schien den Tränen nahe. „Jetzt hast du ihn bestimmt verletzt.“

„Na und?“, fragte Wynn.

„Ehrlich, das war nicht nett“, fügte Gwydd hinzu, der sonst immer zu Streichen aufgelegt war. Er war ein bisschen größer und kräftiger als die meisten Gobblinge in seinem Alter, und dass auch er gegen sie war, obwohl er sie sonst immer verteidigte, traf Wynn ganz besonders.

Entrüstet schaute sie von einem zum anderen. „Was wisst ihr schon?“, fauchte sie dann und stürmte im nächsten Moment ebenfalls aus dem Klassenzimmer, das sich im ältesten Turm der Gobbling-Burg befand.

Weit kam sie allerdings nicht, denn eine der reich verzierten Steinsäulen, die den Gang säumten, erwachte zum Leben. Ein grünes Augenpaar leuchtete ihr aus dem Gestein entgegen, und das Maul, das scheinbar darin eingemeißelt war, bewegte sich plötzlich.

„Wo'in des Weges?“, fragte es.

Wynn reagierte gar nicht, als die Säule ihren angestammten Platz verließ und ihr in den Weg trat. Es war ein Gargoyler oder Wasserspeier, ein Wesen, das sich jederzeit in Stein verwandeln konnte. Und es konnte sich angeblich auch unsichtbar machen, aber Wynn hielt das für ein Gerücht, denn sie hatte es noch nie erlebt. In seiner wahren Gestalt sah ein Gargoyler aus wie eine riesige, zu dick geratene Fledermaus, aber wenn er zu Stein erstarrte, konnte er alle möglichen Formen annehmen. Der Name dieses speziellen Exemplars war Blodowin – Wynn nannte ihn Blodo –, und er war ihr Leibwächter, weshalb er sich immer in ihrer Nähe aufhielt. Auch dann, wenn sie eigentlich lieber allein sein wollte …

„Jetzt nicht“, knurrte sie. „Lass mich in Ruhe!“

„Aber isch muss mit dir spreschen."

„Vielleicht, aber isch muss nischt mit dir spreschen", antwortete sie, seinen Akzent imitierend. Blodo stammte vom Festland, aus der Gegend um Brokilien, entsprechend stark war die Färbung seiner Sprache.

„Doch", widersprach er und spreizte seine Flügel.

Wynn hatte keine Chance mehr, an ihm vorbeizukommen. Seufzend blieb sie stehen.

„Was willst du?"

Blodo stemmte seine langen Arme in die breiten Hüften. „Du bist respektlos gewesen", knurrte er. „Und undankbar."

„Was denn?" Sie stemmte ebenfalls die Arme in die Hüften und blitzte ihn zornig an. „Spionierst du mir etwa nach?"

„Als dein Leibwäschter ist es meine Pflischt, in deiner Nä'e su bleiben, das weißt du genau."

Wynn verdrehte die Augen.

„Meister Cathbad 'at völlisch rescht. Du solltest froh und dankbar sein, dass die Gobblinge dir Suflucht gewähren."

„Das bin ich ja auch", versicherte Wynn und wippte ungeduldig auf ihren Füßen. „Aber ich halte es einfach nicht mehr aus hier drin. Ich will raus in den Wald und den freien Himmel sehen."

„Das geht nischt, es ist nischt sischer. Wenn die Grimmlinge 'erausfinden, wo du und deine Mutter eusch versteckt ..."

„Schon gut, schon gut!“ Wynn hob die Arme. Sie hatte es so satt, immer die gleichen Sprüche zu hören. „Und wie lange soll das noch so weitergehen?“

„So lange es notwendisch ist“, beschied der Gargoyler ihr. „Wenn du es nischt einse'en willst, tu es wenigstens für deine Mutter. Sie 'at sowieso schon genug Kümmer.“

„Kummer“, verbesserte ihn Wynn schnaubend. „Wer bist du? Mein Leibwächter oder ihrer?“

Blodo schnaubte ebenfalls – allerdings klang es bei ihm viel eindrucksvoller. „Isch diene dieser Familie nunmehr seit drei Jahr'underten“, stellte er mit bebender Stimme fest. „Aber deine Freschheiten muss isch mir nischt gefallen lassen.“

„Nein“, gab Wynn unumwunden zu, „musst du nicht. Du kannst auch gerne gehen.“

„Das werde isch“, versicherte er, während er seine Flügel wieder zusammenfaltete und sich abwandte. „Isch werde der Königin davon berichten.“

„Ja, tu das, du Petze!“, rief Wynn ihm hinterher, während er bereits den Gang hinabwatschelte. „Geh zu meiner Mutter und sag ihr, dass die Prinzessin sich mal wieder danebenbenimmt! Aber sag ihr auch, dass ich hier drin langsam ersticke. Und“, fügte sie flüsternd hinzu, während eine Träne in ihrem rechten Auge brannte, „dass ich schrecklich einsam bin.“

3

Königin Kayla

Die Highschool von Tywyn war keine besonders große Schule, nur etwa dreihundert Mädchen und Jungen besuchten sie. Aber sie genoss einen guten Ruf, wie die Rektorin Mrs Hopkins niemals müde wurde zu betonen.

Auch Anny war mit dieser Schule ganz zufrieden. Das alte Backsteingebäude atmete den Geist vergangener Zeiten und gab ihr ein Gefühl von Geborgenheit, und sie mochte die meisten ihrer Lehrer. Mr Lewis zum Beispiel, der Geschichte und Walisisch unterrichtete, oder Mrs Owen, die Geografielehrerin. Obwohl ihre weiteste Reise sie nur bis Edinburgh geführt hatte, schien sie fast alles über die Länder dieser Welt zu wissen.

Annys Lieblingslehrerin jedoch war Miss Collins, die für Literatur und Musik zuständig war. Sie war die jüngste Lehrerin im Kollegium und erst seit diesem Jahr an der Schule, aber das hatte ihr ausgereicht, um Annys außergewöhnliches Talent zu erkennen. Zweimal pro Woche, jeweils dienstags und donnerstags, gab sie ihr Geigenunterricht, und Anny freute sich jedes Mal darauf.

Annys Mitschüler waren weniger nett zu ihr. Sie war als Streberin verschrien und galt als Außenseiterin, aber das kümmerte sie wenig. Nur manchmal, wenn die anderen in Gruppen beisammenstanden und lachten oder sich Videos auf ihren Smartphones zeigten, ertappte sich Anny bei dem Gedanken, dass sie gern dabei gewesen wäre. Besonders, wenn Rick Driscoll in der Nähe war. Aber das war eine andere Geschichte …

„Herrje, bist du auch schon wieder da?" Eine Stimme, die sich mehr nach Wellensittich als nach Mädchen anhörte, riss Anny aus ihren Gedanken. Sie hatte gerade das Schulhaus erreicht, als sich ihr jemand in den Weg stellte.

Anny hätte nicht mal hinzusehen brauchen, um zu wissen, wer es war: natürlich Kayla Queen, die mit ihrer Mädchengang an der Tür auf sie lauerte.

Während die meisten ihrer Mitschüler Anny in Ruhe ließen, war es bei Kayla anders – sie schikanierte Anny, wo es nur ging. Wahrscheinlich lag es daran, dass die beiden so unterschiedlich waren, wie man nur sein konnte.

Kayla war für ein Mädchen ziemlich groß und breit, Anny eher schmal und zierlich. Kaylas Haar war lang und blond und wallte in einer üppigen Mähne, während Anny ihre dünnen und dunklen Haare meistens hochsteckte. Kayla trug riesige Ohrringe oder anderen protzigen Schmuck, während Anny nicht einmal welchen besaß. Kaylas Eltern waren ziemlich wohlhabend, denn ihnen gehörte das Hotel unten am Strand, und Anny und ihr Dad mussten zusehen, wie sie über die Runden kamen.

Ihre einzige Gemeinsamkeit bestand darin, dass beide gern Musik machten, auch wenn sie es auf unterschiedliche Weise taten.

Kayla, die zwei Jahre älter war als Anny, jedoch in dieselbe Klasse ging, hatte mit ihren besten Freundinnen eine Mädchenband gegründet. Sie nannten sich „Kayla and the Queens", und Kayla spielte darin nicht nur Gitarre, sondern trat auch als Sängerin auf. Und das, obwohl sie nach Annys Einschätzung weder das eine noch das andere besonders gut konnte. Wenn Kayla und ihre Band ein Konzert gaben, klang es, als würde ein Rasenmäher durch einen voll besetzten Hühnerstall fahren.

Aber das war natürlich Geschmackssache.

„Würdet ihr mich bitte vorbeilassen?", fragte Anny, von einer zur anderen blickend. „Die Schule fängt gleich an."

„Was denn, Jones? Hast du es wirklich so eilig, in den Stressbunker zu kommen?", fragte Marnie, die Schlagzeugerin der Band. Ihr Markenzeichen war ein Tattoo am rechten Unterarm, das einen Notenschlüssel darstellte. Anny bezweifelte allerdings, dass es echt war, denn manchmal wechselte der Notenschlüssel auf magische Weise seine Position. Auch wenn das sonst niemandem aufzufallen schien …

„Willst du dich etwa schon wieder bei Mr Lewis einschleimen? Und der spießigen Collins in den Hintern kriechen?", fügte Barla, die brünette Bassgitarre, grinsend hinzu.

„Miss Collins ist eine der nettesten Lehrerinnen an unserer Schule", erwiderte Anny.

„Ach so?“ Kayla rümpfte die gepiercte Nase. „Als ihr absoluter Liebling musst du es ja wissen“, sagte sie spöttisch und die anderen lachten.

Das war ein weiterer Unterschied zwischen Anny und Kayla und ihren Girls: Während Anny sich am Unterreicht beteiligte und ziemlich gute Noten hatte, machten die anderen nur Blödsinn und ihre Zensuren waren entsprechend – und auch ihr Neid auf alle, die bessere Noten hatten als sie.

„Wo hast du übrigens deine Fiedel gelassen, *Anybody*?“, fragte Alice, die Keyboarderin und das vierte Mitglied der Band. So nannten sie Anny oft.

Anybody.

Anyone.

Anything.

Oder andere Kombinationen mit *-any*. Auch solche, die es eigentlich gar nicht gab, wie *Anygirl* oder *Anysome*. Das fanden sie furchtbar komisch.

„Meine Geige ist zu Hause“, erwiderte Anny. „Montags ist kein Unterricht.“

„Wie schade, *Anyhow*. Wir hätten dir so gern zugehört, nicht wahr, Mädels?“, sagte Alice, deren Haare fast so rot wie der Feuermelder am Eingang der Schule waren. „Stimmt es übrigens, was man erzählt?“

„Keine Ahnung – was erzählt man denn?“

„Dass du dich beim Festival beworben hast und dort im Sommer auftreten willst“, wurde Kayla deutlicher. „Wir gehen nämlich auch hin.“

Darum ging es also. Die vier hatten Angst, dass Anny ihnen den Auftritt streitig machen könnte.

„Ihr braucht euch keine Sorgen zu machen", versicherte sie.

„Ich mache mir keine Sorgen. Und deinetwegen schon gar nicht."

„Musst du auch nicht – ich habe meine Bewerbung zurückgezogen. Das Vorspielen ist übermorgen und da hab ich keine Zeit."

„Wie schade." Kayla grinste gehässig. „Wahrscheinlich musst du Vokabeln pauken oder deinem alten Herrn beim Bücherschleppen helfen. Da fällt mir ein neuer Name für dich ein, Jones – wie wär's mit *Anybook*?"

Die anderen lachten laut, und Anny merkte, wie sich etwas in ihr zusammenkrampfte. Unwillkürlich stiegen ihr Tränen in die Augen.

„Herrje", stöhnte Barla. „Was ist denn jetzt?"

„Heulst du etwa schon wieder?" Die rote Alice stieß sie unsanft an. „Echt jetzt, verstehst du keinen Spaß?"

„Würdet ihr mich bitte vorbeilassen?", fragte Anny – die meisten anderen Schüler waren nämlich schon längst im Schulhaus.

„Na klar." Kayla trat zur Seite. „Warte, ich trag dir deine Tasche", fügte sie hinzu und war schon dabei, sie ihr abzunehmen.

„Danke", sagte Anny, „aber das ist nicht nö..."

Sie hatte noch nicht zu Ende gesprochen, da hatte Kayla ihr auch schon die Schultasche aus den Händen gerissen und sie umgedreht. Hefte, Bücher und Schreibzeug fielen auf die Stufen vor dem Eingang, und der Wind trieb lose Blätter davon.

„Ups“, machte Kayla. „Jetzt ist sie mir doch tatsächlich ausgekommen.“

Die anderen starrten sie eine Weile lang an, als würden sie darüber nachdenken, ob sie das lustig fanden oder nicht. Doch dann prusteten und kicherten sie los. Kayla ließ die Schultasche achtlos fallen und zog lachend mit ihren Freundinnen davon, während Anny anfing, ihre Sachen wieder einzusammeln. Nun würde sie zu spät zum Unterricht kommen, und genau darauf hatten es Kayla und ihre Schnepfen natürlich angelegt!

Anny konnte die Tränen nicht länger zurückhalten.

Warum mussten Kayla und ihre Freundinnen immer auf ihr herumhacken! Und warum durften die zum Vorspielen nach Llandudno, während sie selbst zu Hause bleiben musste?

„Warte, ich helfe dir“, sagte da eine freundliche Stimme.

„Danke, geht schon“, schniefte Anny. Im Moment wollte sie einfach nur allein sein.

Jemand ging neben ihr in die Knie und sammelte ihre Schulhefte auf. Anny war wie vom Donner gerührt, als sie durch den Tränenschleier sah, wer es war.

Rick. Rick Driscoll. Der mit Abstand beliebteste Junge der Schule.

Nicht dass Anny schon besonders viel mit ihm zu tun gehabt hätte, schließlich ging er in eine Klasse über ihr. Er hing meist mit Kayla und ihren Freundinnen ab. Aber Anny hatte sich immer vorgestellt, dass er nett sein musste – schließlich sah er gut aus, hatte hübsches dunkelbraunes Haar, blaue Augen und das sympathischste Lächeln der Welt. Rick war der beste Cross-Country-Fahrer der Schule und Kapitän der Schulmannschaft. Die große Vitrine in der Aula der Schule konnte all die Pokale, die er gewonnen hatte, kaum noch fassen.

„Hier", sagte er und hielt ihr einen Stapel eingesammelter Hefte hin.

„Da-danke", stammelte sie. Sie traute sich nicht, ihn anzuschauen, mit ihren verheulten Augen, und starrte stattdessen zu Boden. „Ne-nett von dir."

„Kein Ding", sagte er nur. Und auch wenn sie nicht hinsah, wusste Anny, dass für einen kurzen Moment dieses unnachahmliche, freundliche Lächeln über sein Gesicht huschte. Doch dann war er auch schon auf und davon – und sie kam sich wie ein Trottel vor.

Da-danke? Ne-nett?

War das wirklich alles, was sie gesagt hatte? Da gab sich der netteste Junge der Schule mit ihr ab, und ihr fiel nichts anderes ein?

4

Eine echte Prinzessin

„Mama?“

Wynn stieß vorsichtig gegen die Tür, sodass die mit leisem Knarren nach innen schwang.

Der Raum dahinter war gemütlich eingerichtet, schließlich befanden sie sich in einer Burg der Gobblinge, und Behaglichkeit ging den Gobblingen über alles. Wände und Decke waren mit Holz getäfelt und verströmten einen angenehmen Duft. Der Schrank auf der einen und das Himmelbett auf der anderen Seite waren eigentlich viel zu groß für Gobblinge. Aber die Gobbling-Zimmerleute hatten sie nicht für sich selbst gebaut und mit kunstvollen Schnitzereien liebevoll verziert, sondern für zwei Fremde, die nun schon seit fast dreizehn Jahren bei ihnen in der Burg lebten.

Am Fenster der Kammer, deren gewölbte Decke von gewundenen Säulen getragen wurde, stand eine Gestalt in einem blauen Kleid. Sie blickte hinaus und kehrte Wynlon den Rücken zu.

„Mama?“, fragte Wynn noch einmal, während sie leise eintrat und die Tür hinter sich schloss.

Nun drehte die Frau sich um. Das Kleid aus blauer Seide rauschte wie ein Frühlingsregen. Ihr Haar war lang und dunkel wie das von Wynn und auf ihrer Stirn glänzte das Diadem des Königreichs Anwyn. Aber ihr Gesicht war traurig wie so oft, wenn sie am Fenster stand und hinaussah, und sie blickte Wynn jetzt durchdringend an.

„Blodowin hat mir alles erzählt", sagte sie nur.

Wynn seufzte.

Alte Petze, dachte sie bei sich.

„Ist es wahr? Bist du zu Meister Cathbad wirklich so ungezogen gewesen? Respektlos gegenüber unseren Gastgebern, denen wir so viel verdanken?"

„Nein", erwiderte Wynn kopfschüttelnd, „so war das nicht. Ich bin ..."

„Hast du gesagt, dass Meister Cathbads Unterricht langweilig ist, oder nicht?"

„Ich wollte doch nur ..."

„Ja oder nein?"

„Ja", gestand Wynn widerstrebend.

„Warum?", fragte ihre Mutter.

„Weil es die Wahrheit ist", sagte Wynn.

Die Königin seufzte. Dann ließ sie sich in dem Sessel neben dem Fenster nieder, den die Zimmerleute der Gobblinge ebenfalls eigens für ihre Größe angefertigt hatten.

„Wynlon", sagte sie und sah ihre Tochter auf einmal so traurig an, dass es Wynn ganz anders wurde. „Was ist nur los mit dir? Du hattest schon immer deinen eigenen Kopf, und ich habe aufgehört, die Male zu zählen, in denen du dich im Stall versteckt oder den armen Gwydd zu irgendeiner halsbrecherischen Dummheit überredet hast ... Aber ich hatte gehofft, dass du irgendwann vernünftig werden würdest."

Wynn verschränkte die Arme vor der Brust. „Ich bin vernünftig."

Ihre Mutter hob die Brauen. „Deinen Lehrer zu beleidigen, nennst du vernünftig?"

„Er ist langweilig", erwiderte Wynn entschieden. „Alles hier ist langweilig."

„Findest du? Dabei sollten wir froh sein, dass die Gobblinge uns aufgenommen haben und bei sich wohnen lassen."

„Aber warum muss ich meine Zeit damit verschwenden, elfische Grammatik zu pauken, und Harfe spielen lernen?"

„Weil es das ist, was eine Prinzessin aus hohem Hause beherrschen muss."

Wynn rollte mit den Augen. Sie konnte es langsam nicht mehr hören. „Ich bin doch längst keine Prinzessin mehr – und du auch keine Königin."

Die Züge ihrer Mutter verhärteten sich, ihr Blick wurde streng. „So etwas darfst du nicht sagen."

„Nein? Wann hast du denn das letzte Mal auf einem Thron gesessen?"

„Du weißt so gut wie ich, wie lange es her ist", entgegnete ihre Mutter. „Und du weißt auch, warum wir nicht mehr im Palast von Anwyn leben ..."

„Weil der Dunkle König uns von dort vertrieben hat."

„Genau so ist es."

„Warum vergessen wir die ganze Sache dann nicht einfach?", fragte Wynn. „Warum tun die Leute hier immer noch so, als wärst du eine Königin und ich eine Prinzessin, wenn wir unser Reich doch schon vor langer Zeit verloren haben?"

„Weil die Gobblinge sich voller Dankbarkeit an jene Zeit erinnern, als Anwyn ein blühendes Reich war und unsere Vorfahren voller Weisheit und Freundlichkeit regierten."

„Und nur weil uns hier alle so furchtbar dankbar sind, muss ich so tun, als wäre ich eine Prinzessin?"

„Du bist eine Prinzessin, Wynlon von Anwyn", versicherte ihre Mutter. „Ob es dir nun gefällt oder nicht."

„Aber ich will keine sein!", rief Wynn wütend. „Ich will keine Kleider aus Seide tragen und stumpfsinniges Zeug lernen müssen. Und ich will endlich raus aus dieser Burg!"

„Das kann ich gut verstehen", sagte die Königin. „Trotzdem kann ich es dir nicht erlauben. Blodowin sagt, es sei immer noch gefährlich."

„Ach", machte Wynn unwirsch, „für diesen alten Angsthasen ist doch alles gefährlich!"

„Wynlon!"

„Ist doch wahr! Ich will ja gar nichts Schlimmes, nur ein bisschen raus. Was ist denn schon dabei?"

Ihre Mutter atmete tief ein und aus, als hätte sie Mühe, die Fassung zu bewahren. „Ich habe es dir schon oft erklärt, aber ich erkläre es dir gern noch ein weiteres Mal", sagte sie mit bebender Stimme. „Auch wenn der Krieg schon lange vorbei ist – der Dunkle König trachtet noch immer nach unserem Leben, Wynlon, und die Mauern dieser Burg sind das Einzige, was ihn und seine Schergen davon abhält. Ein Zauber sorgt dafür, dass die Grimmlinge weder unseren Aufenthaltsort erfahren noch hier eindringen können. Aber wenn wir ihn leichtfertig selbst verraten, wird uns auch der stärkste Zauber nicht mehr helfen und wir sind verloren."

„Ich weiß", sagte Wynn. „Deshalb wäre ich draußen ja auch ganz vorsichtig. Außerdem – so schlimm werden die Grimmlinge schon nicht sein."

Die Augen ihrer Mutter, die so grün waren wie ihre eigenen, starrten sie fassungslos an. „Du hast keine Ahnung, wovon du sprichst!", herrschte sie Wynlon an. „Du bist leichtsinnig und verantwortungslos!"

„Ich bin zwölf", sagte Wynn achselzuckend.

Ihre Mutter nickte und schien sich ein bisschen zu beruhigen. „Trotzdem darfst du das alles niemals vergessen: Die Grimmlinge waren einst ein Volk von Kobolden, den Gobblingen nicht unähnlich. Sie lebten friedlich im Wald von Brokilien und waren freundlich zu jedermann, bis ..."

„... bis der Dunkle König ihnen den größten aller Schätze versprach", fuhr Wynn fort. Sie hatte diese Geschichte schließlich schon tausendmal gehört. „Doch statt sich darüber zu freuen, wurden die Grimmlinge gierig, und der Dunkle König konnte sie zu seinen willenlosen Dienern machen."

„Genau so ist es", sagte ihre Mutter. „Und wenn du sie

uns nicht auf den Hals hetzen willst, solltest du auf mich hören. Geht das in deinen Kopf?"

Wynn sah missmutig zu ihr auf. Sie hätte gern noch etwas erwidert, doch sie ahnte, dass dies nicht der richtige Moment war. Manchmal war es besser, einfach nur zu nicken.

Ihre Mutter deutete ihr Schweigen als Zustimmung und schien damit zufrieden zu sein.

„Gut", sagte sie und strich Wynlon sanft über das dunkle Haar. Dann rief sie nach Blodowin. Die Tür schwang auf, und der Gargoyler trat ein.

„Meine Königin?"

„Getreuer Blodowin, bitte habe heute Nachmittag ein zusätzliches Auge auf die Prinzessin. Ich möchte, dass du bei ihrem Unterricht dabei bist."

„Was?", fragte Wynn erschrocken. Das konnte sie nun wirklich nicht gebrauchen! „Aber ..."

„Wie Majestät wünschen", bestätigte Blodo und verbeugte sich abermals. Und ohne noch etwas zu erwidern, bückte sich Wynns Mutter zu ihr herab, küsste sie sanft auf die Stirn und verließ den Raum, sodass Wynn und Blodowin allein zurückblieben.

„Siehst du?" Der Gargoyler hob störrisch den Rüssel. „Isch 'atte rescht. So geht es nischt."

Wynn sah ihn an und musterte ihn von den spitzen Ohren bis hinab zu den kurzen Beinen.

„Mit dir rede ich nicht mehr, du alte Petze."

5

Prinz und Bettelknabe

„Wer von euch hat das Buch zu Ende gelesen?"

Miss Collins schaute prüfend in das Klassenzimmer, doch die Hände der Schüler blieben unten.

„Was denn? Keiner?" Ihre freundlichen braunen Augen wirkten ungläubig. Wie immer trug sie ein geblümtes Kleid und hatte ihr dunkelblondes Haar zu einem Dutt hochgesteckt. Kayla und ihre Freundinnen fanden, dass das schrecklich altmodisch aussah, doch Anny gefiel es.

„Kommt schon, Leute! Tut mir das nicht an." Miss Collins rückte ihre Lesebrille zurecht. „Wollt ihr mir wirklich erzählen, dass keiner von euch weiß, wie die Geschichte ausgeht?"

Schweigen war die Antwort, die meisten starrten betreten auf ihre Tische. Anny sah die wachsende Verzweiflung in Miss Collins' Blick und konnte nicht anders, als die Hand zu heben.

Ein Stöhnen ging durchs Klassenzimmer.

„Wenigstens eine", sagte Miss Collins hoffnungsvoll und wandte sich Anny zu, die in der ersten Reihe saß. „Kannst du uns sagen, was die wichtigste Aussage dieses Romans ist, Anny? Warum hat sich Mark Twain wohl entschieden, ‚Der Prinz und der Bettelknabe' zu schreiben?"

„Vielleicht war er jung und brauchte das Geld", vermutete Ken, der selbsternannte Klassenclown. Alle lachten.

„Danke für deinen Beitrag, Kenneth." Miss Collins zwinkerte ihm zu. „Aber wäre es Mr Twain nur darum gegangen, Geld zu verdienen, hätte er wohl einfach eine Fortsetzung zu ‚Tom Swayer' geschrieben – was er übrigens später auch getan hat. Aber worum ging es ihm bei der Geschichte von den beiden unterschiedlichen Jungen, die ihre Rollen tauschten? Was denkst du, Anny?"

Anny überlegte. „Vielleicht wollte Mark Twain uns mit dieser Geschichte zu etwas ermutigen."

„Aha", machte Miss Collins interessiert. „Und wozu?"

„Vielleicht dazu, die Welt nicht nur durch unsere eigenen Augen zu betrachten, sondern auch mal durch die von jemand anderem", erklärte Anny. „Die beiden Jungen in der Geschichte tauschen ihre Plätze und lernen die Welt dadurch neu kennen. Der Prinz erfährt, wie die armen Leute auf der Straße leben, und kann am Ende etwas gegen die Armut unternehmen."

„Das hast du gut erkannt", lobte Miss Collins und lächelte ihr zu. „Genau darum geht es in dem Buch."

„Pfff", machte Kayla, die in der hintersten Reihe saß. „Das ist doch völliger Quatsch! Die Geschichte ist total mies ausgedacht. Wann treffen sich schon zwei Leute, die einander zum Verwechseln ähnlich sehen?"

„Nun“, sagte Miss Collins, „das ist eben die künstlerische Freiheit, die sich der Dichter hier genommen hat.“

„Das ist Quatsch“, blieb Kayla bei ihrer Meinung. „Total unrealistisch.“

„Findest du deine Liedtexte etwa realistischer?“, fragte Anny. „Da geht es doch immer nur um Spaß und Jungs.“

„Und? Was passt dir nicht daran?“

„Nichts, aber ihr könntet auch mal was über die Umweltverschmutzung singen oder über die Ungerechtigkeit in der Welt ...“

Ken machte laute Schnarchgeräusche und alle prusteten los. Miss Collins war trotzdem begeistert.

„Alle Achtung“, sagte sie, „das war ja schon fast ein richtiger Diskurs!“

„Ein Diskus?“

„Ein Diskurs, Kenneth – das ist ein wissenschaftliches Streitgespräch. Anny und Kayla haben beide recht: Literatur kann von allem handeln, von Spaß und Jungs ebenso wie von den Problemen dieser Welt. Beides hat in der Kunst seine Berechtigung. Und weil mir eure Diskussion so gut gefallen hat, möchte ich, dass ihr euch alle ein paar Gedanken darüber macht. In einem kleinen Aufsatz, den ihr ...“

Ihre restlichen Worte gingen im lauten Stöhnen der Klasse unter.

„Ach kommt, so schlimm ist es auch wieder nicht“, sprach die Lehrerin ihnen Mut zu.

„Von wegen“, meuterte Marnie.

„Das haben wir nur der blöden Jones zu verdanken“,

zischte Alice, und Barla nickte beifällig. Dass ihre Freundin Kayla mindestens ebenso viel Schuld traf, schien alle drei nicht groß zu interessieren.

„Außerdem muss der Aufsatz erst bis zur übernächsten Stunde fertig sein. Denn morgen haben wir ja unseren Ausflug!"

Das hob die Stimmung der Klasse wieder ein wenig und sogar Kayla rang sich ein Lächeln ab. Annys Laune hingegen sank auf den Nullpunkt. Und das hatte einen Grund …

„Wir werden mit dem Bus ins Naturschutzgebiet von Ynyslas fahren", führte Miss Collins weiter aus. „Dort wird uns Mrs Owen einen Vortrag über die eiszeitlichen Ablagerungen halten und über die versteinerten Wälder, wie wir sie auch hier in Tywyn kennen."

Die Schüler stöhnten laut, aber Miss Collins schien es vor lauter Begeisterung nicht zu bemerken.

„Danach brechen wir zu einer aufregenden Reise in die Welt der Mythen auf", erklärte sie unbeirrt. „Denn dort, wo heute die versteinerten Wälder sind, soll sich einst das versunkene Königreich *Cantref Gwaelod* befunden haben. Das walisische Atlantis, sozusagen."

„Wahnsinnig interessant", brummte Ken, aber die Lehrerin beachtete ihn nicht.

„Als Höhepunkt", fuhr sie fort, „werden wir dann das Lied ‚Die Glocken von Aberdovey' singen, das wir im Musikunterricht einstudiert haben. Und Annlea wird dazu auf ihrer Violine spielen", fügte sie mit einem Lächeln in Annys Richtung hinzu.

Von dort, wo Ken saß, waren Würgegeräusche zu hören, als würde sich jemand übergeben. Einige Mädchen kicherten.

Anny war nicht wohl in ihrer Haut. Sie legte keinen Wert darauf, ihre Violine mitzuschleppen und Leuten etwas vorzuspielen, die es eigentlich gar nicht hören wollten. Aber Miss Collins hatte sie so inständig darum gebeten, dass sie schließlich eingewilligt hatte.

„Das ist wirklich sehr nett von dir, Anny", sagte die Lehrerin und nickte ihr dankbar zu.

Doch die verschwörerischen Blicke, mit denen Kayla, Ken und noch ein paar andere in ihrer Klasse sich verständigten, sah Anny leider nicht.

6

Pfeil und Harfe

Am Nachmittag ging der Unterricht weiter, nicht bei Meister Cathbad, der sich für den Rest des Tages entschuldigen ließ, sondern bei Fräulein Talwythia Teg. Sie war für die Fächer Musik, Tanz und Kunst zuständig.

Und das kam nicht von ungefähr. Denn Talwythia war ein Pixling, eine rundliche Elfe mit langen Fühlern und Flügeln, die an einen Schmetterling erinnerten. Aber obwohl sie nur eine Handspanne groß war und ihre Stimme so süß wie Honigtau, konnte sie ziemlich streng sein.

Vor allem wenn man die Hausaufgaben nicht gemacht und das neue Musikstück nicht geübt hatte …

Wynn hatte mal wieder nicht geübt, aber das allein wäre nicht weiter schlimm gewesen. Viel schlimmer fand sie, dass ihr Leibwächter Blodowin auf Anweisung ihrer Mutter tatsächlich am Unterricht teilnahm. Der Gargoyler hatte sich zwar dazu überreden lassen, zu Stein zu werden und zu einer Statue zu erstarren, aber sie fühlte sich in seiner Gegenwart im Klassenzimmer trotzdem nicht wohl. Ständig fühlte sie sich beobachtet. Und dass Blodo alles, was sie tat oder sagte, direkt an ihre Mutter melden würde, machte das Ganze nicht besser.

Wynn war noch immer wütend auf ihn, weil er sie bei ihrer Mutter verpetzt hatte. Er hatte eine Abreibung verdient – und Wynn wäre nicht Wynn gewesen, hätte sie nicht schon einen Plan gehabt, wie sie dem rechthaberischen Gargoyler eins auswischen konnte.

Zur Durchführung dieses Plans brauchte sie nur drei Dinge:

Eine Harfe.

Einen Pfeil.

Und eine von Meister Cathbads Landkarten, die von der hohen Decke des Klassenzimmers herunterhingen.

„Nun?“, fragte Fräulein Talwythia, während sie von einem Schüler zum anderen schwirrte. „Habt ihr alle den ‚Tanz der Barden‘ schön geübt?“

„Natürlich“, versicherte Unny wie immer voller Eifer. Ihre Bäckchen hatten sich rot verfärbt, und sie hielt ihre Flöte schon in den Händen, bereit, darauf loszublasen. Ihr Bruder Nogg, der das Pibgorn spielte, eine einfache Holzflöte, sah nicht ganz so zuversichtlich aus. Ebenso wenig wie Gwydd, obwohl der nur die Handtrommel zu schlagen brauchte. Wynn musste die Saiten der Harfe zupfen und dazu singen, was wohl mit Abstand am schwierigsten war.

„Also, wenn ich bitten darf“, säuselte Talwythia mit ihrer honigsüßen Stimme und schraubte sich in einem engen Spiralflug bis unter die Decke. „Dann lasst hören, was ihr geübt habt, Kinderchen!“

Wynn verdrehte die Augen. Sie mochte es gar nicht, wenn Talwythia sie so nannte.

Gwydd gab den Takt vor. Er schlug mit dem kurzen Rohr die Trommel, dann fiel Nogg ein und schließlich spielte Unny die Melodie dazu.

Vom Klang der Musik getragen, schwebte Talwythia hin und her und drehte zwischen all den Gegenständen, die von der Decke hingen, mit geschlossenen Augen wilde Pirouetten, während sie verzückt der Musik lauschte.

Das war Wynns Gelegenheit!

Während die anderen spielten und sie auf ihren Einsatz wartete, griff sie unter ihre Bank. Den Pfeil, der dort versteckt lag, hatte sie in der Mittagspause aus dem Köcher einer Gobbling-Wache stibitzt, die gerade ein Nickerchen hielt. Ein Grinsen breitete sich auf Wynns Gesicht aus. Das hatte sie schon immer mal ausprobieren wollen …

Sie legte rasch den Pfeil auf die Harfe und missbrauchte die Saite des tiefen F als Sehne, indem sie sie spannte und sorgfältig zielte.

Gwydd trommelte weiter, und Unny und Nogg bliesen auf ihren Flöten, dass es eine wahre Freude war. In wenigen Takten sollte auch die Harfe dazustoßen und Wynn eine Stelle spielen, die man nur mit größter Anstrengung gut hinbekam.

Der „Tanz der Barden" strebte seinem Höhepunkt entgegen. Noggs Backen blähten sich, das Flötenspiel wurde lauter, und der Lärm der Trommel schwoll an, bis schließlich der Augenblick kam, in dem Wynn übernehmen sollte.

Doch die Viertelpause verstrich, ohne dass die Harfe ihre sanfte Stimme erhob. Dafür war plötzlich ein hässliches *Twäng!* zu hören – und dann überstürzten sich die Ereignisse.

Wynn hatte immer schon angenommen, dass eine Harfe sich wunderbar zum Abschießen von Pfeilen eignen würde. Dass es jedoch so großartig funktionierte, überraschte sie.

Der Pfeil schnellte vom tiefen F wie von einer Sehne geschleudert steil hinauf zur Decke. Den dünnen Strick, den Wynn eigentlich hatte treffen und durchtrennen wollen, verfehlte er allerdings, und die große Landkarte von Brokilien, die auf den zur Steinsäule erstarrten Blodowin hätte niedergehen sollen, blieb unbehelligt an der Decke hängen. Dafür setzte der Schuss eine unbeabsichtigte Kettenreaktion in Gang.

Talwythia, die gerade eine Pirouette gedreht hatte, als der Pfeil durchs Zimmer schoss, stieß einen gellenden Schrei aus und vergaß glatt, mit den Flügeln zu schlagen. Sie fiel wie ein Stein herab und wäre auf dem Boden aufgeschlagen, hätte Gwydd nicht blitzschnell reagiert und sie mit der Trommel aufgefangen. Mit einem dumpfen *Bong* wurde die rundliche Elfe wieder in die Luft geschleudert und überschlug sich kreischend, aber niemand achtete darauf, denn alle Blicke waren auf Wynns Pfeil gerichtet. Der hatte sich inzwischen nämlich in die hölzerne Decke gebohrt und statt der Aufhängung der Landkarte die eines ausgestopften Kugelkarpfens durchtrennt.

Unny quiekte, als der fette Fisch geradewegs auf sie herabfiel, und Nogg schlug ihn weg, indem er seine Flöte als Schläger einsetzte. Der Kugelkarpfen flog quer durch den Raum und traf einen Kerzenleuchter, der umkippte und dabei ein Buch auf dem Wandregal umstieß, das wiederum das nächste Buch mitriss – und so ging es immer weiter.

Ein Buch nach dem anderen fiel um, und da die Bücher groß und in schweres Leder gebunden waren, begann das Regal bald bedenklich zu wackeln.

„Ach du dickes Greifenei!", rief Wynn, als die Halterungen an der Wand mit morschem Ächzen nachgaben. Das Regal sauste herab und traf auf ein weiteres, das mit Büchern gefüllt war und ebenfalls aus seiner Befestigung brach, um unter entsetzlichem Getöse das nächste in die Tiefe zu reißen. Vermutlich wäre das so weitergegangen, bis sämtliche Regale auf dem Boden gelandet wären – wenn nicht in diesem Moment Blodowin aus seiner selbstgewählten Starre erwacht wäre.

Der Gargoyler erfasste die Situation sofort, schlug einmal kurz mit den Flügeln und stürzte quer durch den Raum zur Wand, wo er seine langen Arme nach oben riss und das letzte Regal stützte, indem er sich rasch wieder zu Stein verwandelte.

Wynn wollte schon aufatmen, als plötzlich die Tür des Klassenzimmers aufgerissen wurde.

„Was ist hier los?"

Alle fuhren herum. Aber niemand erschrak so sehr wie Wynn, denn auf der Schwelle stand ihre Mutter.

Schlagartig war es still geworden.

Die Musik war längst verstummt, auch das Kreischen von Unny und Fräulein Talwythia. Nachdem sie noch einmal mit einem nicht mehr ganz so lauten *Bong* von Gwydds Trommel abgeprallt war, hatte die Musiklehrerin sich wieder an ihre Flügel erinnert und damit zu schlagen begonnen. So schwirrte sie nun durch die Luft, einer ihrer Fühler war abgeknickt, und sie sah ziemlich mitgenommen aus.

„Majestät!“, piepste sie. „Katastrophen über Katastrophen, es ist schrecklich!“

Die Königin sah sich um. Wortlos ließ sie ihren Blick durch das ramponierte Klassenzimmer schweifen. Dabei entdeckte sie – zu Wynns Unbehagen – auch den Pfeil, der in der Decke steckte.

„Wynlon?“, sagte sie schließlich.

Wynn blickte betreten zu Boden. „Ich wollte das nicht …“

Die sonst so milden Züge der Königin wurden streng. „Was wolltest du dann?“

„Na ja, ich hätte nicht gedacht, dass … Ich meine, ich wollte doch nur, dass Blodo eine Landkarte auf den Kopf kriegt. Das wäre lustig gewesen und er hatte es ja auch verdient …“

Gwydd kicherte, doch der strenge Blick der Königin ließ ihn verstummen.

„Verdient?“, wiederholte sie mit hochgezogenen Augenbrauen. „Du meinst, dein Leibwächter hätte es verdient, vor allen bloßgestellt und lächerlich gemacht zu werden? Wofür? Dafür, dass er immer wieder sein Leben für dich riskiert? Dass er dich schon dein ganzes Leben lang beschützt?"

„Ja … nein", stammelte Wynn kleinlaut. Die Idee kam ihr jetzt schon nicht mehr ganz so großartig vor.

„Blodowin?", sagte die Königin und sah sich um.

Der Kopf des Gargoylers erwachte zum Leben, während sein restlicher Körper steinern blieb und das Regal weiter stützte. „Ja, meine Königin?"

„Danke für dein schnelles Eingreifen. Ohne deine Hilfe hätte das hier böse ausgehen können."

„*Pas de problème*", sagte der Wasserspeier.

Dann befahl die Königin Fräulein Talwythia, den Unterricht im Rosengarten fortzusetzen, da das Wetter so schön war. Die Elfe gehorchte und schwirrte an ihr vorbei in Richtung Tür. Doch als Wynn ihren Kameraden nach draußen folgen wollte, hielt ihre Mutter sie zurück.

„Hiergeblieben!"

Wynn sah schuldbewusst zu ihr auf.

„Du hast dich von Wut und Rachsucht verlocken lassen, genau wie ein Grimmling", tadelte die Königin ihre Tochter. „Das ist einer Prinzessin unwürdig."

„Ich weiß." Wynn seufzte.

„Du willst mehr Freiheit? Du willst die Burg verlassen?" Ihre Mutter sah sie durchdringend an. „Aber wie kann ich dir vertrauen? Wie ein solches Risiko eingehen, wenn du nicht einmal in der Lage bist, dein Temperament hier in diesem Klassenzimmer zu zügeln? Du hast mich enttäuscht, Wynn. Sehr sogar."

Wynn ließ den Kopf sinken.

„Freiheit ist etwas, das verdient sein will“, sagte die Königin streng. „Heute hast du bewiesen, dass du ihrer nicht würdig bist. Deshalb wirst du jetzt auf dein Zimmer gehen und hast bis auf Weiteres Hausarrest.“

Wynn konnte ihrer Mutter ansehen, dass es ihr nicht leichtfiel, diese Strafe auszusprechen. Aber das nützte ihr nichts.

„Bitte nicht, Mama“, flehte sie, und ohne dass sie es wollte, traten Tränen der Verzweiflung in ihre Augen. Mit zwei großen Schritten war sie bei ihrer Mutter und umarmte sie, klammerte sich an ihre große, schlanke Gestalt und vergrub ihr Gesicht in der blauen Seide ihres Kleides.

„Mein Kind“, sagte die Königin leise und strich ihr sanft übers Haar. „Warum machst du es dir nur so schwer? Du bist genau wie dein ...“ Sie unterbrach sich und schüttelte den Kopf. „Geh jetzt in deine Kammer“, ordnete sie an und Wynn verließ gesenkten Hauptes das Klassenzimmer.

Niemand sah das Armband, das im weiten Ärmel ihres Kleides verschwand – und das sich eben noch am Handgelenk ihrer Mutter befunden hatte.

7

Verbotene Fragen

Anny war lange vor ihrem Vater zu Hause.

Wie jeden Montag, wenn die Bibliothek länger geöffnet hatte und ihr Paps erst spät zurückkam, hatte sie den Bus genommen und war das letzte Stück zu Fuß gegangen. Und wie jeden Montag hatte sie zunächst gründlich im Haus aufgeräumt, ehe sie sich an ihre Hausaufgaben gesetzt hatte. Erst danach konnte sie endlich das tun, worauf sie sich schon den ganzen Tag freute.

Sie nahm ihre Geige aus dem Kasten und den Bogen dazu und begann, sie zu stimmen. Das kühle Holz an ihrem Kinn zu fühlen, den Bogen zu führen und die leisen Töne zu vernehmen, die das raue Rosshaar den Saiten entlockte, beruhigte sie und machte ihr auf eine Weise Freude, die sie nicht recht erklären konnte. Schon als kleines Mädchen hatte sie das Gefühl gehabt, die Schwingungen der Saiten nicht nur zu hören, sondern zu spüren. Wenn sie spielte, kam es ihr vor, als wäre ihre Violine nicht nur ein Instrument, das sie in den Händen hielt, sondern ein Teil von ihr.

Sie spielte einige Übungen, die Miss Collins ihr aufgegeben hatte und die sie inzwischen längst auswendig konnte, und probierte verschiedene Stricharten aus. Dann spielte sie das Lied, das sie auf Miss Collins' speziellen Wunsch hin eingeübt hatte, „Die Glocken von Aberdovey".

Das Lied war mehr als zweihundert Jahre alt und handelte von einer romantischen Liebe im untergegangenen Königreich *Cantref Gwaelod.* Seine Melodie war wunderschön.

Anny hatte das Gefühl, dass das ganze Haus zu schwingen begann, als sie den Bogen führte. Sie schloss die Augen und versank in der zauberhaften Welt aus Tönen und Klängen, die das Lied für einen Moment entstehen ließ.

Dann war es zu Ende.

Anny lauschte dem Nachklang der Saiten, schlug die Augen wieder auf – und sah, dass sie nicht mehr allein war. Ihr Vater stand im Durchgang zum Wohnzimmer, das Haar zerzaust, und sah sie überrascht an.

„Das war wunderbar", sagte er statt einer Begrüßung.

„Danke." Anny lächelte verlegen.

„Dieses Lied, das du gerade gespielt hast ..."

„Es heißt ‚Die Glocken von Aberdovey'", sagte Anny. „Kennst du es?"

„Von früher." Er nickte. „Ich wusste nicht, dass du es kennst."

„Miss Collins hat mir die Noten dafür gegeben", erklärte Anny. „Aber ehrlich gesagt brauchte ich es gar nicht zu üben. Es ließ sich ganz einfach spielen, als würde ich es schon lange kennen. Morgen ist unser Ausflug nach Ynyslas, und da soll ich es vorspielen – auch wenn ich keine große Lust dazu habe."

Ihr Vater starrte sie entgeistert an.

„Paps?", sagte Anny und hob die Brauen. „Hörst du mir überhaupt zu?"

Ihr Vater war ein echter Bücherwurm, und ein bisschen zerstreut war er eigentlich immer. Aber so hatte sie ihn noch selten erlebt. „Alles in Ordnung mit dir?"

„Klar", erwiderte er schließlich, nahm die Brille ab und wischte sich über die Augen.

„Sag mal, hast du etwa … geweint?", fragte Anny vorsichtig. Die Vorstellung beunruhigte sie. Sie hatte ihren Vater noch nie weinen sehen.

„Quatsch", entgegnete er. Er hielt die Brille gegen das Licht, hauchte auf die Gläser und putzte sie mit einem Zipfel seines Hemds. „Aber das war wirklich schön."

„Lieb von dir." Anny lächelte schwach.

„Manchmal erinnerst du mich an deine Mutter."

Mutter … Das Wort gab Anny einen Stich.

Ihr Vater nickte. „Sie hat die Musik geliebt, genau wie du. Und wenn ich dich so sehe in diesem Kleid …"

Anny blickte an sich herab. Sie hatte ihre Schuluniform gegen ein schlichtes Kleid aus geblümtem Stoff getauscht, das sie gerne trug, weil es so leicht war und beim Gehen wie eine Glocke schwang.

„Sehe ich ihr eigentlich ähnlich?", fragte Anny leise. Es kam nicht oft vor, dass sie über ihre Mutter redeten.

„Ziemlich“, gab ihr Vater zu und versuchte ein Lächeln, das ihm nicht recht gelingen wollte.

„Du hast immer gesagt, wenn ich alt genug bin, erklärst du mir, warum sie damals gegangen ist“, sagte Anny, „und jetzt bin ich zwölf …“

„Ich weiß.“ Ihr Vater nickte.

„Warum also, Paps? Hatte sie uns denn nicht mehr lieb?“

„Doch, Anny.“

„Und warum hat sie uns dann verlassen?“ Sie sah ihn zweifelnd an. „Bin ich vielleicht der Grund dafür?“

Er sah sie entgeistert an. „Natürlich nicht! Du bist das Beste, was uns je passiert ist. Das musst du mir glauben!“

„Aber woran lag es dann?“

Sie kannte den Blick, mit dem ihr Vater sie nun ansah, nur zu gut. Er wusste nicht, was er ihr erwidern sollte.

„Es war … kompliziert“, sagte er schließlich.

Anny biss sich auf die Lippen. Kompliziert – das sagten Erwachsene immer, wenn sie der Ansicht waren, dass Kinder etwas noch nicht verstanden.

„Inwiefern war es kompliziert?“, hakte sie nach. „Kannst du es mir nicht erklären?“

Wieder sah ihr Vater sie an. Einen Moment lang schien es, als wollte er etwas erwidern, doch dann schüttelte er den Kopf.

„Später vielleicht“, entgegnete er.

„Das sagst du immer! Dabei will ich doch nur eine Antwort, das ist alles!“

„Ich weiß, aber im Augenblick kann ich dir nicht mehr

darüber sagen“, meinte er ausweichend. „Erst wenn du alt genug bist, um alles zu verstehen.“

Anny merkte, wie sich etwas in ihr zusammenballte. Sie wandte sich ab und legte Geige und Bogen traurig in den Kasten zurück. Die Lust aufs Spielen war ihr vergangen.

„Ich hab Abendbrot gemacht“, sagte sie leise. „Es ist im Kühlschrank.“

„Danke, Schätzchen.“ Ihr Vater nickte und setzte seine Brille wieder auf. „Es tut mir leid, dass ich dir nicht mehr über deine Mutter erzählen kann – und dass ich so ein lausiger Vater bin.“ Er griff hinter sich und holte einen Stapel Blätter hervor, die er ihr hinhielt. „Zum Trost habe ich dir das hier mitgebracht.“

Sie nahm die Seiten in Augenschein. „Das sind ja Noten!“, stellte sie fest. „Für Violine! Und richtig alte ...“

„Die habe ich in der Bibliothek gefunden. Ich denke nicht, dass sie noch jemand ausleihen will, also ...“

„Danke, Paps.“ Sie nahm die Notenblätter entgegen, trat vor und umarmte ihn.

„Anny“, hauchte er, schloss sie in seine schlaksigen Arme und küsste sie aufs Haupt. „Die Sache mit dem Vorspielen tut mir wirklich leid.“

„Ich weiß.“

„Manchmal weiß ich vor lauter Büchern nicht mehr, wo mir der Kopf steht. Aber eins kann ich dir sagen, Schätzchen: Ich hab dich sehr, sehr lieb.“

„Ich hab dich auch lieb, Paps.“

Sie löste sich aus seiner Umarmung und sah ihn prüfend

an. Täuschte sie sich oder hatte er schon wieder Tränen in den Augen?

Schnell wandte er sich in Richtung Küche um. „Und jetzt muss ich sehen, was du zubereitet hast. Ich hab einen Riesenhunger!"

Anny sah ihm lächelnd nach, als er in der Küche verschwand. Dann legte sie die neuen Noten weg und wandte sich wieder dem Geigenkasten zu. Ganz vorn im Deckel war ein kleiner Schlitz in dem blauen Samt, mit dem der Koffer gefüttert war. Dort hinein griff Anny und zog etwas hervor, das sie vorsichtig, beinahe andächtig auseinanderfaltete.

Es war ein Foto, alt und vergilbt und ganz zerknickt, weil es mehrfach gefaltet worden war. Dennoch hielt Anny es in den Händen wie einen kostbaren Schatz.

Das Foto zeigte eine junge Frau mit glattem dunklem Haar. Ihr Gesicht war blass, aber wunderschön und freundlich, und ihre Nase war klein und spitz wie die von Anny. Die Wangen der Frau waren leicht gerötet und ihre Augen hatten die Farbe von Smaragden.

„Mama", sagte Anny leise.

Dann packte sie das Bild rasch wieder weg.

8

Das magische Band

Wynn war alles andere als wohl in ihrer Haut, und das gleich aus mehreren Gründen.

Erstens natürlich, weil sie Hausarrest bekommen hatte. Für jemanden, dem ohnehin schon alles zu eng war und der die Mauern der Burg endlich hinter sich lassen wollte, war das die denkbar höchste Strafe.

Zweitens, weil sie tief in ihrem Inneren wusste, dass ihre Mutter recht hatte. Sosehr sie sich auch nach Freiheit sehnte und so langweilig sie den Unterricht auch fand – dem armen Blodo einen solch schlimmen Streich zu spielen, war nicht in Ordnung gewesen.

Und drittens drückte der Diebstahl auf Wynlons Gewissen. Denn auch wenn sie sich einredete, dass sie sich das Armband ja nur von ihrer Mutter geborgt hatte und es ihr bald wieder zurückgeben würde, hatte sie es ihr doch gestohlen. Aber ihre Mutter hatte es auch nicht anders verdient.

Schließlich war sie es, die Wynn dazu zwang, in dieser Burg zu leben. Außerdem hatte sie Wynn vor ihren Klassenkameraden gescholten und Zimmerarrest über sie verhängt – also warum sich ein schlechtes Gewissen machen?

Allmählich gelang es Wynn, sich einigermaßen zu beruhigen. Auf ihrem Bett in dem kleinen Turmzimmer sitzend, das sie bewohnte, betrachtete sie das Diebesgut.

Ihre Mutter trug dieses Armband, solange sie zurückdenken konnte. Es war eine schlichte Spange, aus Silber gefertigt und mit dem Symbol des Triskelions verziert. Ein großer türkisblauer Stein war darin eingefasst.

Eigentlich hatte Wynn für Schmuck nicht viel übrig. Ein paar wildlederne Stiefel oder ein Filzhut, der vor Wind und Regen schützte, waren ihr lieber. Aber dieses Armband war nicht irgendeines, sondern das der Königin von Anwyn. Und das bedeutete, dass es ein paar besondere Eigenschaften hatte. Vom alten Königreich mochte nicht viel übrig geblieben sein, doch die magischen Fähigkeiten des Armbands waren immer noch vorhanden. Wynn wusste nicht genau, was der blaue Elfenstein eigentlich alles bewirken konnte. Ihr kam es vor allem auf eine Sache an …

Sie beugte sich zu ihrem Nachtkästchen, das nach Gobbling-Art reich verziert war, und griff nach der Kristallkugel, die darauf lag. Die Kugel in der einen und das Armband in der anderen Hand, merkte Wynn, wie ihr Herz schneller schlug. Bei den anderen Malen war ihre Mutter immer dabei gewesen und hatte den Befehl selbst gegeben. Was, wenn der Zauberstein ihr nicht gehorchte?

Egal – sie musste es ausprobieren.

„*Carryg'y'twara effrur!*“, sagte sie. Wenigstens für diesen

Spruch war der Elfischunterricht bei Meister Cathbad gut gewesen.

Stein der Königin, erwache!

Im ersten Moment geschah nichts.

Wynn befürchtete schon, dass es nicht funktionieren würde, und irgendwie wäre ihr das sogar gerecht vorgekommen. Doch im nächsten Moment begann der blaue Stein von innen heraus zu leuchten. Es klappte! Wynn spürte ihr Herz noch schneller schlagen. Ihr schlechtes Gewissen war plötzlich völlig verflogen.

„*Dengysur darluna-tan*", verlangte sie.

Zeige mir das Bild …

Das Leuchten wurde noch stärker, sodass es Wynn blendete und sie die Augen schließen musste. Als sie sie wieder öffnete, leuchtete der Stein schwächer, dafür verbreitete jetzt auch die Kristallkugel einen sanften Schein, und aus ihrem glitzernden Inneren begann sich ein Bild zu formen.

Zuerst war nur ein vager Umriss zu erkennen, der sich jedoch immer mehr festigte. Schon bald war klar, dass es eine menschliche Gestalt war, deren Bild sich in der Kugel zeigte.

Dann endlich bildeten sich Einzelheiten heraus.

Ein blasses Gesicht.

Wirres braunes Haar.

Eine Brille wie die von Meister Cathbad.

Dunkle Augen, die Wynn voller Zuneigung und Verständnis entgegenblickten.

Und das liebste Lächeln, das sie sich vorstellen konnte.

„Hallo, Papa", sagte Wynn leise.

9

Ein Ausflug ans Meer

Am nächsten Tag fand der Ausflug statt.

Ein Bus, den Mr Hancock eigens bestellt hatte, hielt vor der Schule, und die Mädchen und Jungen der siebten und achten Jahrgangsstufe stiegen ein. Ynyslas war zwar nur sieben Meilen* von Tywyn entfernt, aber da es jenseits der breiten Mündung des Flusses Dyfi lag, musste man einen weiten Umweg fahren. Ynyslas und Aberdovey waren kleine, eher unscheinbare Ortschaften, und vermutlich wäre kein Mensch dort hingefahren, hätte es dort nicht die berühmten Sanddünen und die sogenannten Sarnau gegeben – Gesteinsformationen, die nur vor der walisischen Küste zu finden waren. Sie traten bei Ebbe zutage und legten Zeugnis davon ab, dass sich in der Bucht von Cardigan einmal festes, trockenes Land mit dichten Wäldern befunden haben musste.

Und dann war da noch die Sache mit *Cantref Gwaelod* …

Laut den Sagen, die man sich entlang der Küste erzählte, gab es vor Beginn der christlichen Zeitrechnung ein mächtiges, magisches Reich namens *Cantref Gwaelod*, dessen

*etwa 11 Kilometer

Herrscher, König Gwyddno Garanhir, weise und gerecht regiert haben soll, bis irgendwann eine schreckliche Katastrophe das Königreich ereilte und es im Meer versank. Deshalb nannte man *Cantref Gwaelod* auch das „Atlantis von Wales“, was Anny ein bisschen theatralisch fand. Es gab unzählige Geschichten, die sich um das untergegangene Königreich rankten, und dass es vor der Küste Hinweise darauf gab, dass dort einst Land gewesen war, schien vielen Walisern der Beweis dafür zu sein, dass dieses wundersame Reich wirklich existiert hatte.

Anny war sich da nicht so sicher.

Klar, das Vorhandensein der Sarnau und auch die Funde versteinerter Bäume ließen sich nicht bestreiten – aber ein magisches Königreich? Das klang nach einem Märchen und dafür war sie schon zu groß. Auch das Lied, das Anny vor den Schülern spielen sollte, handelte von dieser versunkenen Welt. Angeblich konnte man an manchen Tagen, wenn die See besonders ruhig war, noch immer ihre Kirchenglocken schlagen hören.

Früher hatte Anny tatsächlich an Elfen und Kobolde geglaubt, und manchmal, wenn dichter Nebel über dem nahen Moor lag, auch an Nebelgeister und Sumpfhexen. Aber das war schon lange her. Ihr Paps hatte ihr all die alten Geschichten erzählt. Er behauptete immer, dass es mehr Dinge zwischen Himmel und Erde gebe, als der menschliche Verstand erklären könne.

Die Fahrt dauerte eine knappe Stunde.

Kayla und ihre Band, aber auch Rick Driscoll und seine

Jungs von der Cross-Country-Mannschaft hatten wie immer ganz hinten im Bus Platz genommen. Außerdem Ken und Vincent, die fortwährend Witze rissen.

Anny saß vorn bei Mr Hancock, Mrs Owen und Miss Collins und hatte ihren Geigenkoffer auf den Knien.

„Möchtest du ein Scone?"

Mrs Owen hielt Anny eine Plastikschüssel hin, in der mehrere von den kleinen Gebäckstücken lagen, die man überall in England und Wales gerne aß, meist mit viel Marmelade dazu. Mrs Owen hatte sicher schon viele davon gegessen, denn sie war so dick, dass Anny auf dem Sitz neben ihr kaum Platz hatte. Der Pullover der Lehrerin war mit Krümeln übersät und sie roch wie immer ein bisschen streng, eine Mischung aus schwarzem Kaffee und frischer Möbelpolitur.

„Nein, danke", sagte Anny höflich. „Ich habe zu Hause schon gefrühstückt."

„Ich doch auch", versicherte ihr die Geografielehrerin, und ihr rosiges, von grauen Locken umrahmtes Gesicht strahlte. „Glaub mir, Kindchen, das ist kein Grund, ein gutes Scone abzulehnen."

Sie zwinkerte ihr mit ihren lustigen kleinen Augen zu, worauf sich Anny doch ein Scone nahm und ein Stückchen davon abbiss.

Eigentlich hatte sie keinen Appetit. Schon deshalb nicht, weil sie nachher vorspielen musste und es gar nicht wollte. Ken würde sich darüber lustig machen, Kayla die Augen verdrehen und alle anderen würden sie auslachen.

Mal wieder …

Die Fahrt war schneller zu Ende, als es Anny lieb war. Normalerweise freute sie sich, wenn die Klasse einen Ausflug machte, um am Strand entlangzuwandern und nach Muscheln und Versteinerungen zu suchen – aber heute nicht.

Als der Bus auf dem Parkplatz zwischen den Dünen anhielt, wollten die Jungs gleich zum Wasser. Die Lehrer hatten alle Mühe, sie zu bremsen. Dann hielt Mr Hancock erst mal seinen Vortrag über die Tiere, die es an der Küste zu bestaunen gab. Von Möwen, Austernfischern und Fischadlern über Robben und verschiedene Krabbenarten bis hin zu den Delfinen, die man im Sommer in der Bucht von Cardigan beobachten konnte. Jeder Schüler bekam einen Fragebogen, auf dem er alles eintragen sollte, was er am Strand entdeckte.

Inzwischen hatten Miss Collins und Mrs Owen ein kleines Zelt aufgebaut, in das die Schüler ihre Rucksäcke legen konnten. Anny hatte kein gutes Gefühl dabei, auch ihre wertvolle Geige dort zu lassen. Aber sie konnte ihr Instrument ja nicht den ganzen Tag am Strand herumtragen.

Als Nächstes erklärte Mrs Owen ihnen, wie die seltsamen Felsformationen der Sarnau zustande gekommen waren. Schon allein der Anblick dieser kleinen, rundlichen Frau in Gummistiefeln, die ihr gefühlt bis zum Hals reichten, war diesen Ausflug wert. Da sie gerade Ebbe hatten, bot aber auch die Sarnau einen eindrucksvollen Anblick: Schmale Stege aus Stein und Sand erstreckten sich vom Strand in die See hinaus, die wie die Überreste von Mauern und Gebäuden aussahen. An manchen Stellen waren sie von Moos überwuchert, das im Licht der Vormittagssonne rätselhaft schimmerte. Kein Wunder, dachte Anny, dass manche Menschen dies für einen magischen Ort hielten. Allerdings hatte die Sarnau wenig mit Magie zu tun, wie Mrs Owen zu berichten wusste. Vielmehr handle es sich dabei um Moränen, die aus Schlamm, Kies und Felsgestein bestünden und am Ende der letzten Eiszeit beim Abschmelzen der Gletscher entstanden seien.

Anny hörte aufmerksam zu. Die Jungs, allen voran Ken und Vincent, fanden allerdings viel mehr Vergnügen daran, in die Salzwasserbecken zu springen, die zwischen den Sarnau-Stegen lagen, und sich und andere nass zu spritzen. Oder die Krabben, die in den Becken zurückgeblieben waren, aus dem Wasser zu holen und die Mädchen damit zu erschrecken. Mrs Owen versuchte mehrfach, sich Gehör zu verschaffen, und sprang verzweifelt in ihren Gummistiefeln auf und ab. Aber außer dass lustige Pupsgeräusche entstanden, die für weitere Heiterkeit sorgten, kam nichts dabei heraus. Also entließ sie die Schüler entnervt, damit sie ihre eigenen Beobachtungen machen konnten. Dass Kayla, Marnie, Alice und Barla nicht am Strand blieben, sondern zu den Dünen zurückgingen, bekam keiner der Lehrer mit.

Und auch Anny sah es nicht, denn gerade als sie mit ihrem Fragebogen losziehen wollte, trat jemand zu ihr.

„Hey, wollen wir die Gegend zusammen erkunden?"

Sie drehte sich um. Im Gegenlicht erkannte sie die Silhouette eines Jungen. Es war kein anderer als Rick Driscoll!

Anny erwiderte nichts. Sie stand nur da, mit offenem Mund, und starrte ihn an.

„Natürlich nur, wenn du magst", fügte Rick hinzu.

„Ka-ke", erwiderte sie.

„Was?"

„I-ich meine, geht klar", verbesserte sie sich schnell – hatte sie wirklich gerade „Kacke" gesagt?

„Gut." Er lächelte und deutete den Strand hinab. „Einer von den Jungs aus meiner Mannschaft hat gesagt, dass es dort drüben besonders viele Krabben geben soll. Vielleicht finden wir sogar ein paar Spinnen."

„Spinnen?" Sie hob die Brauen.

„Spinnenkrabben", erklärte er. „Die gibt's hier um diese Jahreszeit."

„O-okay", stammelte Anny. Wieso, in aller Welt, redete der netteste Junge der Schule schon wieder mit ihr? Und wieso wollte er die nächsten zwei Stunden mit ihr verbringen? Dabei hingen doch sonst immer Kayla und ihre Freundinnen mit Rick und den anderen Jungs aus der achten Klasse ab. Die schienen gar nichts dagegen zu haben.

Anny hätte sich weniger gewundert, wenn sie gewusst hätte, dass Kayla und die anderen zurück zum Zelt gegangen waren, um einen hinterhältigen Plan in die Tat umzusetzen …

10

Ein neuer Morgen

Wynn war an diesem Morgen früh aufgewacht.

Mit dem magischen Bild ihres Vaters in den Händen, mit dem sie gesprochen und dem sie ihr ganzes Leid geklagt hatte, war sie irgendwann eingeschlafen. Besonders tief war ihr Schlaf allerdings nicht gewesen und sie hatte wirres Zeug geträumt. Sie konnte sich zwar nicht daran erinnern, aber als sie die Augen aufschlug, war ihr seltsam zumute. Ein Gefühl von drängender Unruhe erfüllte sie, als ob ein großes, aufregendes Ereignis bevorstehen würde ... Aber das musste wohl ein Irrtum sein. Denn wenn ein Aufenthalt in einer Gobbling-Burg eines ganz gewiss nicht war, dann aufregend.

Eigentlich spielte es kaum eine Rolle, ob man Hausarrest hatte oder nicht – hier war ein Tag wie der andere: aufstehen, frühstücken, dann Unterricht bis zur Mittagsstunde und am Nachmittag wieder Unterricht bis zum frühen Abend. Danach durfte Wynn etwas Zeit mit ihren Freunden verbringen, aber auf gar keinen Fall die Burg verlassen. Und stets war Blodo dabei, der darauf achtete, dass sie kein

Risiko einging und ihr auch ja nichts passierte. Sogar hoch zu schaukeln hatte er ihr verboten!

Ihre Mutter wollte immer, dass sie vernünftig war und sich wie eine richtige Prinzessin benahm – und sperrte sie bei jeder Kleinigkeit hier ein, wie einen Vogel in seinen Käfig. Dabei wollte Wynn ihre Flügel spreizen, sie wollte hinaus in den neuen Morgen, der hell am Horizont heraufzog, und endlich fliegen …

Wynn stand auf und trat ans Fenster. Sehnsüchtig blickte sie hinaus, über die Zinnen der Burg hinweg zum Himmel, der sich verschwommen jenseits der magischen Kuppel abzeichnete. Diese Kuppel – ein Schutzschirm, der durch magische Kraft aufrechterhalten wurde – verbarg die Burg der Gobblinge vor fremden Blicken und sorgte dafür, dass der Dunkle König sie nicht finden konnte.

Wynn verstand ja, dass dieser Schutz notwendig war. Doch sie konnte nicht verstehen, warum sich alle derart vor dem Dunklen König fürchteten. Das fing schon damit an, dass niemand je seinen Namen nannte. Wynn wusste nicht, ob der Dunkle König überhaupt einen hatte. Von seiner Festung Rathcragan im fernen Mag Mor aus hatte er Krieg im ganzen Land geführt und das friedliche Reich Anwyn unterworfen. Aber das war schon lange her und seitdem hatte man nie wieder von ihm gehört. Es hieß zwar immer, dass der Dunkle König sie nicht vergessen habe und dass seine Grimmlinge noch immer die Wälder durchkämmten, um Wynn und ihre Mutter aufzuspüren, doch Wynn hatte noch nie auch nur einen von ihnen zu Gesicht bekommen.

Und selbst wenn es so war wie in den schaurigen Geschichten, die man Wynn erzählte, seit sie ein kleines Mädchen war – sie fürchtete sich nicht! Weder vor dem Dunklen König noch vor seinen hutzligen kleinen Anhängern. Hieß es nicht immer, dass die Grimmlinge einst Kobolde waren, so ähnlich wie die Gobblinge? Und wer fürchtete sich schon vor einem Gobbling? Wynn ganz gewiss nicht!

Gelächter drang an ihr Ohr und sie blickte hinab in den Innenhof der Burg. Unny und Nogg spielten dort Fangen, zusammen mit ein paar anderen Gobbling-Kindern. Früher hatte Wynn gern mitgespielt, und das Lachen und Necken hatten sie vergessen lassen, dass sie in dieser Burg eingesperrt war. Doch seit einiger Zeit kamen ihr die Mauern immer höher und enger vor. An manchen Tagen war es so schlimm, dass sie das Gefühl hatte, davon erdrückt zu werden. Sie musste hinaus, endlich hinaus ... und plötzlich kam ihr eine kühne Idee.

Das Armband ihrer Mutter!

Sie hatte es stibitzt, weil es in der Lage war, ihr ein Bild von ihrem Vater zu zeigen. Aber es konnte natürlich noch viel mehr. Alte Elfenmagie steckte darin, und auch wenn Wynn nicht viel über diese Dinge wusste, nahm sie doch an, dass es in der Lage sein würde, das Tor der Burg zu öffnen.

Oder zumindest die schmale Tür, die sich an der Rückseite der Burgmauer befand, in der Nähe der Stallungen ...

Der Gedanke war so verlockend, dass Wynn nicht lange überlegte, ob sie es auch wirklich ausprobieren sollte. Ihr Drang nach Freiheit war so groß, dass sie sich nicht zurückhalten konnte. Wenige Augenblicke später hatte sie ihr Nachtgewand schon gegen ein Kleid aus waldgrüner Seide getauscht und sich ihre wildledernen Schuhe geschnappt. Sie musste sich beeilen, denn es würde nicht mehr lange dauern, bis Blodo kam und sie zum Unterricht abholte.

Na, der würde Augen machen …

Wynn öffnete ihre Kammertür einen winzigen Spaltbreit und spähte vorsichtig hinaus.

Die Luft schien rein zu sein.

Barfuß, um ja kein unnötiges Geräusch zu verursachen, schlich sie hinaus und stieg die Treppen hinab, die wildledernen Schuhe in den Händen. Am Treppenabsatz trat sie zum Fenster und kletterte kurzerhand hinaus. Während sie auf dem schmalen Sims entlangbalancierte und von dort auf den Söller sprang, gelang es ihr, den strengen Blicken der Gobbling-Wachen zu entgehen, die am Tor zum Burgfried postiert waren.

Auf ihr Frühstück würde sie wohl verzichten müssen. Aber was zählte schon ein knurrender Magen, sagte sich Wynn, wenn man dafür frei war?

Vom Söller aus führte eine schmale Treppe zu den Stallungen und von dort war es nicht mehr weit zur Tür …

Vorsichtig schlich Wynn die Stufen hinab. Da es früh am Morgen war, herrschte hier in der Burg noch Stille. Gobblinge waren bekannt dafür, dass sie lange und viel schliefen. Dafür hielten sie es abends umso länger aus. Nur vor den Wachsoldaten musste Wynn sich in Acht nehmen, denn sie blieben die ganze Nacht über auf ihrem Posten.

„Pi-Prinzessin?“

Wie angewurzelt blieb Wynn stehen, während sie sich innerlich verwünschte. Sie hatte sich doch tatsächlich erwischen lassen ...

Doch als sie den blonden Haarschopf und das freundliche, ratlos dreinblickende Gesicht sah, das aus dem Fenster des Pferdestalls lugte, beruhigte sie sich wieder. Ein Paar blauer Augen sah sie staunend an.

Wynn atmete innerlich auf.

Es war nur Jack, der Stallbursche.

Jack war wenig älter als sie. Und obwohl er mit seinem wirren Haar und den derben Kleidern mit den großen Knöpfen wie ein Gobbling aussah, war er in Wirklichkeit ein Menschenjunge, der bei den Kobolden lebte und aufgewachsen war.

„Jack?“, sagte sie und grinste.

„Ho-Hoheit“, stammelte der Junge und kam vorsichtig aus dem Stall heraus. Er stotterte manchmal, wenn er aufgeregt war.

„Pssst!“, machte Wynn und presste den Zeigefinger auf den Mund. „Ich bin nicht hier, verstanden?“

„Nicht?“ Jack hob entgeistert die Brauen. „Aber Hoheit, Ihr steht doch vor mir. Ich kann Euch sehen!“

Wynn verdrehte die Augen. Jack war ein lieber Kerl. Aber manchmal auch ein bisschen schwer von Begriff.

„Ich weiß“, erwiderte sie flüsternd, während sie sich nervös nach allen Seiten umblickte. „Aber du sollst mich nicht sehen, kapiert?“

„Ja“, versicherte der Stalljunge nickend, um gleich darauf den Kopf zu schütteln. „Äh – nein.“

„Ich sollte eigentlich nicht hier sein“, erklärte Wynn, während sie sich gleichzeitig fragte, warum sie sich vor einem Stallburschen rechtfertigte.

„Das verstehe ich“, sagte Jack, der eine große Forke in den Händen hielt. Er war wohl gerade dabei, den Stall auszumisten. „Aber, Prinzessin, wenn Ihr eigentlich nicht hier sein solltet, warum seid Ihr dann trotzdem hier? Ist das nicht verboten?“ Leise Furcht schwang in seiner Stimme mit.

„Aber nein“, flunkerte Wynn. „Es ist nur so, dass ich meine Mutter mit einem Strauß Blumen überraschen möchte. Und die kann man nur außerhalb der Burgmauern pflücken, verstehst du?“

„Ihr … Ihr wollt die Burg verlassen?“

Wynn merkte, wie Jack innerlich zusammenzuckte. Sie musste jetzt vorsichtig sein. Wenn er Alarm schlug, konnte sie ihren kleinen Ausflug vergessen.

„In Ordnung“, knurrte sie und wechselte die Tonlage. Sie hatte keine Zeit für solche Spielchen. „Vergessen wir den Blödsinn. Kannst du dir vorstellen, wie sich ein Vogel fühlt, der tagelang in einem Käfig sitzt?“

Jack nickte nachdenklich. „Das muss traurig sein.“

„Genauso geht es mir“, sagte Wynn.

„Aber Ihr seid doch kein Vogel, Prinzessin …“

„Nein“, gab Wynn schnaubend zu, „aber ich bin hier eingesperrt. Und ich muss raus, sonst werde ich noch verrückt!“

„Das kann ich gut verstehen“, sagte Jack. „Aber die Tür nach draußen ist verschlossen.“

„Das überlass ruhig mir“, sagte sie und zog den Ärmel ihres Kleides zurück, sodass das Armband sichtbar wurde.

Jacks Augen wurden noch größer. „I-I-Ihr habt …?“

„Du kannst jetzt schreien und die Wachen alarmieren“, sagte sie nur. „Dann holen sie mich und stecken mich wieder in meine Kammer. Oder du drehst dich einfach um, kümmerst dich um deine Arbeit und hast nichts gesehen.“

„Verstehe“, sagte Jack wieder.

„Also?“ Wynn trat unruhig von einem Fuß auf den anderen. Bestimmt hatte Blodo inzwischen bemerkt, dass sie nicht mehr in ihrem Zimmer war, und suchte bereits nach ihr.

Der Stalljunge sah sie an. Es war ein seltsamer Blick. Furcht spiegelte sich darin, aber auch etwas anderes, das Wynn nicht zuordnen konnte. „Geht, Prinzessin“, flüsterte er. „Aber ich werde nicht sagen, dass ich Euch nicht gesehen habe.“

„Warum nicht?“

„Weil es gelogen wäre“, entgegnete er achselzuckend.

Wynn zögerte. Versuchte er etwa, sie so zum Bleiben zu bewegen? Tatsächlich regte sich ihr Gewissen. Nicht genug damit, dass sie ihrer Mutter das Armband gestohlen hatte und sie damit hinterging. Jetzt zog sie auch noch den armen Stallburschen in die Sache mit hinein. Jack würde sich allerhand anhören müssen, wenn herauskam, dass er sie gesehen und nicht an ihrem Vorhaben gehindert hatte.

„Geht, Prinzessin!“, sagte er. „Kümmert Euch nicht um mich.“

Trotz seiner Furcht strahlten seine blauen Augen sie an, und sie fragte sich, warum er sie nicht sofort verriet. Aber noch ehe sie eine Antwort darauf finden konnte, war sie auch schon an ihm vorbei und stand vor der Tür, die durch die Mauer und den magischen Tarnschild nach draußen führte.

Wynn hob das Handgelenk mit dem Armband und hielt es vor das uralte, eisenbeschlagene Eichenholz. Sie murmelte einige elfische Worte, von denen sie wusste, dass sie eine magische Bedeutung hatten, und versuchte, die Kräfte des Zaubersteins heraufzubeschwören.

Doch vergeblich. Wynn probierte verzweifelt Wörter und ganze Sätze aus, aber der Stein blieb dunkel. Warum nur hatte sie im Unterricht bei Meister Cathbad nicht besser aufgepasst und ihre Vokabeln gründlicher gelernt?

Sie überlegte fieberhaft, probierte dieses und jenes aus und wünschte sich fast, dass Unny hier gewesen wäre, um ihr zu helfen. Sicher würden die Wachen bald ihre Runde drehen. Oder Blodo würde kommen und dann …

Plötzlich schoss ihr ein einzelnes Wort durch den Kopf. Woher es kam, wusste Wynn nicht, wohl irgendwo aus dem hintersten Winkel ihrer Erinnerungen …

„*Ar-aragur*!“, flüsterte sie zaghaft.

Da begann der Stein blau zu leuchten.

Das Licht strahlte auf das Eichenholz der Tür, sodass es ebenfalls zu leuchten begann. In jede einzelne Vertiefung und Ritze schien das Licht zu dringen. Und im nächsten Augenblick öffnete sich die Pforte wie von Geisterhand und schwang nach außen. Vor ihr lag der Große Wald in all seiner wunderbaren Pracht und Fülle.

Ohne sich noch einziges Mal umzusehen, trat Wynlon über die Schwelle – und hinaus in die freie Welt.

11

Eine süße Überraschung

Die Spinnenkrabben, von denen Rick gesprochen hatte, sahen mit ihrem roten Panzer und den langen, fingerdicken Beinen tatsächlich fast so aus wie große Spinnen. Anny grauste es vor ihnen, aber sie nahm sich zusammen, um sich vor Rick keine Blöße zu geben.

Sie entdeckten auch andere Arten von Krabben und trugen sie in ihren Beobachtungsbogen ein, außerdem Möwen und sogar einen Fischadler auf Beutezug. Kurz bevor Mr Hancock in seine Pfeife blies und das Signal zur Rückkehr gab, sah Anny draußen auf der See etwas glänzen.

„Rick, sieh nur!“, rief sie und deutete auf die Stelle, wo kurz eine Flosse zwischen den Wellen aufgetaucht war. Im nächsten Moment sprangen gleich mehrere Delfine aus dem Wasser, um gleich darauf wieder unterzutauchen.

„Wow!“, rief Rick. „Eine ganze Herde!“

„Bei Delfinen heißt das ‚Schule‘“, korrigierte ihn Anny und hätte sich im nächsten Moment am liebsten auf die Zunge gebissen. Warum sagte sie das? Es interessierte ihn ganz bestimmt nicht.

„Wieso das denn?“ Rick grinste übers ganze Gesicht. „Machen die etwa auch einen Ausflug wie wir?“

„Nein, du Spinner.“ Anny musste lachen. „Aber so heißt das eben bei den Delfinen.“

Er war stehen geblieben und sah sie fragend an. „Sag mal, hast du mich gerade echt einen Spinner genannt?“

Anny grinste und wurde rot.

„Na warte“, knurrte Rick mit gespielter Wut und trat zum nächstbesten Wasserbecken. „Ich greife mir jetzt diese schöne fette Spinnenkrabbe, und dann …“

„Nein!“, rief Anny mit echtem Entsetzen und begann zu laufen.

Mit den schweren Gummistiefeln war das gar nicht so einfach. Sie sprang von Stein zu Stein und überbrückte die kleinen Becken, in denen sich die Krabben tummelten, während Rick hinter ihr her rannte – zwar ohne Krabbe, aber mit ausgebreiteten Armen und die Hände wie Zangen geformt, sodass er beinahe selbst wie eine wirkte.

Es war albern und völlig sinnlos, trotzdem ertappte sich Anny dabei, dass es ihr Spaß machte.

Sie musste lachen, deshalb ging ihr schon nach wenigen Schritten die Puste aus. Sie wurde langsamer und er holte sie ein. Doch gerade als er nach ihr greifen wollte, rutschte er auf dem glitschigen Moos aus und fiel rücklings ins Wasser.

„Aaah!“, brüllte er. „Ist das kalt!“

Mit einem Aufschrei sprang er wieder heraus – gerade so, als ob ihn wirklich eine Krabbe gebissen hätte.

Anny konnte kaum noch stehen vor Lachen. Der Bauch tat ihr weh und sie bekam keine Luft mehr. Und weil ihr Lachen so ansteckend war, fiel auch Rick mit ein.

„Du bist echt lustig, weißt du das?“, sagte er, als sie sich beide wieder etwas beruhigt hatten.

„Ich?“ Sie schüttelte den Kopf und kam sich plötzlich seltsam vor. „Eigentlich nicht.“

„Das hat Spaß gemacht“, sagte er und hielt seinen Fragebogen hoch. Auch wenn er etwas nass geworden war und Sand daran klebte, war er doch vollständig ausgefüllt.

Sie nickte.

„Anny“, begann Rick zögernd. „Da ist etwas, das ich dir unbedingt sagen muss ...“

In diesem Moment trillerte Mr Hancocks Pfeife ungeduldig. „Wo treibt ihr euch denn herum, Leute?“, rief er. „Kommt gefälligst her, wenn ihr das Signal hört ...“

„Ich glaube, wir sollten dann wohl gehen“, sagte Anny.

Rick schien einen Moment zu zögern. „Unbedingt“, erwiderte er dann und sie kehrten gemeinsam zum Sammelpunkt zurück.

Dort gab es warmen Tee für alle, denn obwohl die Sonne schien, war es ein kühler, windiger Junitag. Währenddessen begannen Mr Hancock und Mrs Owen, die Beobachtungsbogen auszuwerten, die die Schüler mitgebracht hatten.

„Ihr habt gute Arbeit geleistet“, sagte Mr Hancock schließlich und seine Miene war mit einem Mal viel freundlicher als sonst. „Und eines der Teams hat mehr Beobachtungen gemacht als alle anderen – sogar Delfine hat es gesichtet! Der erste Preis für das beste Forscherteam geht deshalb an Annlea Jones und Rick Driscoll!“

Annys Unterkiefer klappte nach unten. Dass sie am besten abgeschnitten hatte, war nicht weiter ungewöhnlich – wohl aber, ihren Namen in einem Atemzug mit dem von Rick Driscoll zu hören. Den anderen ging es offenbar auch so, denn alle schauten fassungslos herüber. Richtig merkwürdig wurde es aber, als Kayla und ihre Freundinnen lautstark zu klatschen und zu jubeln begannen. Spätestens da hätte Anny eigentlich stutzig werden müssen.

Aber sie wurde es nicht.

Im Gegenteil, sie war so überrumpelt und durcheinander von den heiteren Stunden, die sie mit Rick verbracht hatte, dass sie keinen Verdacht schöpfte. Sie lächelte und bedankte sich mit einem angedeuteten Knicks für den Beifall.

Doch nachdem Mr Hancock Rick und ihr gratuliert und für jeden eine Bestnote in sein Büchlein eingetragen hatte, kam unweigerlich der Moment, in dem Miss Collins zu Anny trat und sagte: „Und jetzt, liebe Schüler, werdet ihr sehen, dass unsere Annlea nicht nur eine ausgezeichnete Beobachterin ist, sondern auch eine begabte Geigenspielerin. Hier, genau an dem Ort, wo sich einst das sagenumwobene Königreich *Cantref Gwaelod* befunden haben soll, wird sie uns nun das schönste Lied spielen, das je darüber geschrieben wurde: ‚Die Glocken von Aberdovey‘. Applaus für Annlea Jones!“

Wieder wurde geklatscht und Kayla und ihre Freundinnen jubelten.

Spätestens jetzt hätte Anny skeptisch werden müssen, aber sie war so abgelenkt von der allgemeinen Aufmerksamkeit, die ihr plötzlich zuteilwurde, dass sie gar nicht darüber nachdachte. Für einen Moment kam ihr sogar ernsthaft der Gedanke, ihre Mitschüler würden sich tatsächlich über das kleine Konzert freuen, das sie gleich geben würde …

Anny lächelte, als Miss Collins ihr den Geigenkasten reichte, öffnete ihn und nahm das Instrument heraus. Wäre sie nicht so aufgeregt gewesen, hätte sie sicher gemerkt, dass mit ihrer Geige etwas nicht stimmte. Sie fühlte sich anders an, etwas schwerer als sonst. Aber Anny griff unbeirrt nach dem Bogen, setzte die Geige an und wollte sie gerade stimmen – als es plötzlich geschah.

Die ersten Töne klangen schräg und schaurig, als würde die Geige um Hilfe schreien, und Anny spürte etwas an ihren Fingern, das warm und klebrig war. Sie wollte einen anderen Ton spielen, doch ihre Finger klebten an den Saiten fest! Und als sie die Geige absetzen wollte, um herauszufinden, woran es lag, blieb auch ihr Kinn an der Stütze hängen. Anny bekam Panik. Sie rüttelte an ihrem Instrument, bis sie endlich ihr Kinn wieder freibekam. Da tropfte aus den F-Löchern der Geige eine zähflüssige bernsteinfarbene Flüssigkeit …

Sirup!

Allmählich dämmerte Anny, dass man ihr einen Streich gespielt hatte. Es kam ihr vor, als würde sie aus einem Traum erwachen – einem Traum, der süß und schön gewesen war. Aber jetzt war sie wieder in der Wirklichkeit angekommen!

Alle starrten sie an und peinliche Stille trat ein. Dann brach die ganze Meute in schallendes Gelächter aus und zeigte mit dem Finger auf Anny. Kayla, Ken und Barla hielten sich vor Lachen den Bauch, während der Sirup an Annys Hals hinabrann und in den Kragen ihres Pullovers tropfte.

Und sie sah Rick …

Mit einem einzigen Blick fragte sie ihn, ob er davon gewusst hatte, worauf er entschuldigend mit den Schultern zuckte. Für Anny war es, als würde ihr der Boden unter den Füßen weggezogen. Ohne dass sie es verhindern konnte, schossen ihr Tränen in die Augen. Vor Scham und Enttäuschung wäre sie am liebsten im Boden versunken – und im nächsten Moment hielt sie es nicht mehr aus.

Ihre Violine, die ihr so viel bedeutete, ließ sie einfach fallen, und dann rannte sie davon. Sie hörte noch, wie Miss Collins ihr etwas zurief, aber sie scherte sich nicht darum. Stattdessen rannte sie, so schnell ihre Gummistiefel sie trugen, fort vom Strand, durch die Dünen zu den Felsen dahinter. Wohin sie rannte, war ihr egal.

Sie wollte nur weg von den anderen …

12

In Freiheit

Als Wynn den Wald betrat, kam es ihr vor, als würde sie in eine andere Welt eintauchen. Dabei fühlte es sich keineswegs fremd an, sondern als würde sie nach langer Abwesenheit endlich nach Hause zurückkehren.

Das sanfte grüne Licht, der würzige Geruch der Pilze und der süße Duft der Blumen, das Summen der Bienen und das Quaken der Frocklinge, ja selbst das dichte Grün in all seinen Nuancen und Schattierungen – all das schien ihr vertraut zu sein, sodass Wynn sich zu keinem Zeitpunkt unwohl oder ängstlich fühlte. Es tat ihr nicht einmal mehr leid, dass sie ihrer Mutter das Armband gestohlen hatte und damit ausgebüxt war, denn was sie hier sah und roch und fühlte, schien das Übertreten von ein paar Verboten allemal wert zu sein. Warum, fragte sie sich, wollten ihre Mutter und Blodo ihr diese magische Welt vorenthalten?

Überall wuchs und blühte es, eine Quelle rauschte in nicht allzu weiter Ferne – es war einfach wundervoll! Wynn atmete tief ein, sog die herrlich kühle Waldluft in ihre Lungen und genoss die Freiheit.

Sie schlenderte an Pilzen vorbei, die so groß wie Sonnenschirme waren, und an wuscheligen kleinen Firbolgs, die sie am liebsten gestreichelt hätte. Aber die scheuen Pelztierchen versteckten sich sofort, wenn sie sich näherte. Da Wynn noch nicht gefrühstückt hatte, pflückte und aß sie Beeren und trank Wasser aus der Quelle. Als sie müde wurde, legte sie sich im Schatten einer uralten Eiche ins weiche Moos und ruhte sich aus, um dann gestärkt wieder loszuziehen.

In einem Teich sah sie Holzkarpfen und Blattforellen, die so hießen, weil sie bei flüchtigem Hinsehen leicht für dahintreibendes Holz oder Laub gehalten werden konnten. Sie roch an einer Mondblume, deren Kelch tagsüber geschlossen war und die erst bei Nacht ihre Blütenpracht entfaltete, und sie quakte mit einer Schar Frocklinge um die Wette: Die kleinen Kobolde, die mit ihrer grünen Haut und den kugel runden Augen ein bisschen wie Frösche aussahen, saßen um einen Teich und angelten.

Erst jetzt, da sie all das sah, wurde ihr klar, wie sehr sie es vermisst hatte, und sie redete sich wieder ein, wie gut und richtig es gewesen war, auf ihre innere Stimme zu hören und die Burg zu verlassen. Ihre Mutter, der olle Blodo und selbst der ach so kluge Meister Cathbad – was wussten die schon? Es war nicht gefährlich, in den Wald zu gehen. Im Gegenteil, Wynn fühlte sich so glücklich und geborgen hier, wie es in der Burg schon lange nicht mehr der Fall gewesen war.

Hätte sie allerdings geahnt, dass böse gelbe Augen aus dem Unterholz starrten und jede ihrer Bewegungen beobachteten, wäre sie sicher weniger unbeschwert gewesen.

Die Gestalten, denen diese Augen gehörten, grunzten in ihrer dunklen, hässlichen Sprache, und wann immer Wynn in ihre Nähe kam, zogen sie sich geschickt zurück und verschmolzen mit den Schatten. Dort, wo Spinnen, Schlangen, Ratten und anderes Getier hauste, war auch ihr Platz. Und genau wie diese warteten sie nur auf eine Gelegenheit, um sich auf ihre Beute zu stürzen …

Wynn ahnte von alldem nichts.

Sie zog die Schuhe aus, hüpfte barfuß über blumenübersäte Lichtungen und balancierte über umgestürzte Bäume, deren Stämme von Moos überwuchert waren. Sie machte sich einen Spaß daraus, Flederhörnchen aus ihren Verstecken zu jagen, und griff nach den riesigen grünen Waldschmetterlingen, die hoch über ihrem Kopf flatterten … bis sie irgendwann erschöpft auf einer Wiese niedersank.

Inzwischen musste es schon Nachmittag sein, aber Wynn verspürte weder Hunger noch den Drang, nach Hause zurückzukehren. Im Gegenteil, je länger sie hier draußen war und die Freiheit des magischen Waldes genoss, desto weniger gefiel ihr der Gedanke, wieder in die drückende Enge der Gobbling-Burg zurückzukehren.

Am liebsten wollte sie für immer hierbleiben, dachte sie und wälzte sich über den weichen Waldboden, worauf ganze Schwärme von Glitzermotten daraus aufstiegen, die in den schräg einfallenden Sonnenstrahlen glänzten.

Wynn sah ihnen nach und hätte in diesem Augenblick wohl kaum glücklicher sein können – doch schon einen Herzschlag später war es damit vorbei. Denn plötzlich wurden die Schatten des Waldes lebendig und von einem Moment zum anderen war Wynn nicht mehr allein.

Mehrere Gestalten sprangen aus dem dichten Unterholz, und dem Mädchen entfuhr ein erstickter Schrei, als es erkannte, wer sie waren.

Grimmlinge!

Sie waren grässlich anzusehen mit ihren grünen Koboldgesichtern, der spitzen Nase, gelb leuchtenden Augen und dem schwarzen Fell, das ihren Körper bedeckte. Sie trugen Panzer aus rostigem Eisen und hielten Speere in ihren Händen, deren gefährlich aussehende Spitzen auf Wynlon zeigten. Jetzt bereute sie, nicht auf ihre Mutter gehört zu haben. Es tat ihr von Herzen leid, das magische Armband an sich genommen zu haben und einfach davongelaufen zu sein.

„Du da!“, grunzte der Anführer der Grimmlinge sie an. „Aufstehen und mitkommen!“

Wynn bebte am ganzen Körper vor Entsetzen, aber sie dachte nicht daran, das zu tun, was der Grimmling ihr befahl.

„Bi-bitte, tut mir nichts“, bat sie und tat so, als wollte sie aufstehen. Doch plötzlich fuhr sie herum, warf dem Anführer der Grimmlinge ein Büschel Moos ins grüne Gesicht und begann zu laufen, so schnell ihre Beine sie trugen. Dass sie keine Schuhe anhatte, war ihr egal.

Sie hörte den Anführer der Grimmlinge in seiner dunklen Sprache grunzen, die anderen heulten vor Wut.

Und dann waren sie ihr auch schon auf den Fersen, und Wynn rannte um ihr Leben ...

13

An der Quelle

Anny hörte erst auf zu laufen, als sie sicher war, dass niemand ihr mehr folgen würde.

Niemand, der sie noch mehr auslachen und verspotten, aber auch niemand, der sie trösten würde. Sie wollte weder ihre Klassenkameraden noch Miss Collins sehen, sondern einfach allein sein. Deshalb war sie immer weiter gerannt, von den Dünen zu den großen Findlingen und den mächtigen Eichen, die sich jenseits des Strandes erhoben.

Dunkel und schützend breitete sich der Schatten der alten Bäume über sie, und die Stille und der modrige Geruch des Waldes beruhigten sie ein wenig. Anny zitterte am ganzen Körper, während sie von Weinkrämpfen geschüttelt wurde.

Warum hatten sie ihr so etwas Schreckliches angetan und sie so furchtbar gedemütigt?

Dass Kayla und die anderen sie hassten, wusste sie ja – aber dass Rick offenbar mit ihnen unter einer Decke steckte, tat furchtbar weh. Dass er den Nachmittag mit ihr verbracht hatte, war nur ein Täuschungsmanöver gewesen, um sie abzulenken, während Kayla und die anderen ihre Geige mit

Sirup präparierten. Wahrscheinlich war auch die Sache am gestrigen Morgen ein abgekartetes Spiel gewesen. Rick hatte ihr beim Einsammeln ihrer Schulsachen nur geholfen, um ihr Vertrauen zu gewinnen. Und sie war darauf hereingefallen wie ein dummes kleines Mädchen ...

Während ihr die Tränen heiß über die Wangen liefen, wurde Anny klar, dass sie gar nicht wütend auf Rick war oder auf Kayla und all die anderen, sondern auf sich selbst.

Wie sie es hasste, anders als die anderen zu sein! Wie sie es verabscheute, keine Freunde zu haben und stets der Liebling der Lehrer zu sein! Alles in ihr sehnte sich danach, sich zu ändern, am liebsten sofort, und aus ihrem alten Leben zu schlüpfen wie aus einem Kleid, das ihr zu eng geworden war und dessen Schnitt und Muster ihr längst nicht mehr gefielen.

Voller Verzweiflung schlug sie mit ihren immer noch klebrigen Fäusten auf einen der moosbewachsenen Felsen ein. Pflanzen und allerhand Krabbelzeug blieben daran haften. Vergeblich versuchte sie, es am Gestein abzustreifen und wieder loszuwerden, als ein Geräusch an ihr Ohr drang. Das Plätschern einer Quelle ...

Wasser!

Das konnte sie jetzt wirklich gut brauchen. Sie wollte nicht nur ihre Hände waschen, sondern auch ihr Kinn und ihren Hals, und die Haare am besten gleich mit.

Zwischen den Felsen hindurch, die sich wie ein dunkler, von Bäumen beschatteter Irrgarten ins Landesinnere erstreckten, folgte Anny dem Klang der Quelle. Das war nicht einfach, denn das Plätschern schien bald von hier und bald von dort zu kommen. Doch Annys feines, durch das Geigenspiel geschultes Gehör wies ihr den Weg, und kurz darauf hatte sie die Quelle auch schon gefunden.

Es war ein besonderer Ort. Große, von grünem Moos überwucherte Findlinge säumten eine Lichtung, auf der ein Wasserfall von einem Felsen herab in ein steinernes Becken sprudelte. Ringsum ragten wie riesige stumme Wächter uralte Eichen auf.

Außer dem Plätschern der Quelle war nichts zu hören, weder das Rauschen der See noch das Kreischen der Möwen. Und glücklicherweise auch nicht das Geschrei von Annys Klassenkameraden. Obwohl Anny in Wirklichkeit gar nicht so weit gelaufen war, hatte sie das Gefühl, dass das alles plötzlich ganz fern war. Ihr Herzschlag beruhigte sich und ihre Tränen versiegten, und sie atmete wieder ruhig und gleichmäßig.

Über den laubbedeckten Boden trat sie zum Wasserbecken der Quelle. Sie ließ sich nieder, tauchte ihre schmutzigen Hände ein und wusch sie. Als Nächstes zog sie den schwarzen Schulpullover aus und reinigte ihren Hals, und schließlich tauchte Anny kurz entschlossen auch ihre Haare ins Wasser.

Und in diesem Moment geschah es.

14

Die Pforte

Sie waren ihr auf den Fersen.

So schnell sie konnte, rannte Wynn durch den Wald, der ihr nun gar nicht mehr wie eine lang vermisste Heimat vorkam, sondern fremd, dunkel und unheimlich.

Tatsächlich war die Sonne von einem Augenblick zum nächsten hinter Wolken verschwunden, und die leuchtenden Flecke, die sie auf den grünen Boden des Waldes geworfen hatte, waren verblasst. Die Blumen hatten ihre Blütenkelche geschlossen und wirkten welk und ausgedörrt in Gegenwart der Grimmlinge …

Grimmlinge!

Wynn hatte sie noch nie zuvor zu Gesicht bekommen, aber die Beschreibungen, die man ihr gegeben hatte, waren tatsächlich nicht übertrieben. Nur ihre Größe ließ noch darauf schließen, dass sie einst zum Volk der Kobolde gehört hatten, denn keiner von ihnen war größer als sie selbst. Doch in den Diensten des Dunklen Königs waren sie zu hässlichen, grausamen Kreaturen geworden, die nach Tod und Fäulnis stanken und von Schwärmen von Fliegen begleitet wurden. Sie kreischten in blinder Wut, während sie Wynn durch den Wald jagten, zu echter Sprache schienen nicht alle von ihnen fähig zu sein.

Wynn schlug das Herz bis zum Hals. Was sollte sie nur tun?

Sie wusste längst nicht mehr, wo sie sich befand, denn in ihrer Panik war sie einfach drauflosgerannt. Jetzt war sie tief im dunklen Wald, zwischen knorrigen Bäumen, deren Äste nach ihr zu greifen schienen ... Wynn schrie und schlug wild um sich, als ihr etwas durchs Haar fuhr. Ihre nackten Füße traten in etwas Kaltes und Glitschiges – vermutlich die Spur eines Snailiks –, aber sie scherte sich nicht darum und rannte einfach weiter.

Das Kreischen der Grimmlinge wurde immer lauter. Sie holten rasch auf, vermutlich kannten sie den Wald viel besser als sie.

In ihrer Panik brach Wynn zur Seite aus. Das Gelände stieg leicht an, sodass sie langsamer vorankam als zuvor, aber das galt für die Grimmlinge ja auch. Sie atmete heftig, das Blut rauschte in ihren Ohren, doch sie rannte immer weiter. Die Grimmlinge durften sie auf keinen Fall einholen! Sonst würde all das Schreckliche eintreffen, von dem ihre Mutter gesprochen hatte: Diese furchtbaren Wesen würden die Burg der Gobblinge entdecken, und niemand anders als sie, Prinzessin Wynlon von Anwyn, würde daran schuld sein.

Das durfte nicht geschehen!

Die Gedanken schwirrten durch Wynns Kopf und sie

suchte fieberhaft nach einem Ausweg. Sie rannte immer weiter bergauf und bog schließlich links in einen Hohlweg ein, um eine Kurve herum, und im nächsten Augenblick fand sie sich inmitten hoher Felsen wieder.

Zuerst schreckte Wynn zurück aus Sorge, sich in dem Labyrinth der Felsen zu verlaufen, aber dann sagte sie sich, dass es der einzige Weg war, den Grimmlingen zu entkommen. Von Verzweiflung getrieben, nahm sie eine der schmalen Gassen zwischen den Felsen, in denen es feucht und muffig roch. Seltsamerweise meinte sie für einen kurzen Moment, den Geruch von Fisch in der Nase zu haben. Sie huschte weiter in der Hoffnung, ihre Verfolger abhängen zu können. Doch das Kreischen der Grimmlinge sagte ihr, dass sie ihr nach wie vor folgten.

Immer näher kamen sie – bald war ihr Geschrei auf der rechten, dann auf der linken Seite zu hören. Und im nächsten Moment hatte Wynn das hässliche Gefühl, dass die Stimmen der Grimmlinge auch von vorn kamen.

Hatten sie sie etwa eingekreist? Oder hörte es sich in der Enge der steinernen Gassen nur so an?

Entsetzt lief sie weiter, immer tiefer hinein in den Irrgarten aus Stein und Moos und Dunkelheit … als plötzlich ein Schatten auf sie fiel.

Wynn blickte nach oben und glaubte, eine dunkle Gestalt vorbeihuschen zu sehen. Die Grimmlinge hatten sie eingeholt! Jeden Augenblick würden sie über sie herfallen und dann …

Unvermittelt endete die dunkle Gasse und Wynn erreichte

eine Lichtung. Schroffe Felsen bildeten ein Kreis, und eine Quelle plätscherte von oben herab, so klar und unschuldig, als gäbe es keine Bedrohung.

Eine eigenartige Stille lag über diesem Ort, die Wynn ein wenig beruhigte. Doch schon im nächsten Moment war wieder das Geschrei der Grimmlinge zu hören, und überall auf den Felsen ringsum tauchten dunkle Gestalten mit wutverzerrten Mienen auf und schwangen drohend ihre Speere.

„Bitte nicht“, hauchte Wynn atemlos.

Gehetzt blickte sie sich nach allen Seiten um und wich zurück, bis sie fast in das Wasserbecken stürzte. Da plötzlich fiel ihr das Armband wieder ein!

Das Band mit dem Zauberstein – sie trug es noch immer an ihrem Arm! Vielleicht konnte es ihr ja ein zweites Mal an diesem Tag von Nutzen sein …

Wynn schob den Ärmel ihres Kleides zurück.

„*Ar-aragur*!“, rief sie, worauf die Grimmlinge ihre gelben Zähne fletschten und hämisch lachten.

Doch plötzlich begann der Stein zu leuchten.

„*Ar-aragur*!“, sagte Wynn noch einmal in der Hoffnung, dass irgendetwas passierte und sie vor den bösen Kreaturen bewahrte – und dann ging alles ganz schnell.

Sie hörte noch, wie die Grimmlinge wütend aufschrien, und auf einmal hatte sie das Gefühl, dass sich der Boden unter ihren Füßen öffnete und sie in einen tiefen Abgrund stürzte.

Das blaue Leuchten des Steins hüllte sie ein, sie fühlte sich leicht und schwerelos, und obwohl sie den Mund geöffnet hatte und lauthals schrie, kam kein einziger Ton über ihre Lippen.

Sie glaubte zu fallen und landete im nächsten Moment mit dem Allerwertesten inmitten von Moos und Laub, das rings um sie aufwirbelte.

Erschrocken sah Wynn sich um.

Sie war noch immer auf der Lichtung. Die Felsen und die großen Eichen standen da, und auch die Quelle plätscherte munter vor sich hin. Doch das blaue Leuchten war erloschen.

Wynn sprang auf.

Die Grimmlinge schienen verschwunden zu sein. Aber Wynn war nicht allein. Denn anstelle der Kobolde kauerte nun ein Sumpfwesen vor ihr, schwarz gekleidet und mit langen Haaren, die strähnig und nass von seinem Kopf herunterhingen.

Wynn konnte nicht anders, als bei dem Anblick laut zu schreien, und das Wesen schrie ebenfalls. Beide wichen zurück und starrten einander an.

„Wer bist du?", fragte Wynn endlich. „Wo sind die Grimmlinge?"

„Wer?", fragte das Wesen zurück, das ihre Sprache sprach, jedoch mit einem seltsamen Akzent.

„Die Grimmlinge", wiederholte Wynn und deutete zu den Felsen hinauf. „Gerade waren sie noch da!"

„Wen meinst du?" Das Wesen zuckte mit den schmalen Schultern. „Hier ist niemand außer uns beiden."

Wynn drehte sich um ihre Achse.

Es war wirklich schräg.

Irgendetwas stimmte hier nicht.

Alles war gleich – und doch ganz anders.

Und als sie sich wieder dem Sumpfwesen zuwandte, fiel ihr etwas auf, das noch viel seltsamer war als alles andere: Das vermeintliche Sumpfwesen sah genauso aus wie sie selbst!

15

Ein Mädchen wie im Spiegelbild

Anny brauchte einen Moment länger, um es zu erkennen. Aber das Mädchen, das von einem Moment zum anderen auf der Lichtung aufgetaucht war, sah genauso aus wie sie selbst!

„Da-das ist unmöglich“, entfuhr es ihr, während sie ihr Gegenüber ungläubig anstarrte.

Diese grünen Augen, die blasse Haut, die Sommersprossen um die etwas zu spitze Nase – es war, als würde sie in einen Spiegel schauen. Nur die Haare waren anders, kürzer, es sah aus wie ein Pagenschnitt, und ihr Kleid war ein Traum aus wilder Seide, hellgrün und mit hübschen Stickereien verziert.

„Du bist kein Schwampling“, stellte das Mädchen überrascht fest, „und ein Grimmling bist du auch nicht. Aber was bist du dann? Ein Wechselbalg?“

Anny erschrak. Sogar ihre Stimmen ähnelten sich!

„Wa-was?“ stammelte sie.

„Ein Gestaltwandler“, erklärte das andere Mädchen.

Anny glaubte sich zu erinnern. Wechselbälger waren

Wesen aus Sagen und Märchen, die eine andere Gestalt annehmen konnten. Ihr Paps hatte ihr davon erzählt, aber natürlich war das völliger Unfug.

„Soll das ein Witz sein?“, fragte Anny deshalb – und plötzlich fiel es ihr wie Schuppen von den Augen.

Natürlich, die versuchten, sie hereinzulegen. Zum zweiten Mal an diesem Tag! Wahrscheinlich hockten Kayla und die anderen irgendwo zwischen den Felsen und amüsierten sich köstlich. Aber diesmal, schwor sich Anny, würde sie sich nicht für dumm verkaufen lassen!

„Klar bin ich ein Wechselbalg“, behauptete sie lässig. „Wenn ich will, kann ich auch wie Michael Jackson aussehen.“

„Wie wer?“ Das andere Mädchen hob fragend die Brauen.

„Oder wie Micky Maus … oder Donald Trump“, fuhr Anny achselzuckend fort.

„Trump.“ Zumindest dieser Name schien der anderen etwas zu sagen. „Du meinst Trumpo den Troll?“

„Nicht ganz.“ Anny schüttelte den Kopf. Plötzlich kam es ihr doch etwas unwahrscheinlich vor, dass das ein weiterer fieser Streich sein sollte. Sirup in eine Geige zu schütten, ja, das war Kayas Kragenweite. Aber nicht, eine perfekte Doppelgängerin zu schicken. Die Ähnlichkeit war einfach zu verblüffend. Außerdem stimmte etwas nicht mit diesem anderen Mädchen. Offenbar war es ziemlich verwirrt. Mehr noch, es schien Angst zu haben …

„Natürlich bin ich kein Gestaltwandler“, gab Anny deshalb zu.

„Stimmt“, erwiderte das andere Mädchen. „Ich kann dein Spiegelbild im Wasser sehen, also bist du echt. Aber was bist du dann?“

„Na ja, ein Mädchen eben. Und was bist du?“

Sie umkreisten einander und betrachteten sich voller Argwohn, wie ein Spiegelbild, das wirklich geworden war. Es war ziemlich abgedreht.

Der Gedanke, dass das Ganze ein Traum sein könnte – wenn auch ein ziemlich lebhafter –, kam ihnen gleichzeitig. Beide streckten die Hände aus, um herauszufinden, ob das jeweilige Gegenstück auch wirklich existierte. Dabei berührten sich ihre Fingerspitzen und sie stießen beide einen Schrei aus.

„Hilfe!“, rief Anny und das zweite Mädchen quiekte entsetzt. Sie zogen ihre Hände schnell zurück und betrachteten sie voller Verblüffung.

„Das … das war seltsam“, stellte das fremde Mädchen fest.

„Kann man wohl sagen.“ Anny nickte. „Als ob wir …“

„… miteinander verbunden wären“, ergänzte die andere und beide nickten. Etwas absolut Eigenartiges schien in diesem Augenblick vor sich zu gehen …

„Wie heißt du?“, fragte das fremde Mädchen.

„Annlea. Und du?“

„Wynlon, aber ich werde Wynn genannt.“

„Und ich Anny.“ Sie lächelte und Wynn lächelte ebenfalls. Da war etwas an ihr, das Anny gefiel. Auch wenn es eigentlich ganz schön gruselig war, dass sie ihr so ähnlich sah.

„Woher bist du gekommen?“, fragte Anny vorsichtig. „Du warst so plötzlich da ...“

„Das würdest du mir nicht glauben.“ Wynn zog die Nase kraus, genau wie Anny, wenn sie verlegen war. „Wo bin ich hier?“, fragte sie.

„In Ynyslas“, erwiderte Anny. „Am Strand“, fügte sie hinzu, als Wynlon sie verständnislos ansah. „In Wales?“, versuchte sie es weiter. „Großbritannien? Vereinigtes Königreich?“

„Ah, ein Königreich.“ Wynn nickte. Damit konnte sie wohl etwas anfangen. Und Anny hatte einmal mehr das Gefühl, dass ihr Ebenbild ein ganz klein bisschen ... *unwissend* war.

„Ich möchte dich ja nicht kränken“, sagte sie deshalb vorsichtig, „aber du hast keine Ahnung, oder?“

„Doch, schon“, versicherte Wynn. „In Anwyn kenne ich mich einigermaßen aus. Aber du sprichst von Orten, von denen ich noch nie gehört habe.“

„Geht mir bei dir genauso.“ Anny grinste. Es war wirklich kurios.

„Anny? Annlea!“, rief in diesem Moment jemand aus weiter Ferne. „Bist du hier? Komm, zeig dich ...“

Anny erschrak bis ins Mark.

Das war die Stimme von Miss Collins!

In der ganzen Aufregung hatte sie ihre Lehrerin glatt vergessen. Genau wie ihre Mitschüler und alles, was geschehen war.

„Wer ist das?“, fragte Wynn.

„Miss Collins“, erwiderte Anny flüsternd.

„Was ist denn ein Miscolins, bitte? So was wie ein Frockling? Oder ein Firbolg?“

„Was?“ Anny hatte keine Ahnung, wovon ihr Ebenbild da sprach. „Nichts davon – Miss Collins ist meine Lehrerin!“

„Lehrerin?“ Anny glaubte, Entsetzen in Wynlons Zügen zu erkennen. „Ach herrje!“

„Das kannst du laut sagen.“

„Anny!“, tönte es wieder. „Bitte, melde dich! Ich weiß, dass du in der Nähe bist!“

„Schnell weg, sie darf uns nicht sehen“, zischte Anny ihrer Doppelgängerin zu. Sie wusste genau, dass es neuen Ärger bedeuten würde, und davon hatte sie heute schon genug gehabt.

„Wohin?“, fragte Wynn.

„Du bist ganz plötzlich aufgetaucht – kannst du nicht einfach auf demselben Weg wieder verschwinden?“

„So einfach ist das nicht.“

„Anny? Bist du bei der Quelle?“ Miss Collins’ Stimme war jetzt schon ganz nah. Die Lehrerin würde jeden Augenblick bei ihnen sein.

„Dann dort zwischen die Felsen, rasch!“, zischte Anny und war schon dabei, sich zwischen zwei der moosbewachsenen Findlinge zu zwängen.

Wynn fuhr herum und huschte zur anderen Seite des Beckens, um sich ebenfalls zu verstecken – doch es war zu spät. Noch bevor sie ganz hinter den Felsen verschwunden war, trat Miss Collins auf die Lichtung.

16

Verwechslungsgefahr

„Halt! Hiergeblieben!“

Wynn erstarrte.

Wo auch immer sie hier gelandet war – Lehrer schienen sich überall gleich anzuhören …

„Was hast du dir dabei gedacht, einfach davonzulaufen?“, fragte das Miscolins. Ein wirklich seltsamer Name, fand Wynn. Zumal es sich um eine ganz normale Frau zu handeln schien. „Es ist schrecklich, was diese Gören dir angetan haben. Aber du darfst nicht vor ihnen weglaufen, Annlea, sonst wird alles nur noch schlimmer!“

Wynn biss sich auf die Lippen.

Was immer da vorgefallen war, es musste ziemlich schlimm gewesen sein. Schlimm für Anny.

„Hey“, fuhr das Miscolins fort, jetzt nicht mehr ganz so streng. „Komm schon raus! Ich hab doch genau gesehen, wie du dich dort hinter die Felsen geduckt hast.“

Wynns Nackenhaare sträubten sich.

Was sollte sie nur tun?

„Nun komm doch raus, Anny. Oder muss ich dich holen?“

Wynn stieß eine lautlose Verwünschung aus. Sich weiter zu verstecken, hatte keinen Sinn.

Zaghaft wagte sie sich aus ihrem Versteck – und stand vor einer jungen Frau, die ganz anders aussah, als die strenge Stimme vermuten ließ.

Sie war nicht besonders groß, größer als ein Gobbling natürlich, aber längst nicht so groß wie ein Troll. Sie hatte blondes Haar, das zu einem Pferdeschwanz gebunden war, und freundlich blickende Augen. Ihre Kleidung war schlicht und ihre blauen Hosen steckten in hohen Stiefeln. Hätte Wynn nicht gewusst, dass es sich um eine Lehrerin handelte, hätte sie sie vermutlich für eine Bauernmagd gehalten.

„Na also", sagte das Miscolins, das energisch die Arme in die Hüften gestemmt hatte. „Da steckst du ja! Weißt du, dass du mir einen gehörigen Schrecken eingejagt hast, Annlea?"

Annlea!

Selbst jetzt, da Wynn direkt vor ihr stand, im hellen Sonnenlicht, glaubte die Lehrerin noch immer, Anny vor sich zu haben! Zugegeben, sie sahen einander ziemlich ähnlich, aber sie trug doch ein Kleid und hatte viel kürzere Haare!

„Wie ich sehe, hast du dich umgezogen", stellte das Miscolins fest. „Das ist ein wirklich schönes Kleid."

„Da-danke", erwiderte Wynn und sah an sich herab. Ihr wären ein paar Reithosen ja viel lieber gewesen.

„Und die Haare hast du dir auch geschnitten – und das in so kurzer Zeit", fügte die Lehrerin staunend hinzu. „Na ja, mit all dem klebrigen Zeug darin war das wohl nicht zu vermeiden."

„Tja", machte Wynn und versuchte ein unsicheres Lächeln, mehr fiel ihr nicht dazu ein.

„Und ich dachte, du hättest dich weinend im letzten Winkel verkrochen."

„Hab ich nicht", erwiderte Wynn.

Auch die Lehrerin lächelte jetzt, und Wynn wurde klar, warum sie den Schwindel nicht bemerkte. Ganz einfach deshalb, weil Erwachsene anders als Kinder nicht mit offenen Augen durchs Leben gingen. Sie hatten die Wahrheit immer schon im Kopf und suchten nach einer passenden Bestätigung dafür – genau wie ihre Mutter. Damit hatte ja alles angefangen und nun war Wynn hier gestrandet.

Wo immer dieses „hier" auch sein mochte.

„Aber sei unbesorgt", fuhr das Miscolins fort. „Mrs Owen, Mr Hancock und ich werden alles tun, um herauszufinden, wer für diesen bösen Streich verantwortlich ist, den man dir gespielt hat. Und wenn wir es wissen, werden die Täter eine angemessene Strafe bekommen."

Wynn zuckte innerlich zusammen. Sie hörte sich beinahe wie Blodo an, wenn sie selbst etwas ausgefressen hatte.

„Bist du etwa nicht einverstanden?" Die Lehrerin sah sie prüfend an.

„Na ja", sagte Wynn gedehnt, „nur weil jemand mal einen Streich ausgeheckt hat, muss er doch nicht gleich dafür bestraft werden ..."

„Und das sagst ausgerechnet du?"

Wynn zuckte mit den Schultern. „Warum nicht?“

„Das ist sehr großmütig von dir, Annlea. Allerdings glaube ich nicht, dass die Schuldigen das verdient haben. Was Recht ist, muss Recht bleiben.“

Sie klingt nicht nur wie Blodo, dachte Wynn. *Sie klopft auch dieselben Sprüche.*

„Wenn wir die Schuldigen gefunden haben, werden sie alle nachsitzen“, versprach das Miscolins, fasste Wynn bei den Schultern und sah ihr tief in die Augen. „Und was dich betrifft, bin ich froh, dass du dir die Sache nicht allzu sehr zu Herzen genommen hast. Anfangs dachte ich schon ...“

„Was?“, hakte Wynn nach, als die Lehrerin plötzlich verstummte. Ihr war unwohl unter ihrem forschenden Blick.

„Ach, nichts. Für einen Moment glaubte ich nur ...“

„Was?“, fragte Wynn noch einmal. Hatte Annys Lehrerin doch etwas gemerkt?

„Deine Augen ...“, erwiderte das Miscolins. Sie überlegte kurz, doch dann schüttelte sie energisch den Kopf. „Es ist nichts“, entschied sie. „Und jetzt lass uns zu den anderen zurückkehren.“

„Was?“ Wynn erfasste jähe Panik. „Aber ich ...“

„Fürchtest du dich etwa? Ich verspreche dir, dass dich niemand mehr auslachen wird.“

„Quatsch, darum geht es nicht“, versicherte Wynlon wenig prinzessinnenhaft. „Es ist nur ...“

„Ach so, wegen des Kleides.“ Die Lehrerin nickte verständnisvoll und lächelte. „Natürlich verstößt es gegen die Vorschriften unserer Schule. Aber wir können dich ja schlecht zwingen, eine Schuluniform anzuziehen, die voller Sirup ist, nicht wahr?"

Sirup?, fragte sich Wynn.

Die schienen der armen Anny ja ganz schön übel mitgespielt zu haben. Und wenn es jemanden gab, der sich bei Streichen wirklich auskannte, dann war sie das ...

„Du darfst also bleiben, wie du bist", sagte das Miscolins, „und jetzt komm mit!"

Und noch ehe Wynlon widersprechen konnte, hatte ihr die Lehrerin auch schon die Hand in den Nacken gelegt und schob sie sanft, aber bestimmt von der Lichtung. Wynlon konnte ihr nicht entkommen. Hilfe suchend drehte sie sich zu den Felsen um und entdeckte dort tatsächlich Annys blasse Miene, die verstohlen aus ihrem Versteck hervorspähte.

Für einen Moment erwog Wynn, einfach laut zu schreien und den Irrtum aufzuklären, ganz gleich, was dann passieren würde. Doch dann sah sie den verängstigten Ausdruck in Annys Augen und beschloss, ihre Doppelgängerin auf keinen Fall zu verraten.

Sie würde das Spiel mitspielen und abwarten, was geschehen würde. Die Hauptsache war schließlich, dass sie den Grimmlingen entkommen war!

17

Vermisst!

Blodowin hatte den Kopf gesenkt und schüttelte traurig das kahle steinerne Haupt. „Keine Spur von ihr. Sie ist weder in ihrer Kammer noch sonst wo in der Burg. Und sie wurde an diesem Morgen auch von niemandem gese'en."

Königin Ygraine straffte sich.

So sehr sie daran gewöhnt war, ihren Kummer hinter einer gelassenen und gleichmütigen Fassade zu verbergen – in diesem Moment gelang es ihr nicht. Nicht, wenn es um ihre Tochter ging. Sie war wütend darüber, dass Wynlon schon wieder aus der Reihe tanzte. Vor allem aber war sie äußerst besorgt.

„Wo ist sie hin, was denkst du?"

„Isch weiß es nischt." Der Gargoyler schüttelte weiter den Kopf. Er wollte seiner Herrin nicht in die Augen sehen. „Isch weiß nur, dass isch versagt 'abe. Es war meine Aufgabe, auf die Prinzessin aufzupassen."

„Und das hast du auch nach Kräften getan, davon bin ich überzeugt", versicherte die Königin seufzend. „Aber wir wissen beide, dass Wynlon ihren eigenen Kopf hat."

Sie berührte den Leibwächter sanft an der steinernen Schulter, worauf er den Kopf ein wenig hob. Seine spitzen Ohren hingen jedoch immer noch ganz traurig herab. „Isch werde die ganze Burg durschsuchen", versicherte er. „Irgendwo muss die Prinzessin schließlisch stecken."

„Danke, treuer Blodowin", erwiderte die Königin und wandte sich rasch ab, um ihre Tränen vor ihm zu verbergen. Doch der Gargoyler kannte sie schon, seit sie selbst noch ein kleines Mädchen gewesen war.

„Nischt weinen, 'o'eit", bat er. „Isch werde alles tun, um Wynlon su finden, das verspresche isch Eusch."

„Ich weiß", versicherte sie und wischte sich flüchtig die Tränen aus dem Gesicht. „Aber das ist es nicht. Ich wünschte, dass ich ihr die Wahrheit sagen könnte. Dann wäre vieles einfacher zwischen uns."

„Ihr tut das nur, um sie su schützen", erinnerte sie Blodowin.

„Das ist wahr." Ygraine nickte. „Trotzdem kommt Wynn allmählich in ein Alter, wo sie sich mit einfachen Erklärungen nicht mehr zufriedengeben wird. Sie wird Fragen stellen und aufbegehren, wenn sie keine ehrlichen Antworten bekommt. Dies hier, so fürchte ich, ist nur ein erster Vorgeschmack von dem, was uns erwartet."

„Isch werde sie finden", bekräftigte der Leibwächter. „Und dann solltet Ihr sie ordentlisch bestrafen, damit sie nie wieder auf solsche Gedanken kommt …"

Er unterbrach sich, als die Tür leise knarrte. Sie befanden sich im Kaminzimmer der königlichen Gemächer. Wie in den meisten Räumen der Gobbling-Burg waren die Wände mit Holz getäfelt und im Kamin brannte ein knisterndes Feuer.

„Wynlon?“, sagte die Königin hoffnungsvoll.

Aber es war nicht das Gesicht der Prinzessin, das sich zaghaft durch den Türspalt schob, sondern der wirre Haarschopf von Jack, dem Stallburschen. Seinen Wangen waren feuerrot vor Aufregung.

„Was ’ast du ’ier su suchen?“, fuhr Blodowin den Jungen an. „Weißt du nischt, dass dies die Gemäscher der Königin sind?“

„Do-doch, Euer Majestät.“ Jack schob sich ganz herein und verbeugte sich unbeholfen. „D-da ist nur etwas, das ich Euch unbedingt sa-sagen muss.“

Die Königin hob die Brauen.

„U-und zwar könnte es sein, da-dass …“ Der Junge sah betreten zu Boden. „Dass ich vie-vielleicht einen schrecklichen Fehler gemacht habe“, rückte er heraus. „Es tut mir leid, Euer Majestät, aber ich wu-wusste nicht, was ich tu-tun soll …“

Trotz ihrer Anspannung konnte die Königin nicht anders, als milde zu lächeln. „Was immer du getan hast, Jack, es war sicher nichts Schlimmes. Und vielleicht kann es warten, bis …“

„I-ich wünschte, es wäre so“, fiel der Junge ihr mit bebender Stimme ins Wort. „Prinzessin Wynlon …“

„Was ist mit ihr?“, blaffte Blodowin. Mit einem Satz war er bei Jack, die Flügel halb ausgebreitet, und knurrte ihn an.

„Nicht doch, du erschreckst den armen Jungen ja zu Tode“, rief die Königin den Gargoyler zurück. „Also, Jack, was hast du zu berichten? Sei ganz unbesorgt, es wird dir nichts geschehen“, fügte sie hinzu.

„Na ja“, begann der Stalljunge zögernd, während er mit kleinen Schritten ein wenig in ihre Richtung trippelte, „es ist wegen der Prinzessin ... I-ich habe sie getroffen.“

„Wo? Wann?“, fragte Blodo barsch.

„Heute Morgen. Draußen beim Pferdestall.“

„Beim Pferdestall?“ Der Gargoyler und die Königin tauschten Blicke. „Was wollte sie denn da?“

Jack verstummte und starrte betreten zu Boden.

„Nun sag schon“, verlangte Blodo ungeduldig, aber Jack schwieg weiter. Die Königin trat auf den Jungen zu und legte ihm beschwichtigend eine Hand auf die Schulter.

„Es ist gut, Jack“, versicherte sie. „Du kannst es mir ruhig sagen.“

„A-aber Ihr werdet mir böse sein“, tönte es kläglich von unten herauf.

„Werde ich nicht. Aber du musst es mir endlich sagen, hörst du?“

Nun sah er doch auf, und seine glänzenden Augen verrieten, dass er den Tränen nahe war.

„Ich wollte es nicht“, versicherte er. „Ich habe ihr gesagt, dass es verboten ist und dass sie es nicht tun darf. Aber sie hat nicht auf mich gehört und ich wollte mich auch nicht mir ihr streiten.“

„Was hat Wynlon getan, Jack?", fragte Königin Ygraine eindringlich, wobei sie jedes einzelne Wort betonte.

„Sie hat die Burg verlassen", rückte der Junge leise heraus. „Sie hat das hintere Tor geöffnet und ist einfach ge-ge-gegangen."

„Das hintere Tor?" Die Königin sah ihn verständnislos an. „Aber wie …?" Plötzlich kam ihr ein Gedanke. Sie griff an ihr rechtes Handgelenk – und holte scharf Luft.

Das Armband war nicht mehr da!

Der Königin kam es vor, als würde der Boden unter ihren Füßen beben. All der Kummer, der sie stets begleitete, ihre Sorge und ihre Trauer wichen urplötzlich einer neuen Empfindung, die stärker war als alles andere.

Angst.

Sie hatte Angst um Wynlon.

„Ich wusste nicht, was ich tun sollte", schluchzte Jack, der die Furcht im Gesicht der Königin sehen konnte. „Ich hätte sie niemals gehen lassen dürfen, aber sie ist doch eine Prinzessin und ich bin blo-bloß ein Stalljunge …"

„Sei unbesorgt, Jack, dich trifft keine Schuld", versicherte die Königin, die nun tatsächlich wankte und sich an der Wand stützen musste. „Ich bin es, die versagt hat. Ich ganz allein."

„Nein, meine Königin! Isch bin der Schuldige", rief Blodowin tapfer. „Aber isch werde nischt sulassen, dass Wynlon ein Leid geschieht. Isch werde sie finden und sie lebend und gesund su Euch surückbringen, das schwöre isch."

Damit war er auch schon hinausgeeilt.

Zurück blieben eine Königin und ein Stalljunge, die sich beide mit Vorwürfen quälten.

18

Seltsame Veränderungen

Wynn staunte nicht schlecht, als sie das Labyrinth der Felsen verließen. Denn statt des magischen Waldes, den sie erwartet hatte, lagen karge, von Grasbüscheln bewachsene Sanddünen vor ihr. Und jenseits der Hügel – Wynn traute ihren Augen kaum – erblickte sie die blau schimmernde Fläche des Meeres. Wellen rauschten schäumend gegen den Strand, und die Luft war erfüllt vom Geschrei der Seevögel und dem Geruch von Fisch und Salz.

„Nanu?", entfuhr es ihr. „Wo ist denn der Wald geblieben?"

Das Miscolins musste lachen. „Wenigstens hast du dir deinen Humor bewahrt."

Wynlon konnte sich nicht entsinnen, gescherzt zu haben. Auch von der Burg der Gobblinge war weit und breit nichts mehr zu sehen. Was, beim Greifen Amfortas, hatte das zu bedeuten? Wohin hatte der Elfenstein sie gebracht?

Wynn kam nicht dazu, weiter darüber nachzudenken, denn im nächsten Moment waren sie bei den anderen angekommen – Jungen und Mädchen in ihrem Alter, die schwarze Kleidung trugen und die gleichen komischen Stiefel, in denen auch ihre Lehrerin steckte. Alle starrten Wynn an. Durchschauten sie den Schwindel? Nein, es lag wohl eher an dem Kleid, das sie trug.

Ein großes Mädchen mit blonder Mähne sah besonders argwöhnisch zu ihr herüber. Wynn fiel es schwer, diesen Blick nicht persönlich zu nehmen. *Sie meint nicht mich*, redete sie sich ein, *sondern Annlea …*

Ärgerlich fand sie es trotzdem.

„Es ist alles in Ordnung, Kinder, es gibt nichts zu sehen“, verkündete eine andere Lehrerin, die so klein und rund war, dass sie schon fast als Gobbling hätte durchgehen können. „Kümmert euch lieber um eure eigenen Dinge, in Ordnung?“

Die meisten kamen der Aufforderung nach, bis auf das blonde Mädchen, das sie noch immer anstarrte, und einen Jungen. Er war groß und muskulös, hatte dunkles Haar und seine Haut war leicht gebräunt, was auf Feldarbeit schließen ließ. Zumindest schien er viel Zeit an der frischen Luft zu verbringen, vielleicht war er auch Fischer oder Jäger, dachte Wynn.

„Hey!“, rief er und trat zaghaft näher.

„Hey!“, erwiderte sie, obwohl sie nicht wusste, was das bedeuten sollte. Vermutlich war es eine Art Gruß …

„Ich … hab das hier für dich“, sagte er und reichte ihr zögernd einen Gegenstand. Es war ein mit schwarzem Leder bezogener Kasten, birnenförmig und mit langem Hals. „Die Jungs aus meiner Mannschaft und ich haben sie sauber gemacht, so gut es ging.“

Wynn wusste nicht, was sie darauf erwidern sollte, sondern sah ihn nur erwartungsvoll an.

„Ist das okay?", fragte er leise. Er schien sich ziemlich unwohl in seiner Haut zu fühlen, denn er wand sich wie ein Frockling, der gerade erst aus dem Ei geschlüpft war.

„Ja", erwiderte sie nur.

„Ich weiß, wie viel sie dir bedeutet", fuhr der Junge fort, „deshalb ..." Er blickte zu Boden, während er mit einem Fuß im Sand scharrte. „Es tut mir leid, Anny", sagte er so leise, dass es kaum zu hören war. „Ich wusste, dass sie etwas vorhatten, aber nicht genau, was ... Hätte ich geahnt, dass ... Ich meine, ich wollte das nicht ..."

„Na, raus mit der Sprache", ermunterte Wynn ihn, dieses Herumdrucksen war ja kaum auszuhalten! „Was wolltest du nicht? Und könntest du ein bisschen lauter sprechen? Man kann dich ja kaum verstehen."

„Schon okay." Er hob resignierend die Hände. „Du bist sauer, das ist klar."

„Quatsch", widersprach Wynn. „Wieso sollte ich sauer sein?"

„Du meinst ... du bist mir nicht böse?" Nun sah er sie fragend an.

„Nein", versicherte sie, „warum sollte ich? Es ist ja nichts passiert." *Jedenfalls nicht mir*, fügte sie in Gedanken hinzu.

„Okay." Er nickte und versuchte ein Lächeln. „Cool."

„Cool", bestätigte sie – was sollte das nun wieder heißen?

„Sieh an, wer wieder da ist!" Das große Mädchen mit den blonden Haaren war zu ihnen getreten. Außerdem noch drei weitere Mädchen, die alle ziemlich angriffslustig aussahen.

„Kayla“, sagte der nette, aber irgendwie schüchterne Junge. „Komm, lass sie in Ruhe.“

„Was denn? Tut sie dir jetzt etwa leid, Rick? Du hast's gerade nötig – immerhin hast du unseren Lockvogel gespielt!“ Sie warf ihm einen vernichtenden Blick zu, und Wynn begriff endlich, warum er sich so wand. Für jemanden, der sich auf das Aushecken von Streichen verstand, lag der Fall völlig klar: Dieser Rick hatte Anny abgelenkt, während die anderen ihr einen üblen Streich gespielt hatten. Und diese Kayla schien sich die ganze Sache ausgedacht zu haben.

„Wie ich sehe, hast du dich ja ganz gut aus der Affäre gezogen“, meinte die Blonde und musterte Wynn mit einem abschätzigen Blick. „Ich frage mich nur, wo du so plötzlich das Kleid herhattest. Und eine Schere, um dir die Haare zu schneiden …“

Wynn setzte ein Grinsen auf, wie wenn sie mit Blodo Steinemogeln spielte. „Sag ich nicht“, erwiderte sie.

Kayla rümpfte die nach Wynns Meinung entschieden zu groß geratene Nase. Die war ja fast so riesig wie die von einem Troll. „Wahrscheinlich hat irgendjemand das Teil am Strand liegen lassen. Ist ein ganz billiger Stoff, ich kenn mich da aus“, behauptete sie.

Die anderen Mädchen kicherten gehässig.

„Das … das Kleid hat meine Mutter genäht!“, verteidigte sich Wynn.

„Ja klar, das hättest du wohl gern.“ Kaylas Mund dehnte sich zu einem breiten Grinsen. „Weiß doch jeder, dass du gar keine Mutter hast, sondern bloß einen Vater. Und der ist nicht ganz richtig im Kopf, weil er seine Nase ständig in Bücher steckt. Kein Wunder, dass deine Mutter davongelaufen ist.“

Wynn sah sie mit großen Augen an. Eigentlich hätte es ihr egal sein können, was das blonde Mädchen mit der keifenden Stimme sagte, denn sie war ja nicht gemeint, und außerdem hatte sie sowieso keinen Vater, dessentwegen sie hätte beleidigt sein können. Aber sie wagte kaum, sich vorzustellen, wie sehr diese Worte Anny getroffen hätten, wenn sie jetzt hier gestanden hätte. Und deshalb wurde sie wütend.

Dieses Mädchen hatte Anny nicht nur einen üblen Streich gespielt und sie vor allen bloßgestellt, nein, jetzt beleidigte sie auch noch ihren Vater. Wynn wusste selbst nicht, woran es lag – schließlich kannte sie Anny kaum und war auch nicht mit ihr befreundet. Aber alles in ihr empörte sich über so viel Gemeinheit. Vielleicht auch weil sie selbst keinen Vater hatte und doch so gern einen gehabt hätte.

„Sag das noch mal“, knurrte sie deshalb und baute sich zornig vor Kayla auf, die Arme energisch in die Hüften gestemmt. Das Mädchen war fast einen Kopf größer als sie, aber das war ihr egal.

„Gerne.“ Kayla grinste. „Dein alter Herr ist ein Spinner, das weiß jeder in der Stadt. Und das Kleid sieht richtig scheiße an dir aus.“

„Was?“

Wynn schnappte nach Luft. Seit sie zurückdenken konnte, lebte sie unter Gobblingen, und längst nicht alle von ihnen hatten eine gute Kinderstube genossen. Manche konnten schimpfen und fluchen, dass es einem die Schamröte ins Gesicht trieb. Aber keinem von ihnen wäre es auch nur im Traum eingefallen, etwas derart Gemeines zu sagen.

Sie hatte sich geirrt, sagte sie sich.

Kayla hatte nicht nur die Nase eines Trolls.

Sie *war* ein Troll – und darauf gab es nur eine Antwort ...

Ohne auch nur mit der Wimper zu zucken, holte Wynn aus und trat dem großen Mädchen mit Wucht gegen das Schienbein.

Der Angriff kam so plötzlich, dass er Kayla völlig unvorbereitet traf. Mit einem Aufschrei fiel sie in den Sand und jammerte wie ein gerupfter Firbolg, während die anderen um sie herumwuselten wie ein Schwarm aufgeschreckter Pixlinge.

„Kayla! Um Himmels willen!“

„Geht es dir gut?“

„Soll ich einen Krankenwagen rufen?“

Die Blonde erwiderte nichts darauf. Mit zusammengebissenen Zähnen rieb sie sich das schmerzende Bein und warf Wynn einen vernichtenden Blick zu. „Das wird dir noch leidtun, *Anybody!*“, fauchte sie.

„Eher nicht.“ Wynn schüttelte den Kopf, ihre Hände waren zu Fäusten geballt. „Willst du noch mehr oder hast du genug?“

Kayla erwiderte nichts darauf, doch Rick konnte sich ein breites Grinsen nicht verkneifen.

„Hoppla", sagte er. „Da hat sich ja ganz schön was geändert."

Wynn nickte heftig. „Lass gefälligst Anny – äh, ich meine, lass mich in Ruhe, verstanden? Keine üblen Streiche mehr, sonst kannst du was erleben!"

„Sag mal, was ist denn in dich gefahren?" Trotz ihres schmerzenden Schienbeins sprang Kayla auf und stellte sich wieder vor sie hin, die Arme vor der Brust verschränkt. „Schnappst du jetzt völlig über, Jones?"

Ihre Freundinnen hatten sich gleich hinter ihr aufgebaut und sahen wirklich bedrohlich aus, aber längst nicht so böse wie ein Grimmling. Wortlos taxierte Wynn ihr Gegenüber. Sicher fragte sich Kayla, was plötzlich in Anny gefahren war, aber in ihrer Wut konnte sie die Wahrheit unmöglich erkennen. Und die hellsten Kerzen am Leuchter schienen Kayla und ihre Freundinnen auch nicht gerade zu sein.

Die vier schienen es darauf abgesehen zu haben, Wynn mit ihren Blicken niederzuringen. Als sie jedoch keine Anstalten machte zurückzuweichen, trat Verunsicherung ein. Kayla und ihre Freundinnen tauschten nervöse Blicke und mussten dann einsehen, dass mit dieser neuen Anny, die aus dem Wald zurückgekehrt war, nicht zu spaßen war.

„Für heute soll es gut sein, Jones", knurrte Kayla. „Aber übertreib es nicht, okay?"

„Was immer du sagst", erwiderte Wynn gelassen und brachte sogar ein Grinsen zustande.

Schnaubend wandte Kayla sich ab, und sie und ihre Freundinnen zückten kleine flache Kästchen, auf denen sie hektisch herumzuwischen begannen. Wynn hatte von diesen Dingern schon gehört. Es waren Samartofone, und die Bewohner der Menschenwelt glaubten fest daran, dass ihr Gebrauch sie klüger machte!

Die Erkenntnis traf Wynlon mit der Wucht einer Trollfaust. Der Zauber des Elfensteins hatte sie nicht an einen anderen Ort in Anwyn gebracht, wie sie zunächst vermutet hatte, sondern geradewegs in die Welt der Menschen!

19

Hektische Spurensuche

Wo mochte das Mädchen nur stecken?

Blodowin der Gargoyler wachte schon lange über das Wohl von Prinzessin Wynlon, doch so seltsam wie in diesen Tagen hatte sie sich noch nie benommen.

Sie war bockig wie ein Steintroll und hatte mehr Blödsinn im Kopf als ein Pixling, der vom Honigmet naschte. Wo, so fragte er sich immerzu, während er den Wald nach Spuren absuchte, war das kleine, zarte Wesen geblieben, das er einst auf seinen Armen getragen hatte? Das ihn *Blodolieb* genannt und ihn über alle Maßen bewundert hatte? Heute nannte sie ihn allenfalls noch einen Blödian …

Missmutig durchstreifte er den Wald.

Firbolgs raschelten im Unterholz, als er sich näherte. Er überlegte, sie um Auskunft zu bitten, aber die wuseligen Pelzwesen waren für ihre Geschwätzigkeit bekannt. Falls sie Wynlon nicht gesehen hatten, würden sie ihn nur lange aufhalten, also suchte er lieber auf eigene Faust weiter.

Der Geruchssinn eines Gargoylers war nicht besonders ausgeprägt, dafür waren seine Augen umso besser. Ob in der Dämmerung oder im schummrigen Zwielicht des Waldes, je dunkler es wurde, desto schärfer konnte ein Wasserspeier sehen. Aus diesem Grund hatten sie in der Welt der Menschen ja auch einst die Kirchen gehütet und wachsam über das Land geblickt, um vor Feinden und anderen Gefahren zu warnen.

Die Augen zu Schlitzen verengt, suchte Blodowin den Boden ab. Er hatte längst Spuren zarter Mädchenfüße entdeckt, aber sie führten so ziellos durch den Wald, dass es schwierig war, ihnen zu folgen. Wynn hatte sich leichtfüßig bewegt und kaum Fußabdrücke hinterlassen, als ob sie zwischen den Bäumen getanzt hätte. Der Gargoyler musste lächeln bei dem Gedanken, wie glücklich sie gewesen sein musste. So hatte er sie lange nicht mehr erlebt und er wäre gern dabei gewesen. Aber dann musste er wieder an die Gefahr denken, der sie sich und alle anderen in ihrem Leichtsinn aussetzte, und das Lächeln versteinerte buchstäblich auf seiner Miene.

Was hatte sie nur geritten? Wie hatte Wynlon ihre Mutter derart hintergehen können? Und nicht zuletzt auch ihn, ihren getreuen Leibwächter?

Doch so enttäuscht und traurig Blodowin auch sein mochte, seine Sorge um Wynlon war noch um einiges größer. Und während er Haine und Hohlwege nach ihr durchkämmte, wünschte er sich nur, sie lebend und gesund wiederzufinden und sie wohlbehalten zu ihrer Mutter zurückbringen zu können.

Er entdeckte eine Lichtung, wo sie sich hingelegt haben

musste – Blodo konnte die Abdrücke im Moos erkennen. Vermutlich war Wynlon müde gewesen und hatte sich ein wenig ausgeruht. Aber wohin war sie dann gegangen?

Der Gargoyler legte die flache Hand auf die Stelle, wo die Prinzessin gelegen hatte, und schaute sich um. Was er dann entdeckte, ließ ihm das Blut in den Adern gefrieren.

Es war ein unscheinbares Ding, das am Rand der Lichtung lag und das andere vielleicht übersehen hätten. Doch dem scharfen Blick eines Gargoylers entging es nicht. Mit einem Satz war Blodo dort und hob es vom Boden auf.

Ein kleines Stück Eisen, so rostig, dass es abgebrochen war, und fast im selben Moment hatte der Wasserspeier den grässlichen Gestank von Fäulnis und Tod in seinem Rüssel.

Grimmlinge!

Erschrocken ließ er das Fundstück fallen. Es musste von einer Rüstung dieser grässlichen Kerle stammen. Alarmiert blickte er sich um.

In diesem Moment konnte er tatsächlich das Klirren von Eisen und das Stampfen von Schritten hören und das leise Zischen von Stimmen. Eine feindliche Patrouille!

Sie kam genau auf ihn zu …

Einen Augenblick lang erwog er zu fliehen, doch es war bereits zu spät. Der Gargoyler tat, was seinesgleichen stets in solchen Situationen tut: Er wurde noch im selben Augenblick zu Stein. Seine Züge erstarrten, genau wie seine Arme, die er weit ausgebreitet hatte, und die Schwingen auf seinem Rücken. Nach vorn gelehnt und die Zähne gefletscht, wurde er zu einem starren Standbild, und das keinen Moment zu früh. Denn schon teilte sich das Gebüsch, und der Feind betrat die Lichtung.

Es waren ein halbes Dutzend Grimmlinge mit grünen Gesichtern und schwarzem Fell. Und ihre Bosheit begleitete sie wie ein dunkler Schatten.

Während Blodowin noch fieberhaft darüber nachdachte, was er als Nächstes tun sollte, begannen die Schergen des Dunklen Königs ihn auch schon einzukreisen. Ihr Gestank war wirklich abscheulich, sogar für einen Gargoyler aus Stein.

„Du!“, zischte der Anführer, der die Sprache der Dynai immerhin so gut beherrschte, dass man ihn verstand. „Lass das Theater! Darauf fallen wir nicht herein!“

Schön für euch, dachte Blodowin, dem es nicht mal im Traum eingefallen wäre, sich wieder in ein atmendes Wesen zu verwandeln. Er konnte hier noch Jahrhunderte ausharren, wenn es sein musste.

„Das ist Blodowin!“, rief der Anführer der Grimmlinge zu Blodos Verdruss. „Der Leibwächter der Königin!“

Ein Raunen ging durch die Meute. Die Grimmlinge fassten ihre Speere noch ein wenig fester.

„Sollen wir einen Steintroll holen, Gargoyler?“, fragte der Grimmling. „Er wird dich in lauter kleine Stücke zerschmettern.“

Das mochte zwar stimmen, aber Blodo beschloss dennoch, bei seiner steinernen Haltung zu bleiben. Nicht dass er den Steintroll nicht gefürchtet hätte. Aber die Grimmlinge hatten offenbar ziemliche Angst vor ihm, also war es wohl nur eine leere Drohung.

„Wie du willst“, keifte der Obergrimmling prompt. „Dann werden wir dich mitnehmen und zu unserem Herrscher bringen, damit er dich zurückverwandelt. Und dann wirst du uns sagen, wo sich das Mädchen befindet!“

Blodo horchte innerlich auf.

Die Grimmlinge wussten nicht, wo Wynlon sich befand. Wo immer sie also stecken mochte, sie war noch nicht in der Gewalt des Feindes, und er würde um jeden Preis verhindern, dass es dazu kam. Aber nicht, wenn sie ihn zum Dunklen König schleppten …

So schnell wie er sich in Stein verwandelt hatte, erwachte er wieder zum Leben. Das Grau des Granits verblasste, sein Brustkorb weitete sich und seine Glieder regten sich. Ein Raunen ging durch die Menge der Grimmlinge, und Blodo sah mit Genugtuung die Furcht in ihren grünen Gesichtern. Sie klammerten sich an ihre Speere wie Ertrinkende an einen Strohhalm.

„Ihr Kerle stinkt zum Steinerweischen, wisst ihr das?“, sagte er grinsend.

Die Grimmlinge starrten ihn an und ihre Furcht schlug um in blinden Hass. Blodo würde sich vorsehen müssen. Wenn er nicht in Stein verwandelt war, war das Gift ihrer Speere für ihn genauso tödlich wie für jede andere Kreatur.

„Buh!“, machte er dennoch, worauf die Grimmlinge mit einem Satz zurückwichen.

„Worauf wartet ihr? Nehmt ihn gefangen!“, keifte der Anführer.

Die Grimmlinge stürmten los, und auf der Lichtung, wo Wynlon vor nicht allzu langer Zeit friedlich geschlafen hatte, entbrannte ein Kampf auf Leben und Tod.

20

Ein verwegener Gedanke

Sie war nicht mehr in der Anderwelt!

Im ersten Moment war diese Erkenntnis für Wynn ein Schock gewesen. Ihr war heiß und kalt geworden, und eine Weile lang fürchtete sie, in Ohnmacht zu fallen.

Jäh wurde ihr klar, warum an diesem Ort alles so anders war. Warum die Leute hier so komisch redeten und so seltsam gekleidet waren: Es waren keine Dynai wie bei ihr zu Hause, sondern Menschen! Natürlich, das war die Erklärung – die Macht des Elfensteins hatte sie nicht nur an einen anderen Ort versetzt, sondern über die Grenzen der Anderwelt hinausgeschleudert. In jene Welt, die die Menschen für die einzig wirkliche hielten.

Zunächst hatte sie der Gedanke erschreckt, sich allein unter Menschen zu befinden. Jeder in Anwyn wusste, dass sie gewalttätig und gemein waren und dass man vor ihnen auf der Hut sein musste.

Doch dann fiel Wynn ein, dass sie hier immerhin vor den Grimmlingen sicher war. Ganz abgesehen davon, hatte längst die Neugier von ihr Besitz ergriffen und sie wollte unbedingt mehr über die Menschenwelt herausfinden. Blodo, der früher oft hier gewesen war, hatte ihr manchmal davon erzählt – wundersame Dinge, die unmöglich alle wahr sein konnten: von Samartofonen und anderen lustigen Gegenständen bis hin zu Kutschen, die von selbst fuhren, ganz ohne Zauberkraft! Wynn konnte es gar nicht erwarten, all diese Dinge nun mit eigenen Augen zu sehen.

Und zum Glück war sie jetzt auch nicht länger allein, denn Anny war ihr heimlich gefolgt und hatte sich zu ihr an den Strand geschlichen. Da die beiden Mädchen natürlich nicht zusammen gesehen werden durften, hatten sie sich in die Dünen geflüchtet. Während der Rest der Schüler unten am Strand herumtollte – einige der Jungs hatten sich die Kleider vom Leib gerissen und schwammen zu Miscolins' Entsetzen im eiskalten Wasser –, hockten Wynn und Anny in einer versteckten, von hohem Gras umgebenen Senke, wo sie ungestört reden konnten.

„Und du hast ihr wirklich vors Schienbein getreten?" Anny schaute sie ungläubig an.

„Und ob." Wynn grinste.

Anny musste kichern und schien sich gleichzeitig dafür zu schämen. „Das hätte ich mich nie getraut", hauchte sie.

„Kayla ist ein Troll", erwiderte Wynlon achselzuckend. „Und mit Trollen kenne ich mich aus, das kannst du mir glauben."

Anny musste lachen. „Du bist wirklich lustig."

„Du auch. Wieso lässt du dir das alles gefallen? Warum hast du dich nie gegen diese Gänse gewehrt?"

Anny hob die schmalen Schultern. „Ich bin wohl einfach nicht gut darin, mich mit anderen zu streiten."

„Ich schon", sagte Wynn. Leider war das so ziemlich das Einzige, worin sie wirklich gut war. „Warum haben sie dir eigentlich so übel mitgespielt?"

„Keine Ahnung." Anny hob abermals ihre Schultern. „Ich schätze, weil sie mich nicht besonders mögen."

„Aber warum?"

„Weil ich anders bin als sie. Dabei will ich das gar nicht sein, verstehst du?"

„Und ob", versicherte Wynn. Als einziges Dyn-Mädchen in einer Burg voller Gobblinge wusste sie nur zu gut, was es hieß, sich fremd zu fühlen und nicht dazuzugehören. Wie oft hatte sie sich früher gewünscht, auch ein Gobbling zu sein. Aber eines hatte sie bald gelernt: dass es keinen Sinn hatte, jemand sein zu wollen, der man nun mal nicht war.

„Magst du mir das Ding darin mal zeigen?", fragte sie, auf den eigenartig geformten Koffer deutend, den Rick ihr gegeben hatte und der Anny sehr wichtig zu sein schien. „Ich hab so was noch nie gesehen."

Anny sah sie zweifelnd an. „Veralberst du mich jetzt? Willst du echt behaupten, du hättest noch nie eine Violine gesehen?"

Wynn schüttelte den Kopf – und kam sich ein bisschen albern vor. Sie musste besser aufpassen, was sie sagte …

„Eine Violine ist ein Streichinstrument", erklärte Anny bereitwillig. Sie ließ die Verschlüsse des Koffers aufschnappen und öffnete den Deckel. Das Instrument, das darunter zum Vorschein kam, sah ein bisschen wie die Fiedeln der Gobblinge aus, nur größer und vornehmer. Die meisten Fiedeln, die Wynn gesehen hatte, waren von Hand geschnitzt und wirkten ziemlich derb. Und die Gobblinge schrubbten auch eher darauf herum, als dass sie spielten. Annys Geige hingegen sah sehr elegant aus, auch wenn noch immer Reste von Sirup daran klebten.

„Hoffentlich geht das alles wieder ab", seufzte sie.

„Du magst deine Fiedel wirklich, was?", fragte Wynn.

„Meine Violine", verbesserte sie Anny. „Natürlich mag ich sie. Spielst du auch ein Instrument?"

„Harfe", gestand Wynn widerstrebend.

„Ehrlich? Das ist ja toll! Da können wir ja gemeinsam Musik machen!"

„Äh ... lieber nicht", dämpfte Wynn ihre Begeisterung. Dass sie ihre Harfe erst vor Kurzem zweckentfremdet hatte, um damit Pfeile zu verschießen, behielt sie lieber für sich. „Aber ich würde gern hören, wie du etwas spielst."

„Jetzt? Hier?"

„Warum denn nicht?" Wynn machte eine Handbewegung, die die Sandkuhle und das hohe Gras rundherum mit einschloss. „Ist doch wie gemacht dafür."

„Also gut." Anny nahm zu ihrer Violine noch den Bogen aus dem Koffer und stimmte ausgiebig die Saiten. Gobblinge taten das nie und spielten einfach drauflos.

Genauso klang es dann auch ...

Schließlich nickte Anny zufrieden und begann. Sie stimmte „Die Glocken von Aberdovey" an, weil sie es eingeübt hatte und ihr die Melodie einfach nicht mehr aus dem Kopf ging.

Wynn lauschte gebannt. Es klang wirklich schön. Und plötzlich wurde ihr klar, dass sie das Lied kannte!

Wie, bei allen Drachen, war das möglich? Sie war doch noch nie zuvor in der Menschenwelt gewesen!

„Und?", fragte Anny gespannt, nachdem sie zu Ende gespielt hatte.

„Wunderschön", lobte Wynn. „Du kannst echt prima fiedeln."

„Violine spielen", verbesserte Anny.

„Und die Melodie?"

„Was soll damit sein?"

„Ich kenne sie. Meine Mutter hat sie mir oft vorgesungen, als ich noch klein war."

„Meine Mutter hat das Lied auch sehr gemocht", sagte Anny. „Jedenfalls behauptet das mein Vater. Obwohl er nur selten über sie spricht."

„Wieso?"

„Sie hat uns verlassen", berichtete Anny und wunderte sich selbst darüber, wie leicht es ihr über die Lippen kam. Sie sprach nicht gern mit Fremden über diese Angelegenheit, aber irgendwie schien ihr Wynn keine Fremde zu sein. Vermutlich lag es daran, dass sie einander so ähnlich sahen. Anny hatte das Gefühl, dass sie Wynn schon ewig kannte. „Ich war noch sehr klein damals, deshalb kann ich mich nicht an sie erinnern", fügte sie erklärend hinzu.

„Und warum hat sie euch verlassen?", flüsterte Wynn.

Der Wind strich sanft über die Senke und trug die Worte an Annys Ohr.

„Das weiß ich nicht, Vater spricht nie über diese Dinge. Aber seither sind er und ich allein. Dabei hätte ich manchmal wirklich gern eine Mutter."

„Schon komisch." Anny lachte auf.

„Was soll daran komisch sein?"

„Na ja, ich habe zwar eine Mutter, aber dafür keinen Vater. Und manchmal wünschte ich mir wirklich, ich hätte einen. Sicher würde er mir zuhören und ..."

„... mich viel besser verstehen als alle anderen", ergänzte Anny.

„Genau." Wynn sah sie staunend an. „Woher weißt du das? Kannst du Gedanken lesen?"

„Natürlich nicht. Aber das ist genau das, was ich auch immer denke. Nur eben anders herum."

Wynn grinste. „Weißt du, was?", sagte sie. „Wir tauschen einfach die Rollen, und dann kannst du herausfinden, wie es ist, eine Mutter zu haben, und ich ..."

„... und du hast endlich einen Dad", fügte Anny hinzu. „Klingt nach einem perfekten Plan."

Beide lachten, und Anny musste an das Buch denken, das sie im Unterricht gelesen hatten. Plötzlich nahm eine verwegene Idee in ihrem Kopf Gestalt an.

„Wynn?", fragte sie leise. „Kennst du die Geschichte vom Prinzen und dem Bettelknaben?"

Wynlon schüttelte den Kopf. Tatsächlich kannte sie eine Menge Geschichten, die die Märchenerzähler der Gobblinge ihr als kleines Mädchen erzählt hatten. Aber diese gehörte nicht dazu.

„Darin begegnen sich zwei Jungen, die einander zum Verwechseln ähnlich sehen."

„Du meinst, wie wir beide?"

„Ja", erwiderte Anny, „aber der eine ist ein Prinz und der andere ein Bettler. Die beiden beschließen, die Rollen zu tauschen, sodass der Prinz das Leben durch die Augen des Bettlers sieht und umgekehrt."

„Schöner Gedanke." Wynn nickte. „Und das sollen wir jetzt auch tun?" Sie lachte, weil die Idee so abwegig war. Sie konnte Anny ja schlecht in die Anderwelt schicken. Womöglich lauerten dort noch immer die Grimmlinge.

Anny zuckte mit den Schultern. Dabei betrachtete sie die Geige, die sie noch immer in den Händen hielt. „Findest du es nicht auch seltsam, dass wir uns getroffen haben? Und dass wir uns so ähnlich sehen?"

„Unbedingt", stimmte Wynn zu. *Seltsam* war noch vorsichtig ausgedrückt. Selbst für jemanden, der aus der Anderwelt kam …

„Woher bist du eigentlich gekommen?", wollte Anny wissen.

„Ich?" Wynn erschrak ein bisschen.

„Ja." Anny nickte. „Ganz plötzlich warst du da …"

„Das ist einfach meine Art", sagte Wynn mit verlegenem Lächeln.

„Ich bin froh, dass du hier hereingeplatzt bist."

„Ich auch."

Beide lächelten.

Durch den Sand rückte Anny ein Stückchen näher zu ihr hin. „Weißt du, vielleicht ist unsere Ähnlichkeit ja tatsächlich für etwas gut."

„Für was denn?" Wynn machte große Augen.

Annlea biss sich auf die Lippen. Dann nahm sie all ihren Mut zusammen und rückte mit ihrem Plan heraus: „Morgen Nachmittag findet ein Vorspielen statt", begann sie. „Oben in Llandudno. Ich würde schrecklich gern daran teilnehmen, weil ich danach vielleicht auf einer großen Bühne auftreten und ein richtiges Konzert geben darf."

Wynn war begeistert. „Das solltest du unbedingt machen!"

Anny nickte. „Nur leider hat mein Vater versprochen, dass ich bei einem Empfang in der Bibliothek spielen werde, wo er arbeitet – und zwar genau zur selben Zeit."

„Was?" Wynlon schüttelte den Kopf, dass ihre dunklen Haare nur so flogen. „Aber das ist nicht fair! Du hast es verdient, auf einer großen Bühne zu stehen."

Anny nickte wieder. „Deshalb ist mir der Gedanke gekommen, ob du nicht vielleicht …" Sie hielt inne und sah Wynn fragend an. „Ich bringe es einfach nicht fertig, meinen Paps zu enttäuschen. Aber ich möchte unbedingt an dem Vorspielen teilnehmen. Und durch dich könnte ich …"

„… an zwei Orten gleichzeitig sein", brachte Wynn den Satz zu Ende.

„Ganz genau."

„Du hast nur eine Kleinigkeit übersehen", wandte Wynn ein. „Ich kann nämlich nicht Geige spielen."

„Aber Harfe“, erwiderte Anny. „Wenn er seine Empfänge gibt, ist mein Paps immer so zerstreut, dass er den Unterschied wahrscheinlich nicht mal bemerken wird. Und wenn doch, sagst du einfach, dass du seit Neuestem auch Harfe spielst und ihn damit überraschen wolltest.“

„So wie ich spiele, wird das aber eine böse Überraschung“, sagte Wynn, und wieder mussten beide lachen. Dann trat ein Augenblick der Stille ein. Man konnte das Rauschen des Meeres hören und das Gras, das im Wind raschelte.

„Würdest du das ... für mich tun?“, fragte Anny vorsichtig.

Wynlon überlegte. Die Sache reizte sie – allein schon deshalb, weil es ihr die Gelegenheit gab, noch tiefer in die Welt der Menschen einzudringen und ihre Gepflogenheiten kennenzulernen. Auch wenn ihre Mutter und Blodo, die sicher längst nach ihr suchten, ihr das niemals erlaubt hätten.

Wynn dachte an das Abenteuer, an die verlockende bunte Welt, die es zu entdecken galt – und im nächsten Augenblick stand ihre Entscheidung fest.

„Klar“, sagte sie und ein verwegenes Grinsen huschte über ihr blasses Gesicht. „Das mache ich gern!“

21

Das Versprechen

„Und woher weißt du das alles?“

Königin Ygraine sah Blodowin fragend an. Schwer atmend stand der Gargoyler in ihrem Gemach. Er sah erschöpft und mitgenommen aus. Seine Flügel, die ihn in Windeseile zurück zur Burg der Gobblinge getragen hatten, hingen jetzt schlaff herab.

„Weil die Grimmlinge es mir … gesagt ’aben“, erklärte er schnaufend.

„Die Grimmlinge haben es dir gesagt?“ Sie sah ihn zweifelnd an. „Aber ich dachte, sie hätten dich eingekreist und dich angegriffen …“

„Das ’aben sie.“ Der Gargoyler nickte. „Doch es ist ihnen nischt gut bekommen. Am Ende flehten sie um ihr Leben, und isch ’abe sie verschont. Aber vor’er mussten die Grimmlinge mir alles verraten, was sie wussten.“

„Die Grimmlinge werden nicht lange am Leben bleiben, wenn der Dunkle König erfährt, dass sie geplaudert haben. Gorgon ist kein Herrscher, der einen Fehler vergibt.“

„Nein“, erwiderte Blodo.

„Getreuer Blodowin …“ Die Königin streckte die Hand aus und berührte dankbar seine Schulter. „Also ist es wahr. Wynn ist in der Menschenwelt.“

„Davon müssen wir ausge’en. Der Anführer der Grimmlinge ’at gesagt, dass sie vor ihren Augen verschwunden ist, ganz plötzlisch.“

„Dann wissen die Grimmlinge auch von meinem Armband?“

„Isch weiß es nischt. Aber der Dunkle König wird seine Schlüsse zie’en“, gab der Gargoyler zu bedenken.

Die Königin nickte und griff sich an ihr schmales, jetzt schmuckloses Handgelenk. „Wie konnte Wynlon das nur tun?“

„Sie ist jung, meine Königin. Und sie hat es nischt gerade leischt.“

„Du verteidigst sie“, stellte die Königin wehmütig fest. „Selbst jetzt noch.“

„Isch bin ihr Leibwäschter, nischt wahr?“

Ygraine nickte. Sie wandte sich ab und trat ans Fenster. Der Tag neigte sich und Wynn war allein in der Welt der Menschen …

„Sorgt Eusch nischt“, sagte Blodowin. „Isch werde auf die andere Seite ge’en und die Prinzessin surück’olen. Gargoyler brauchen dazu keinen Elfenstein wie die Grimmlinge.“

Die Königin sah weiter aus dem Fenster. „Du musst Wynn möglichst rasch finden und sie hierher zurückbringen – sie *und* das Armband. Was geschehen würde, wenn beides in Gorgons Fänge geriete, wage ich mir gar nicht vorzustellen."

„Sehr wohl, meine Königin." Blodowin beugte das Haupt mit den spitzen Ohren. Er wirkte zum Äußersten entschlossen. „Isch bin Wynlons Leibwäschter. Isch werde sie noch vor den Grimmlingen finden, das verspresche isch bei den Steinen meiner Ahnen."

„Getreuer Blodowin", sagte die Königin noch einmal. „Wie gern würde ich mit dir kommen und nach Wynlon suchen ..."

„Das dürft Ihr nischt, und Ihr wisst auch, warum."

Ygraine sah ihm lange und fest ins steinerne Gesicht. Dann nickte sie schließlich. „Die Mächte des Lichts mögen dich begleiten, guter Blodowin", sagte sie leise.

22

Rollentausch

Den Rest des Nachmittags verbrachten Anny und Wynn mit den Vorbereitungen für ihren verwegenen Plan: Während Wynn mit dem Bus zurückfahren sollte, würde Anny den Zug nehmen; in Tywyn würden sie wieder zusammentreffen. Wynn würde im Haus übernachten und dabei gleich herausfinden, ob Annys Vater den Schwindel bemerkte, während Anny die Nacht in der Garage verbringen würde, wo ein altes Sofa stand und es sich ganz gut aushalten ließ. Am nächsten Tag würde Anny mit dem Bus nach Llandudno fahren und am dortigen Vorspielen teilnehmen, während Wynn sie beim Empfang in der Bibliothek vertreten sollte. Soweit Anny sich erinnerte, gab es in der Bibliothek eine alte keltische Harfe, die eigentlich nur als Dekoration diente – auf ihr sollte Wynn ein wenig herumzupfen.

„Und wenn es schrecklich klingt?“, fragte Wynn und errötete ein bisschen. „Ich kann wirklich nicht besonders gut spielen, weißt du. Bogenschießen ist mehr mein Ding.“

„Dann behauptest du eben, dass das Instrument einfach zu alt ist“, meinte Anny achselzuckend. „Niemand von denen kennt sich mit Musik aus, sie werden dir alles glauben, was du sagst."

Zum ersten Mal wirkte Wynn ein wenig verunsichert. Der Gedanke, für ein paar Stunden jemand anders zu sein, hatte sie sofort begeistert. Doch vor fremden Leuten ein Instrument spielen zu müssen, gefiel ihr sehr viel weniger. Sie stand auf und ging nervös in der Sandkuhle umher.

„Du brauchst wirklich keine Angst zu haben", versuchte Anny sie zu beruhigen. „Alle werden zufrieden sein, und besonders mein Paps."

Wynn blieb stehen und sah sie an. „Wie ist er denn so?"

„Nett", versicherte Anny und musste lächeln. „Manchmal vielleicht ein bisschen verpeilt, weil er immerzu an seine Bücher denkt. Aber sonst ist er ganz wunderbar."

„Klingt gut", meinte Wynn.

„Ist es auch." Anny seufzte. „Paps gibt wirklich sein Bestes, weißt du. Aber ab und zu habe ich das Gefühl, dass er mich einfach nicht richtig versteht und dass meine Mutter ..."

„... dich besser verstehen würde, wenn sie hier wäre." Wynn nickte. „Das denke ich auch manchmal, nur mit meinem Vater. Ich meine, ich weiß, dass Mama mich lieb hat und dass sie nur das Beste für mich will, genau wie Blodo ..."

„Blodo? Wer ist denn das?", fragte Anny dazwischen. „Hat deine Mutter noch mal geheiratet?"

„Was?" Wynn schaute sie verdutzt an und musste dann lachen. „Nein, nein", versicherte sie schnell. „Blodo ist nur ... jemand, der für uns arbeitet. Genau wie Mama meint er es gut mit mir, aber manchmal nehmen sie mir damit einfach die Luft zum Atmen, verstehst du?“

„Ich glaub schon.“ Anny nickte. „Andererseits fände ich es manchmal ganz schön, wenn mich jemand bei der Hand nehmen und sich besser um mich kümmern würde. Eine Mutter würde mit mir einkaufen gehen und mir auch mal ein schönes Kleid kaufen. Mit ihr könnte ich über alles reden.“

„Kannst du mit deinem Vater denn nicht über alles reden?“

„Ich versuch's“, versicherte Anny. „Aber seine Arbeit ist ihm ziemlich wichtig.“

„Genau wie meiner Mutter.“

„Wieso? Was arbeitet sie denn?“

„Sie ist – äh …“ Mit dem Fuß stocherte Wynn im Sand, während sie nach einer passenden Bezeichnung suchte. Sie konnte ja schlecht sagen, dass ihre Mutter eine waschechte Königin war. „Sie ist eine Anführerin“, sagte sie schließlich.

„Du meinst, sie hat eine leitende Position?“

„Sozusagen.“

„In was für einer Firma?“

Wynn errötete. „Keine Ahnung.“

Anny hob die Brauen. „Du weißt nicht, wo deine Mum arbeitet?“

„Doch, schon … Es hat mit einer Burg zu tun.“

„Mit einer Burg? Dann ist sie vielleicht Architektin? Oder arbeitet sie in einem Museum oder so was?“

„Etwas in der Art.“ Wynn lächelte matt.

„Dann würde sich mein Paps gut mit ihr verstehen. Er liebt alten Krempel jeder Art. Vor allem haben es ihm aber alte Bücher angetan."

„Wir haben eine riesige Bibliothek mit uralten Büchern!", sagte Wynn begeistert und ließ sich auf die Knie fallen, sodass sie Anny wieder gegenüber hockte. „Die würde ihm bestimmt gut gefallen. Ihr solltet uns wirklich mal ..." Sie unterbrach sich und biss sich auf die Lippen.

„Euch besuchen? Willst du das sagen?" Anny lächelte. „Das wäre schön."

„Vielleicht, irgendwann", sagte Wynn unbestimmt und malte verlegen mit dem Finger in den Sand. „Aber was ist eigentlich mit unseren Kleidern?", fragte sie dann, um das Thema zu wechseln.

„Was soll damit sein?"

„Wir sollten sie tauschen. Sonst schöpft dein Vater vielleicht Verdacht, wenn ich auf einmal in einem Kleid vor ihm stehe."

„Glaub ich nicht." Anny schüttelte den Kopf. „Wahrscheinlich merkt er es gar nicht. Und falls doch, sag einfach, du hättest dir eigens für den Empfang ein Kleid geliehen."

„Wie du meinst." Wynn schürzte die Lippen. „Aber du musst dir zumindest die Haare schneiden. Die können schließlich nicht abwechselnd lang und dann wieder kürzer sein."

Das war nun allerdings wahr, selbst Anny wusste darauf nichts zu erwidern. Doch die Suche nach einer Schere gestaltete sich schwierig. Schließlich kam Anny auf den Gedanken, Mr Whitaker, den Busfahrer, nach dem Erste-Hilfe-Kasten zu fragen, obwohl die Schere darin eigentlich für Pflaster und Mullbinden gedacht war und nicht unbedingt für Haare.

Zurück in ihrer Kuhle ging Wynn daran, Anny die Haare zu schneiden – und Anny nutzte die Zeit, um Wynn alles zu erzählen, was sie über ihren Vater, über die Schule, über die Bibliothek und Tywyn wissen musste, um einen Nachmittag lang als Annlea Jones durchzugehen.

Wynn hörte aufmerksam zu, während sie fieberhaft schnippelte. Die abgeschnittenen Haare vergrub sie kurzerhand im Sand. „Fertig“, verkündete sie schließlich. „Was sagst du?“

Anny begutachtete ihre neue Frisur. Im ersten Moment fühlte es sich komisch an, dass ihr die Haare plötzlich nicht mehr bis zur Schulter reichten und der Nacken frei war – sie kam sich seltsam nackt damit vor.

Aber irgendwie war es auch ein gutes Gefühl.

Ein Gefühl von Freiheit.

Als Mr Hancock schließlich in seine Trillerpfeife blies und die Schüler aufforderte, sich wieder auf dem Parkplatz einzufinden, schlug die Stunde der Wahrheit.

Die beiden Mädchen schauten sich in ihrem Versteck verblüfft an. Jetzt glichen sie einander wirklich wie ein Ei dem anderen. Sie fassten sich an den Händen.

„Viel Glück, Wynn“, hauchte Anny. „Und danke.“

„Hey.“ Wynn grinste verwegen. „Wir werden viel Spaß haben, da bin ich ganz sicher.“

Sie umarmten sich, und als Mr Hancocks Pfeife zum zweiten Mal trillerte, verließ Wynn ihr Versteck in den Dünen und ging zielstrebig zu Annys Klassenkameraden, während Anny im Sand sitzen blieb und wartete, bis der Bus abgefahren und um die Biegung verschwunden war. Dann erhob sie sich, klopfte den Sand von ihren Kleidern und schlug den Weg zum nahen Bahnhof von Ynyslas ein.

Dabei schüttelte sie die ganze Zeit den Kopf.

Es war wirklich verrückt, und je länger Anny darüber nachdachte, desto verrückter wurde es. Trotzdem fühlte sie sich großartig. Zum ersten Mal seit langer Zeit würde sie etwas nur für sich selbst tun.

Nicht, um ihrem Paps einen Gefallen zu tun.

Nicht, um es ihren Lehrern recht zu machen.

Nicht, weil ihr Pflichtgefühl sie dazu trieb.

Sondern nur, weil sie selbst es wollte.

Anny war richtig glücklich und das hatte sie Wynn zu verdanken. So übel der Tag auch begonnen hatte – seit sie ihr begegnet war, war alles besser geworden.

Dabei war Wynn ganz anders als sie. Sie dachte weniger nach und nahm die Dinge nicht so schwer. Sie mochte keine Kleider, obwohl sie selbst eins trug, und hasste es, ein Instrument zu spielen, während Anny beides liebte. Sie hatte keinen Vater, sondern nur eine Mutter, während es bei Anny genau umgekehrt war. Und Wynn hatte von erschreckend vielen Dingen noch nie etwas gehört, die Anny fleißig in der Schule gelernt hatte. Kurzum, sie waren so verschieden, wie zwei Mädchen es nur sein konnten.

Allerdings sahen sie einander zum Verwechseln ähnlich. Und Anny hatte das Gefühl, dass das noch längst nicht alles war, was sie miteinander verband …

„Da bist du ja endlisch, du Rumtreiberin!“

Anny blieb wie angewurzelt stehen. Sie hatte inzwischen den Strand verlassen und stand inmitten der dämmrigen schiefergrauen Gassen von Ynyslas, wo es nach Seetang, Salz und Möwenkot roch – und jetzt hörte sie plötzlich eine Stimme. Noch dazu eine, die mit französischem Akzent sprach …

„Ja, genau disch meine isch, Fräulein! Was ’ast du dir nur dabei gedacht, so einfach su verschwinden? Und was soll die dämlische Verkleidung? ’ast du wirklisch gedacht, isch würde disch nischt erkennen?“

Im ersten Moment war Anny nur überrascht. Dann bekam sie es mit der Angst zu tun.

„Wer … wer sind Sie?“, fragte sie, während sie sich verunsichert umblickte. Doch abgesehen von ein paar Mülltonnen, die in der Gasse standen und üblen Gestank verbreiteten, war nichts zu sehen.

„Soll das ein Witz sein?“, tönte es wieder, krächzend und völlig aufgebracht.

Annys Herzschlag beschleunigte sich und Schweiß trat ihr auf die Stirn, während sie weiter vergeblich versuchte, den Besitzer der Stimme auszumachen.

„Mir reischt es jetzt“, plärrte die Stimme ziemlich ärgerlich. „Entweder du wirst jetzt vernünftisch und kommst freiwillisch zurück, oder isch …“

„Zurück? Aber wohin denn?"

Wer immer dieser Typ auch sein mochte, er schien verrückt zu sein. Anny musste fort von hier, und zwar schnell.

Sie fuhr herum und wollte zum Ende der Gasse laufen, als der steinerne Boden unter ihr sich plötzlich bewegte.

„Ist das zu fassen?", ertönte es. „Also gut, du Ausreißerin, wer nischt 'ören will, muss fühlen!"

Was dann geschah, war unfassbar für Anny: Aus dem Boden zu ihren Füßen löste sich etwas. Zuerst glaubte sie, dass es ein Tier oder etwas Ähnliches wäre, da es eine längliche Schnauze und abstehende, spitze Ohren hatte. Doch dann richtete das Wesen sich auf und stand plötzlich aufrecht auf zwei Beinen da, und es hatte lange, kräftige Arme. Und als wäre das alles noch nicht genug, wuchsen aus seinem Rücken auch noch Flügel, ledrige Schwingen wie bei einer Fledermaus!

Während diese schreckliche Kreatur sie aus grünen, geheimnisvoll leuchtenden Augen anstarrte, merkte Anny, wie ihre Knie weich wurden – und im nächsten Moment verlor sie das Bewusstsein und der Violinenkoffer fiel ihr aus der Hand. Sie merkte nicht mehr, wie mit grauen Schuppen besetzte Klauen sie auffingen und davonschleppten.

23

Eine unverhoffte Begegnung

Während der Fahrt nach Tywyn konnte Wynlon kaum an sich halten, so neu und schrecklich aufregend war alles, was um sie herum vor sich ging.

Autos.

Häuser.

Straßen.

Wie anders es hier war als in den dunklen Wäldern von Anwyn! Während dort alles wuchs und gedieh, hatte man hier den Boden hart und steinern gemacht, sodass die lauten Kutschen der Menschen, die einen üblen Geruch verbreiteten – Wynn wusste inzwischen, dass sie Autos genannt wurden –, problemlos darüber fahren konnten. Überall gab es Lichter, deren wechselnde Farben darüber entschieden, ob die Kutscher fahren durften oder nicht. Es war ein lärmendes, blinkendes, stinkendes Chaos.

Wynn liebte es!

Alles, was anders war als bei ihr zu Hause, war in ihren Augen gut.

Wie hatte sie sich in der Burg der Gobblinge gelangweilt!

Bei den Menschen gab es keine Langeweile, vermutlich kannten sie die hier gar nicht, wo ständig so viel los war?

Wynn wurde mit dem Gucken gar nicht mehr fertig. Ständig schlug sie sich an der Fensterscheibe des Busses an, weil sie ihren Kopf am liebsten rausgestreckt hätte, um sich umzusehen. Und einige Male konnte sie nicht verhindern, dass ihr verzückte Laute über die Lippen kamen, wenn sie wieder etwas Neues und Außergewöhnliches entdeckte.

„Alles in Ordnung?“, fragte Rick, der neben ihr saß, und hob eine Braue.

„Klar“, versicherte sie. „Ich hab nur gerade die Frau auf diesem ... blauen Ding gesehen.“

„Du meinst das Fahrrad?“

Sie nickte, während sie der Frau hinterherblickte. „Das würde ich auch gern können.“

„Du kannst nicht Rad fahren?“

„Nein.“ Sie schüttelte den Kopf. „Du etwa?“

An seiner Reaktion merkte sie, dass sie wohl etwas ziemlich Dummes gesagt hatte, und sie ärgerte sich über sich. Anny hatte ihr eingeschärft, möglichst vorsichtig zu sein. Sonst würde ihr Schwindel schnell auffliegen.

„Natürlich“, versicherte er leicht angesäuert. „Ich bin der Kapitän unserer Cross-Country-Mannschaft! Schon vergessen?“

Wynn tat, was ihr als Erstes einfiel – sie grinste.

„Hab ich mir doch gedacht“, schnaubte er. „Du machst dich über mich lustig. Schließlich kann jeder Trottel Rad fahren.“

Er lachte, und Wynn lachte mit, auch wenn ihr nicht besonders wohl dabei war. Sie beschloss, sich mit ihren Äußerungen von nun an eher zurückzuhalten, und verhielt sich ganz still. Auch Rick sagte nichts mehr. Bestimmt hielt er sie für ziemlich überdreht, was sie ihm nicht verübeln konnte.

Wenn er gewusst hätte …

Als sie schließlich die Schule erreichten, dämmerte es bereits. Es war noch nicht spät, aber vom Meer her zog ein Unwetter heran, und dunkle Wolken verfinsterten den Himmel.

Die Schüler der Tywyn High verabschiedeten sich und machten sich jeder auf den Weg nach Hause, auch Rick, der sich elegant auf sein Fahrrad schwang und damit davondüste. Wynn blieb allein zurück. Laut ihrem Plan sollte sie vor der Schule auf Anny warten und dann gemeinsam mit ihr nach Hause gehen.

Die Sache war nur – Anny ließ sich nicht blicken.

Anfangs dachte sich Wynn nichts dabei. Doch nachdem sie schon eine Weile gewartet hatte und es immer dunkler wurde und in der Ferne dumpfer Donner grollte, begann sie, unruhig zu werden.

Wo mochte Anny nur stecken?

Sie hatte doch gesagt, dass sie bald nachkommen würde …

Wynn begann sich alles Mögliche auszumalen.

Was, wenn Anny etwas zugestoßen war? Oder wenn sie gar nicht echt gewesen war? Am Ende war Anny doch ein Wechselbalg gewesen, ein Gestaltwandler, der Wynns Aussehen angenommen hatte und sie im Auftrag des Dunklen

Königs in die Falle locken wollte ... Andererseits hatte sie doch ihr Spiegelbild gesehen, und jeder in Anwyn wusste, dass Gestaltwandler zwar ihr Aussehen verändern konnten, dass ihr Spiegelbild jedoch stets dasselbe blieb ...

Sosehr Wynn sich das auch einredete – je dunkler es wurde und je lauter der Donner grollte, desto wahrscheinlicher erschien es ihr, dass sie hereingelegt worden war. Und als es schließlich zu regnen begann, ertappte sie sich dabei, dass sie leise Furcht beschlich.

Wynn flüchtete sich unter ein gewölbtes Dach, an dem mit großen Buchstaben „BUS STOP“ geschrieben stand. Sie nahm auf einem der kargen Sitze Platz, während rings um sie ein wahres Unwetter herniederging. Es donnerte und gleißende Blitze zerrissen den Himmel, und der Regen war so dicht, dass man keine zwanzig Schritt weit sehen konnte. Es prasselte so laut auf das durchsichtige Dach, dass Wynn sich die Ohren zuhielt und sich wünschte, an einem anderen Ort zu sein, zurück in der Welt, die sie kannte.

Unwillkürlich griff sie nach dem Armband an ihrem Handgelenk – und erstarrte.

Es war weg!

Wynn riss den Ärmel ihres Kleides hoch, zuerst auf der einen, dann auf der anderen Seite, doch das magische Armband mit dem Zauberstein war tatsächlich verschwunden!

Panik überkam sie. Das Herz schlug ihr bis zum Hals, und sie zitterte am ganzen Körper, während sie den Boden ringsum absuchte. Vergeblich, von dem magischen Armband war weit und breit nichts zu sehen. Aber ohne den

Elfenstein konnte sie niemals in ihre eigene Welt zurückkehren!

Niemals!

Mit heftig pochendem Herzen versuchte Wynn sich zu erinnern, wann sie das Armband zum letzten Mal gesehen hatte. Und sie erschrak bis ins Mark, als sie feststellte, dass das noch auf der anderen Seite gewesen war, als die Grimmlinge über sie hergefallen waren und sie das magische Tor geöffnet hatte. Danach war so viel geschehen, dass sie das Armband völlig vergessen hatte.

Was, wenn es tatsächlich auf der anderen Seite zurückgeblieben war? Wie sollte sie dann jemals wieder nach Hause kommen?

Wynn schlug die Hände vors Gesicht und sank auf dem kargen Sitz zusammen. Sie fühlte sich elend.

Sie hatte Angst.

Und sie war ganz allein.

Sie saß schon eine ganze Weile so da, völlig durchgefroren und verzweifelt, als plötzlich Lichter durch den grauen Regenschleier schnitten. Ein Auto kam genau auf sie zu.

Wynn zuckte zusammen. Im nächsten Moment hatte es auch schon die Überdachung erreicht, hielt an, und eine seiner Türen schwang auf.

„Worauf wartest du?“, erklang es von drinnen. „Steig schnell ein, dann fahren wir nach Hause!“

Nach Hause!

Wynn beugte sich vor, um einen Blick ins Innere des Wagens zu werfen, und glaubte ihren Augen nicht zu trauen.

Der Mann, der am Steuer saß und ihr freundlich zulächelte, war derselbe, dessen Bild sie in der magischen Kugel gesehen hatte.

Es war ihr Vater.

24

Nur ein Traum?

„Jetzt! Es ist so weit ..."

„Sie kommt zu sich!"

„Endlich!"

Anny nahm die Stimmen zunächst wie aus weiter Ferne wahr, als ob sie zu einem Traum gehörten. Erst als sie langsam erwachte, wurde ihr klar, dass sie echt waren.

„Miss Collins?", hauchte sie und erschrak über ihre krächzende Stimme. „Sind Sie das?"

„Wovon spricht sie?"

„Die Arme ist ganz verwirrt."

Die Stimmen klangen seltsam verzerrt.

Anny stöhnte. Ihr Kopf brummte wie ein Kontrabass. Was war nur geschehen? Bilder tauchten vor ihrem inneren Auge auf: der Strand, die engen Gassen und der Boden, der plötzlich lebendig geworden war ...

Sie blinzelte.

Zunächst sah sie alles verschwommen. Bis ihr klar wurde, dass sie zur Decke eines Zimmers blickte. Sie lag in einem Bett, aber es war definitiv nicht ihr eigenes!

Alarmiert fuhr sie hoch. Sie war in einer kleinen Kammer, soweit sich das sagen ließ. Decke und Fußboden waren aus Holz, die Wände aus grob gemauertem Stein. Ein Vorhang verschloss den Durchgang zum Nebenzimmer und im Kamin flackerte ein Feuer. Und als ihr Blick sich weiter schärfte, erkannte Anny am Fußende des Bettes drei eigentümliche Gestalten.

Sie waren nicht sehr groß, vielleicht drei Fuß, und konnten gerade noch über den Rand des Bettgestells schauen. Alle drei hatten riesige knollenförmige Nasen, und ihre Augen waren weit aufgerissen und starrten Anny neugierig an. Zwei dieser Wesen schienen männlich zu sein – ihr Haar war kurz geschnitten und stand ihnen wirr vom runden Kopf ab. Die Dritte war eine Frau, deren lange geflochtene Zöpfe unter ihrer mit Spitzen verzierten Haube hervorlugten.

Einen schier endlosen Augenblick lang musterten sie einander.

Dann schrie Anny ihr Entsetzen und ihre Verwirrung laut hinaus – und die drei Zwerge, die darüber zu Tode erschraken, schrien ebenfalls. So lange, bis ihnen allen die Luft ausging und sie wieder verstummten.

„Bist du jetzt fertisch?“, fragte jemand vom Kopfende des Bettes her und Anny zuckte heftig zusammen. Da fiel ihr plötzlich alles wieder ein: die Stimme mit dem fremden Akzent, die zu ihr gesprochen hatte, und das grässliche Wesen mit den grünen Augen.

Anny fuhr im Bett herum und blickte in eine Fratze, die

kaum zu beschreiben war. Sie hatte einen Rüssel wie von einem Schwein, spitze, seitlich abstehende Ohren wie eine Fledermaus und schmale grüne Augen wie ein Reptil. Die Haut des Wesens war von Schuppen überzogen, die schiefergrau schimmerten, als wären sie aus Stein, und es war kleiner als ein Mensch, allerdings ziemlich kräftig. Seine Beine waren kurz und die Arme so lang, dass sie fast bis zum Boden reichten. Am sonderbarsten jedoch waren die Flügel, die zusammengefaltet auf dem Rücken lagen und ebenfalls an eine Fledermaus erinnerten.

Allerdings an eine ziemlich große …

„'allo", sagte das Wesen.

Anny schlug entsetzt die Hand vor den Mund und starrte es an. *Das muss ein Traum sein*, sagte sie sich. *Auch wenn er sich ziemlich echt anfühlt …*

„Du 'ast großes Glück ge'abt", sagte das steinerne Echsenwesen zu ihr. „Es 'ätte nischt viel gefehlt, und isch 'ätte disch nischt mehr gefunden."

„Wer … wer bist du?", stieß Anny hervor. „Und wo bin ich?"

„Da haben wir's!", rief die Zwergin mit den Zöpfen. Anny hatte den Eindruck, dass es eher ein Mädchen war als eine erwachsene Frau. „Sie hat ihr Gedächtnis verloren. Das musste ja passieren!"

„Das kommt davon, wenn man auf die andere Seite geht", fügte einer der beiden Jungen hinzu.

„Ja, genau", pflichtete der andere ihm bei. Anny meinte, eine gewisse Bewunderung herauszuhören. „Stimmt es, was man sich über die Menschen erzählt? Sind sie wirklich so groß und gemein, wie es immer heißt?"

„Was?" Wovon, in aller Welt, redeten die kleinen Kerle? Inzwischen war Anny überzeugt davon, dass es sich nur um einen Traum handeln konnte – wo sonst begegnete man kleinen Gnomen, die solchen Unsinn redeten?

„Du scheinst disch nischt an uns su erinnern. Nach allem, was gesche'en ist", sagte der Fledermann am Kopfende und entblößte sein Gebiss.

Eigentlich hätte Anny spätestens jetzt aufspringen und die Flucht ergreifen müssen, aber zu ihrer eigenen Überraschung hatte sie gar keine Angst mehr. Weder vor den Zwergen noch vor dem dicken Flederich, der zwar ein bisschen gruselig aussah, aber eher unfreiwillig komisch. Er erinnerte Anny ein wenig an Mrs Owen. Wenn man es genau bedachte, hatten die beiden sogar einiges gemeinsam …

„Dann werde isch dir mal auf die Sprünge 'elfen", sagte er. „Isch bin Blodowin der Gargoyler, dein ergebener Leibwäschter. Und du bist Wynlon, Erste dieses Namens und Prinzessin von Anwyn."

„Wynn …?" Anny erstarrte innerlich und begann allmählich zu begreifen.

Diese Typen – wer immer sie waren – verwechselten sie mit Wynn. Und Wynn wiederum hatte ihr offenbar längst nicht alles über sich erzählt. Zum Beispiel hatte sie vergessen zu erwähnen, dass dieser Blodo kein Mensch war … oder war das alles nur ein Scherz?

Lauerten irgendwo hinter einem Vorhang etwa Kayla und die anderen und schmissen sich gleich weg vor Lachen?

Nein, sagte sie sich. *Der Gargoyler, die Zwerge ... das alles wirkt viel zu echt, um nur ein Traum oder ein Scherz zu sein. Es ist die Wirklichkeit ...*

Anny wusste nicht, ob sie über diese Erkenntnis erleichtert oder bestürzt sein sollte. Ihr war klar, dass sie die Rolle weiterspielen musste. Es durfte auf keinen Fall herauskommen, dass sie nicht die war, für die man sie hielt.

„Ich bin Wynlon", erklärte sie deshalb bestimmt. Im nächsten Moment hätte sie sich am liebsten auf die Zunge gebissen. Warum sagte sie so etwas? So wurden sie doch erst recht misstrauisch! Sie musste vorsichtiger sein.

„Was du nicht sagst", plärrte der vorlautere der beiden Jungen. „Das hätten wir ja nie gedacht. Ich bin Gwydd."

„Und ich Unny", stellte sich das Mädchen vor.

„Nogg", sagte der andere Junge ein bisschen verlegen.

„Wie bin ich hierhergekommen?", fragte Anny zögernd. Da sie bewusstlos gewesen war, konnte sie das schließlich nicht wissen. Und vielleicht erfuhr sie so ja auch, wo sie sich gerade befand.

„Isch 'abe disch getragen", erklärte Blodo mit seinem merkwürdigen französischen Akzent.

Anny nickte. „Ja, ich habe dich gesehen, in der Gasse zwischen den Häusern. Du bist direkt aus dem Boden gekommen ..."

„*Oui*, ein bisschen 'oküspoküs, um die Menschen zu verwirren. Sie sind nischt sehr schlau, weißt du?"

Der Kerl bildete sich ja ziemlich viel ein! Anny hätte am liebsten widersprochen, aber sie beherrschte sich.

„Tut es dir wenigstens leid?“, wollte er wissen.

„Was meinst du?“

„Was wohl? Dass du davongelaufen bist und deiner Mutter das Armband gestohlen ’ast.“

Anny starrte ihn fassungslos an. Das hatte Wynn auch nicht erwähnt. Anny hielt es für angebracht, jetzt den Blick zu senken und schuldbewusst zu nicken.

„Na, wenigstens etwas“, sagte der Gargoyler (was immer das sein mochte). Seine spitzen Ohren knickten ein und hingen ihm herunter, was ihn gleich freundlicher aussehen ließ. „Mädschen“, fuhr er fort, „du ’ast uns wirklisch einen ge’örigen Schrecken eingejagt. Wie konntest du nur mit dem magischen Armband deiner Mutter in die Menschenwelt entschwinden?“

Ein weiterer Teil des Puzzles fügte sich zusammen.

Deshalb also war Wynn so plötzlich auf der Lichtung aufgetaucht! Aber so etwas wie Magie gab es doch gar nicht, oder? Andererseits war Anny gerade dabei, mit einem Fabelwesen aus Stein zu sprechen …

Während sie noch darüber nachdachte, wurde der Vorhang des Durchgangs schwungvoll beiseitegeschlagen.

Anny erstarrte. Auf der Schwelle stand eine Frau.

Sie sah wunderschön aus mit ihrem schwarzen Haar und den smaragdgrünen Augen. Das Kleid, das sie trug, reichte bis zum Boden. Es war so tiefblau wie die See und glitzerte wie der Sternenhimmel in einer klaren Sommernacht. Noch viel mehr als über ihre bezaubernde Erscheinung war Anny allerdings verblüfft darüber, dass sie diese Frau kannte.

Denn das fein geschnittene, blasse Gesicht war dasselbe, das sie von dem zerknitterten alten Foto kannte, das sie wie einen Schatz hütete.

Es war das Gesicht ihrer Mutter.

25

Verlorene Dinge

„Was ist los mit dir, Schätzchen? Du sagst ja gar nichts."

Wynn blieb stumm. Sie saß wie versteinert auf dem Beifahrersitz des Wagens und glotzte den Mann an, dessen Bild sie so oft in ihrer Kristallkugel betrachtet hatte und den sie nun zum ersten Mal in Wirklichkeit sah.

War er es tatsächlich?

Das blasse Gesicht mit der Brille, die blauen Augen, das wirre Haar ... In der Kristallkugel hatte er jünger ausgesehen und vielleicht auch ein wenig schlanker. Aber er war es, ganz bestimmt.

„Ich dachte, du wärst längst zu Hause", hörte sie ihn sagen. „Wie gut, dass ich noch bei der Schule vorbeigefahren bin! Bei diesem Mistwetter jagt man doch keinen Hund vor die Tür, nicht wahr?"

In einem jähen Entschluss griff Wynn nach dem Spiegel, der in der Mitte des Frontfensters befestigt war, und drehte ihn so, dass sie den Mann darin sehen konnte.

Kein Gestaltwandler, stellte sie erleichtert fest.

„Bist du nass geworden?", wollte er wissen.

Sie schüttelte krampfhaft den Kopf. Seine Stimme war anders, als sie es sich vorgestellt hatte, aber sie passte gut zu ihm. Wynn betrachtete ihn genau, die Fältchen in seinem Gesicht, die Sommersprossen um die Nase, die sie selbst ja auch hatte, und die Grübchen an seinen Wangen.

„Ist alles in Ordnung mit dir?“, fragte er, während er das Auto eine kurvige Straße hinaufsteuerte. Der Regen fiel so dicht, dass man kaum etwas sehen konnte. „Offen gestanden machst du auf mich einen etwas aufgebrachten Eindruck.“

„Das täuscht“, versicherte sie schnell. Aber natürlich hatte er recht. Sie war völlig verwirrt und bestürzt. Wenn dieser Mann tatsächlich derselbe war wie der auf dem kristallenen Bild, dann war er ihr Vater. Und wenn er gleichzeitig auch Annys Vater war, dann erklärte das, weshalb sie einander so verflixt ähnlich sahen ...

„Was starrst du mich denn so an?“, fragte er sie mit einem Seitenblick. „Man könnte meinen, du hättest mich noch nie im Leben gesehen!“

Hab ich auch nicht, erwiderte sie insgeheim. „Vater“, war alles, was tatsächlich über ihre Lippen kam.

„Vater? Jetzt reicht es.“ Jäh verlangsamte er die Fahrt und fuhr im strömenden Regen links an den Straßenrand. Dann sah er sie forschend an. „So nennst du mich doch sonst nicht. Ich bin immer nur dein alter Paps. Was ist mit dir los, Anny?“

„Was ... was meinst du?“

„Hat dich ein Blitzschlag getroffen oder was? Oder bist du vielleicht verliebt?“

„Wie bitte?“ Wynn sah ihn verblüfft an. Anny hatte ihr ja gesagt, dass er manchmal wirres Zeug redete. Das lag vermutlich an den vielen Büchern, die er las …

„Ich mach doch nur Spaß.“ Die Grübchen vertieften sich, als er grinste. „Aber irgendetwas stimmt doch nicht. Zum Beispiel dieses Kleid … wo hast du es her?“

„Das ist dir aufgefallen?“

„Natürlich.“ Er nickte. „Es ist wunderschön.“

„Es war ein Geschenk“, erwiderte Wynn, was nicht einmal gelogen war. Ihre Mutter hatte ihr das Kleid zu ihrem zwölften Geburtstag geschenkt.

„Von wem?“ Er hob die Brauen. „Gibt es etwa doch einen heimlichen Verehrer?“

„Quatsch“, knurrte Wynn so unwirsch, dass er zusammenzuckte. „Aber du hast recht, mir ist tatsächlich etwas passiert“, gestand sie und versuchte, trotz allem einen kühlen Kopf zu bewahren.

„Was denn, um Himmels willen?“

„Ich habe meine Fie… meine Geige verloren“, erklärte sie. Und das war ziemlich plausibel, da sie das Instrument ja nicht bei sich hatte. Anny hatte es mitgenommen.

„Was?“ Er sah sie entgeistert an. „Du hast deine Violine *verloren*?“

Wynn nickte. Ihr war nicht wohl dabei, den Mann zu beschwindeln, der offenbar ihr Vater war. Noch dazu, wo sie ihm zum allerersten Mal begegnete. Aber wenn sie ihr Armband wiederfinden wollte, blieb ihr jetzt nichts anderes übrig. „Ich hatte sie bei unserem Ausflug dabei, weil ich ja das Lied vorspielen sollte, das Miscolins mir beigebracht hat“, berichtete sie.

„Ich erinnere mich.“ Ihr Vater nahm die Brille ab und putzte sie. „Aber ich dachte immer, deine Geige wäre dein liebstes Stück und du würdest sie niemals aus den Augen lassen.“

„Tu ich auch nicht“, flunkerte Wynn weiter. „Aber als es zu regnen anfing, ging alles furchtbar schnell. Da muss ich sie liegen gelassen haben.“

Sie senkte betreten den Blick. Am liebsten hätte sie sich zu erkennen gegeben, denn wenn er wirklich ihr Vater war, konnte sie ihm doch vertrauen. Andererseits ... irgendetwas musste damals vorgefallen sein, das ihren Vater dazu bewogen hatte, sie zu verlassen. Und solange sie nicht wusste, was das gewesen war, wollte sie ihm auch nicht verraten, wer sie in Wirklichkeit war.

„Können wir noch einmal umkehren und zurück zum Strand fahren?“ Sie machte ein flehendes Gesicht. „Bitte ... *Paps*.“

Ihr Vater setzte die Brille wieder auf. „Wenigstens hörst du dich jetzt wieder an wie die alte Anny. Obwohl die Sache mit der Geige seltsam ist. So was hast du früher nie getan. Du hast dich immer gut um deine Sachen gekümmert.“

„Vielleicht bin ich ja ganz anders, als du denkst.“

„Was soll das nun wieder heißen?“

Sie zuckte mit den Achseln. „Vielleicht hast du dir ja nie die Mühe gemacht, mich wirklich kennenzulernen und herauszufinden, was ich mag und was nicht.“

„Oh nein, nicht das schon wieder." Er seufzte tief. „Ist es noch immer wegen des Vorspielens in Llandudno?", fragte er. „Ich habe dir doch schon gesagt, dass es mir leidtut."

„Ich weiß", versicherte Wynn. „Glaub mir, das mit dem Vorspielen geht in Ordnung. Aber ich muss unbedingt zurück, verstehst du? Ohne das Arm… ich meine, ohne die Geige bin ich verloren."

Er sah sie an und ein Lächeln huschte über sein blasses Gesicht. „Das klingt schon eher nach meiner Anny", sagte er und schien zumindest ein wenig beruhigt. Dann rüttelte er an dem Hebel, der sich zwischen den Autositzen befand, setzte mit dem Wagen zurück und fuhr durch den allmählich nachlassenden Regen wieder in Richtung Meer.

„Danke, Paps", sagte Wynn leise.

„Schon gut", erwiderte er. „Hoffen wir nur, dass wir das gute Stück finden, bevor es ein anderer tut."

Er ahnte nicht, wie schnell seine Befürchtung sich bewahrheiten würde.

26

Agent 13

Es war die einzige Telefonzelle, die es im ganzen Umkreis von Tywyn noch gab. Wer brauchte schließlich so etwas Altmodisches in einer Zeit, in der fast jeder ein Handy bei sich trug und man auf Schritt und Tritt erreichbar war?

Doch das letzte Telefonhäuschen, das rot und einsam an der alten Landstraße stand, war anders als all die anderen, die im Lauf der Jahre stillgelegt und abtransportiert worden waren – und das war auch der Grund, warum es immer noch existierte. So wie viele andere Telefonzellen im Land, die geblieben waren, um einem bestimmten Zweck zu dienen …

Der Mann, der im Nieselregen darauf zuging, trug einen schwarzen Mantel und einen Hut, den er sich tief ins Gesicht gezogen hatte. Kaum hatte er das Telefonhäuschen betreten, nahm er den Hörer von der Gabel und kramte in seiner Manteltasche nach einer Münze.

Es war keine gewöhnliche Münze, die er schließlich hervorholte, kein Zehn- oder Zwanzig-Pence-Stück, sondern eine aus angelaufenem Silber, in die ein uraltes Symbol eingeprägt war. Das Symbol einer Krake …

Am Ende des Gesprächs würde das Telefon diese Münze wieder ausspucken und der Mann im schwarzen Mantel würde sie mitnehmen. Nichts würde zurückbleiben, das darauf hindeutete, was an diesem Ort geschehen war.

Der Mann warf die Münze in den Schlitz und gab die geheimen Ziffern ein. Es klickte oder tutete nicht, dafür kam schon im nächsten Moment ein dumpfes, tiefes Atmen aus dem Hörer.

„Ja?", fragte eine Stimme, die dem Mann in Schwarz Schauer über den Rücken jagte. Sie war tief und tonlos und klang nach schrecklicher, absoluter Macht. Einer Macht, der man nicht entgehen konnte, ganz gleich, wie sehr man es versuchte.

„Hier Dreizehn", sagte der Mann leise.

„Und?", verlangte die Stimme zu wissen.

„Nichts. Keine Spur von dem Mädchen."

„Dann warst du zu langsam. Ich hab doch gesagt, dass du dich sofort an diesen Ort begeben sollst, oder nicht?"

„Das habt Ihr, mein Gebieter", bestätigte der Mann unterwürfig. „Und ich habe Euren Befehl auch unverzüglich befolgt. Aber das Mädchen war schon fort. Dafür habe ich etwas anderes gefunden, das Euch vielleicht interessieren könnte."

„Das ist eher unwahrscheinlich." Der andere gab ein Schnauben von sich, ein Grunzen, wie ein Mensch es wohl nicht zustande gebracht hätte. Nicht zum ersten Mal fragte sich Agent 13, was es für ein Wesen war, mit dem er da telefonierte. „Aber was ist es?"

Der Mann in Schwarz griff in seine Manteltasche und zog den Gegenstand hervor, den er in den Dünen am Strand gefunden hatte. „Ein Armband“, sagte er in den Hörer. „Scheint aus Silber zu sein, mit einem Stein darin.“

„Einem türkisfarbenen Stein?“

„Ja, Gebieter.“

„Und sind Zeichen darin eingraviert? Ein Triskelion womöglich?“

„Genau das. Woher wisst Ihr ...?“

Statt zu antworten, lachte der andere nur, leise und unheimlich. „Vielleicht bist du doch nicht so unnütz, wie ich zunächst dachte, Dreizehn.“

„Dann ... werdet Ihr mich nicht bestrafen?“

„Noch nicht. Du kannst von Glück sagen, dass du das Armband gefunden hast. Denn wenn es das ist, was ich vermute, hast du mir einen großen Dienst erwiesen.“

„Gern, mein Gebieter.“ Der Mann in Schwarz verbeugte sich unwillkürlich.

„Vielleicht“, sagte die dunkle Stimme mit einem abgrundtiefen Lachen, „wird nun zu Ende gehen, was vor langer Zeit seinen Anfang nahm ...“

27

Ein Apfelküchlein

Es war der schönste Augenblick in Annys Leben: der Moment, in dem ihr klar geworden war, dass die Frau dort auf der Schwelle ihre Mutter war.

Und Wynn damit ihre Schwester.

Anny stürmte der Frau im blauen Kleid entgegen und umarmte sie. Denn obwohl sie eine Fremde war, hatte Anny das Gefühl, sie schon ewig zu kennen.

Die Frau wirkte völlig überrascht.

„Was hast du dir nur dabei ge…?“, sagte sie, als Anny ihr Gesicht in dem seidenweichen Stoff ihres Kleides vergrub.

Tränen liefen ihr über die Wangen, es war einfach alles zu viel gewesen. Zuerst der aufregende Tag am Strand, dann die Begegnung mit Wynlon und dem Gargoyler, und nun traf sie auch noch diese Frau, die offenbar ihre Mutter war.

Ihr ganzes Leben lang hatte sie sich gewünscht, ihrer Mutter zu begegnen, mit ihr sprechen und ihr alle Fragen stellen zu können, die sie beschäftigten. Doch sie hätte nie gedacht, dass es wirklich dazu kommen würde. Schon gar nicht an diesem seltsamen Tag, der so fürchterlich begonnen hatte.

Von Freude, Überraschung und Fassungslosigkeit nahezu überwältigt, klammerte sich Anny an sie und Tränen liefen ihr über die Wangen. Die Gesichtszüge der Mutter wurden weich.

„Mein Kind“, sagte sie schließlich und erwiderte die Umarmung. „Ich hatte solche Angst um dich! Tu das niemals wieder, hörst du?“

Anny blickte auf und sah unendliche Zuneigung in ihrem Blick. „Es ist so schön, dich zu sehen“, flüsterte sie.

„Aber Kind – du tust ja gerade so, als wären wir uns eine Ewigkeit lang nicht begegnet.“

Statt zu antworten, drückte Anny ihre Mutter erneut und sog den Duft von Vanille und Orangen ein, der sie umgab.

„Majestät“, schaltete Blodo sich ein, der schweigend dabeigestanden und gewartet hatte. „Es kann nischt ange'en, dass die Prinzessin nur mit ein paar Tränschen davonkommt. Sie 'at gegen ein Verbot verstoßen und muss bestraft werden.“

„Bisweilen zeigen Tränen größere Reue, als die härteste Bestrafung bewirken kann“, erwiderte Annys Mutter.

Blodos Gesicht schnappte zusammen wie ein Ballon, aus dem die Luft entwich. „Wie Ihr wünscht, Majestät.“

Majestät!, dachte Anny.

Natürlich – wenn Wynn eine waschechte Prinzessin war, wie der Gargoyler gesagt hatte, dann musste ihre Mutter eine Königin sein! Das also hatte Wynn gemeint, als sie gesagt hatte, dass ihre Mutter eine Anführerin sei und die Arbeit etwas mit einer Burg zu tun habe.

Aber eine Königin von welchem Land?

Wo war sie überhaupt?

Und was ging hier vor?

„Was meinst du?“ Die grünen Augen der Königin blickten sie prüfend an. „Sollen wir in die Burgküche gehen und sehen, ob die Gobblinge frischen Kuchen für dich gebacken haben? So wie früher, als du noch ein kleines Mädchen warst?“

Anny strahlte übers ganze Gesicht. „Gern“, hauchte sie.

„Dann komm.“ Die Königin zog sie in Richtung Tür. „Dabei kannst du mir alles erzählen, was geschehen ist.“

Gemeinsam gingen sie hinaus, auf einen langen Gang, der zu einer alten Burg zu gehören schien. Fackeln hingen an den Wänden, und als Anny aus einem der schmalen Fenster blickte, sah sie Türme und Zinnen. Erneut fragte sie sich, ob das alles ein Traum war, aber es fühlte sich so wirklich an! Sie konnte das alles nicht nur sehen, sondern auch hören und fühlen – sogar den verführerischen Duft von frisch Gebackenem, von Zimt und Äpfeln, der ihr jetzt entgegenkam.

Über eine Treppe, die sich steil in die Tiefe wand, gelangten sie in die Küche der Burg, ein steinernes Gewölbe, wo ein Dutzend kleinwüchsiger Gestalten mit Knubbelnasen und Häubchen und Schürzen eifrig damit beschäftigt waren, Pasteten, Kuchen und Brote zuzubereiten, die sie in einem großen Ofen in der Mitte des Raumes buken. Entsprechend warm war es und Anny kam sofort ins Schwitzen. Als die

Gobblinge die beiden Besucher bemerkten, ließen sie sofort von ihrer Arbeit ab und verbeugten sich.

„Bitte“, sagte Wynns Mutter, „lasst euch durch uns nicht stören. Die Prinzessin und ich haben uns nur gefragt, ob wir vielleicht ein Stückchen frischen Kuchen …“

„Was darf es sein?“, rief eine ziemlich beleibte Köchin mit feuerroten Wangen. „Zimtbrot? Apfelküchlein? Oder vielleicht lieber ein Schokoladenplätzchen?“

„Schokolade“, erwiderte Anny dankbar. Das war genau das, was sie auf all den Schrecken hin gebrauchen konnte.

„Bist du sicher?“ Die Königin sah sie fragend an. „Sonst isst du doch nie Schokolade. Du verabscheust sie ja sogar.“

„E-echt?“, stammelte Anny verdutzt.

„Ja, seit du als kleines Mädchen zu viel davon gegessen hast. Weißt du nicht mehr? Du hattest zwei Tage lang Bauchschmerzen.“

„Ach ja, natürlich.“ Anny schlug sich vor die Stirn. „Das hatte ich völlig vergessen. Dann vielleicht doch lieber ein Apfelküchlein.“

„Bitte sehr, kommt sofort!“, rief die Köchin und wirbelte blitzschnell um die Tische.

Die Königin bat Anny, an einem der Tischchen Platz zu nehmen, und setzte sich ihr gegenüber. Kurz darauf hatte Anny ein Gebäckstück vor sich stehen, zu dem die Bezeichnung „Küchlein“ nicht recht passen wollte – es war so groß wie ein halber Fußball.

Zaghaft probierte Anny ein Stück. Es war noch warm und schmeckte wunderbar süß.

„Mein Kind", begann die Königin. „Ich weiß, wir haben uns oft gestritten in letzter Zeit. Und ich weiß auch, dass das alles für dich nicht einfach ist. Du langweilst dich und fühlst dich fremd, besonders unter deinen Schulkameraden, und es gibt Tage, an denen du einfach nur fortlaufen möchtest …"

„Ge-genau", bestätigte Anny verblüfft. Woher wusste sie das alles? Hatte sie ihr Spiel in Wahrheit längst durchschaut und wusste haargenau, wer da vor ihr saß? Anny bekam rote Ohren, wie immer, wenn sie aufgeregt war.

„… aber das heißt nicht, dass du einfach davonlaufen kannst, nur weil dir danach ist. Durch deine Leichtfertigkeit hast du alle in Gefahr gebracht. Nicht nur dich und mich, sondern auch die Gobblinge, die uns Zuflucht gewähren."

Zuflucht? Vor wem?

Wenn Anny doch nur endlich wüsste, was hier los war!

„Die Gobblinge riskieren viel, indem sie uns bei sich aufgenommen haben – und du dankst es ihnen, indem du sie alle gefährdest?"

„Das … tut mir leid", stammelte Anny. Was hatte Wynn da nur angestellt?

„Was hast du dir dabei gedacht? Und als ob es nicht schlimm genug wäre, dass du die Burg verlassen hast, bist du auch noch in die Welt der Menschen eingedrungen. Obwohl ich es dir ausdrücklich verboten habe!"

In die Welt der Menschen eingedrungen, echote es in Annys Kopf. Sollte das etwa heißen, dass sie sich an diesem Ort hier *nicht* in der Welt der Menschen befand? So verrückt es sich anhören mochte, hätte es doch manches erklärt …

„Ich habe dir gesagt, dass die Menschen gefährlich, chaotisch und unberechenbar sind. Dass sie merkwürdige Maschinen haben und schreckliche Waffen und dass sie gerade dabei sind, ihre Welt zu zerstören. Doch du hast meine Warnungen in den Wind geschlagen und es trotzdem getan."

Am liebsten hätte Anny laut widersprochen, denn sie konnte ja nichts für all das. Und sie hätte auch gern gesagt, dass die Menschen nicht so schlimm waren. Aber dann hätte sie sich ja verraten, und das durfte sie nicht. *Wollte* sie nicht, Wynlon zuliebe …

„Es hätte nicht viel gefehlt, und die Grimmlinge hätten dich geschnappt", fuhr die Königin fort. Sie klang nicht mehr böse, aber dennoch vorwurfsvoll. „Nicht auszudenken, was geschehen wäre, wenn sie dich gefangen und vor den Dunklen König gebracht hätten."

Gefangen? Dunkler König?

Das klang wie aus den Büchern, die Anny manchmal las. Eigentlich hätte sie lachen und alles mit einem Kopfschütteln abtun sollen. Nur war Anny nicht zum Lachen zumute. Es war schließlich ihre lange verschollene und sehnlich vermisste Mutter, die ihr diese sonderbaren Dinge erzählte.

„Zum Glück hat der Dunkle Herrscher die Lage der Burg nicht erfahren", fuhr sie fort, leiser jetzt, damit die Gobblinge in der Küche sie nicht hören konnten. „Nur Blodowins beherztem Einsatz ist es zu verdanken, dass Gorgons Schergen dich nicht gefunden haben."

Anny sah sie zweifelnd an. „Dann ist jetzt alles gut?“, fragte sie leise.

Die Königin lachte freudlos auf, genau wie ihr Paps es manchmal machte, wenn er arg verzweifelt war. „Ich bin froh, dich wohlbehalten wieder bei mir zu haben, Wynlon. Doch ich fürchte, dass mein Vertrauen in dich zerstört wurde.“

Anny sah bestürzt zu Boden.

„Du hast mich hintergangen und mir mein Armband gestohlen“, wurde die Königin noch deutlicher, und sie klang dabei so enttäuscht, dass Anny ein schlechtes Gewissen bekam, obwohl sie gar nichts dafürkonnte. Rasch schob sie sich ein Stück Kuchen in den Mund, um ihre Bestürzung zu verbergen.

„Also“, sagte die Königin und streckte die Hand über den Tisch. „Gib mir jetzt das Armband zurück.“

Eine Falte bildete sich auf ihrer Stirn, wie bei Anny, wenn sie bei etwas die Geduld verlor, was allerdings ziemlich selten vorkam.

Anny fragte lieber nicht, von welchem Armband die Rede war, denn damit hätte sie sich nur verdächtig gemacht. Allerdings konnte sie sich auch nicht daran erinnern, dass Wynlon eines getragen hatte, als sie sich begegnet waren.

„Ich habe es nicht“, gestand sie kleinlaut.

Die Stirnfalte wurde tiefer, und Anny schüttelte den Kopf, betreten und ratlos.

„Wo ist es? Hast du es verloren?“

Anny zuckte mit den Schultern.

„Ist es etwa auf der anderen Seite geblieben? In der Welt der Menschen?“

„Wäre das denn so schlimm?“ Anny brachte es nicht fertig, sie dabei anzusehen. Stattdessen rollte sie ein Stückchen Apfelküchlein zu einer Kugel und schob sie sich in den Mund.

„Das weißt du genau. Wenn das Armband in die falschen Hände gerät, werden die Grenzen zwischen den Welten aufgehoben“, erwiderte die Königin mit unheilvoller Stimme, „und eine Zeit der Dunkelheit bricht über die Menschen herein.“

Ihr Blick verfinsterte sich und Entsetzen, Furcht, Trauer und Wut spiegelten sich darin.

Und jetzt hatte Anny wirklich das Gefühl, daran schuld zu sein.

28

Auf der Suche

Annys Vater hatte Wort gehalten und war mit Wynn zurück zum Strand von Ynyslas gefahren, wo die Schüler der Tywyn High den Tag verbracht hatten. Es war seltsam, wieder hier zu sein, diesmal ohne Anny. Zusammen mit ihr hatte Wynn sich um einiges stärker gefühlt. Jetzt war sie so allein und unsicher wie noch nie.

„Und? Hast du was gefunden?“

Ihr Vater winkte vom Parkplatz herüber. Wynn war zuerst in den kleinen Wald gelaufen, zu der Quelle, wo Anny und sie sich zum ersten Mal begegnet waren. Doch von dem Armband war weit und breit nichts zu sehen gewesen. Jetzt suchte sie bei den Dünen, wo Anny und sie sich am Nachmittag versteckt hatten und einander so nahe wie Schwestern gewesen waren.

„Noch nicht!“, rief sie zurück. Der Regen hatte inzwischen aufgehört, aber der Sand war noch nass. Wynn grub hier und dort, stocherte an verschiedenen Stellen im Sand, jedoch vergeblich. Alles, was sie fand, waren ein paar von Annys abgeschnittenen Haaren.

Mit wachsender Panik sah sie sich überall in der Kuhle um, und trotz des kühlen Winds, der über die Dünen strich, traten ihr Schweißperlen auf die Stirn. Wenn sie das Armband nicht wiederfand, wie konnte sie dann jemals nach Hause zurückkehren?

Und selbst wenn es ihr gelang, wie sollte sie ihrer Mutter unter die Augen treten? Und Blodo ... Beide hatten sie ausdrücklich vor der Menschenwelt gewarnt – und was hatte sie getan? Sie hatte die Grenze zwar nicht absichtlich überschritten. Doch hätte sie das Armband nicht gestohlen und die Burg verlassen, wäre sie niemals auf die Grimmlinge getroffen – und ohne die Grimmlinge wäre auch alles andere nicht geschehen.

Wynn machte sich große Vorwürfe. Noch vor ein paar Stunden war es ihr egal gewesen, was ihre Mutter und ihr Leibwächter dachten. Aber jetzt, da der Tag sich neigte und es so aussah, als würde sie für immer hierbleiben müssen, sahen die Dinge ganz anders aus.

Sie fühlte sich einsam und verloren und wünschte sich, wenigstens Anny wäre hier gewesen. Sicher war sie inzwischen längst zu Hause angekommen und fragte sich, wo ihr Vater und ihre Doppelgängerin blieben.

Wynn bemerkte ein schmerzhaftes Ziehen in der Magengegend, wie immer, wenn sie etwas ausgefressen und ein schlechtes Gewissen hatte. Bislang waren das allerdings nur harmlose Streiche gewesen. Diesmal hatte sie das Gefühl, etwas wirklich Schlimmes angerichtet zu haben.

„Anny?“, rief ihr Vater wieder.

„Ich komme gleich“, versicherte sie.

Was sollte sie nur tun?

Wenn sie jetzt aufgab, würde sie das Armband niemals wiederfinden. Andererseits würde ihr Vater bald Verdacht schöpfen, und was dann?

Wynn schüttelte den Kopf. Schweren Herzens rang sie sich zu einer Entscheidung durch. Sie musste zurück und Anny erzählen, was geschehen war. Vielleicht hatte die ja eine Idee, wo das Armband sein könnte. Oder hatte sie es womöglich eingesteckt und mitgenommen?

Wynn stand auf und ging mit gesenktem Kopf zurück zum Wagen, um ihrem Vater zu erklären, dass sie die Violine wohl endgültig verloren hatte. Wahrscheinlich würde er sie schimpfen, aber das war Wynn ja gewohnt, und außerdem würde das Instrument ja mit Anny bald wieder auftauchen.

Das Armband allerdings würde verschwunden bleiben.

Und das war viel schlimmer.

29

Fiedel statt Harfe

Die Grenzen zwischen den Welten werden aufgehoben und eine Zeit der Dunkelheit bricht über die Menschen herein …

Die Worte gingen Anny nicht mehr aus dem Kopf.

Was genau bedeutete das? Was hatte die Frau, die anscheinend ihre Mutter war, damit gemeint?

Jenseits der Welt, in der die Menschen lebten, schien es noch eine zweite, andere Wirklichkeit zu geben, wo wundersame Wesen existierten, wo es Königreiche wie im Mittelalter gab und offenbar auch eine dunkle Bedrohung, die wie ein Schatten über allem lag. Dass Anny hier ihrer Mutter begegnet war, kam ihr beinahe unfassbar vor, aber es erklärte auch viel.

Zum Beispiel, warum ihr Vater sich stets geweigert hatte, ihr etwas von ihrer Mutter zu erzählen. Und warum er immer fest behauptet hatte, dass es Elfen und andere Sagengestalten gab. Er wusste bestimmt viel mehr, als er ihr erzählt hatte. Wahrscheinlich war ihm stets klar gewesen, dass diese andere, fantastische Welt wirklich existierte.

Anny konnte nur hoffen, dass Wynn irgendwann in ihre

Welt zurückkehren und all diese merkwürdigen Dinge aufklären würde. Sicher fragte sie sich längst, wo Anny blieb, und fühlte sich in der Welt der Menschen genauso verloren wie Anny in ihrer. Gewiss hatte auch sie Anny dort nicht verraten. Schließlich hatten sich die beiden ihr Wort gegeben, das Geheimnis ihres Rollentausches für sich zu behalten.

Auch wenn es Anny alles andere als leichtfiel ...

Für den Nachmittag war Unterricht angesetzt. Blodowin, an dessen gruseliges Aussehen (und lustigen Akzent) Anny sich inzwischen gewöhnt hatte, brachte sie in eine Turmkammer, über der sich eine hölzerne Kuppel wölbte. Unmengen von alten Landkarten und ausgestopften Tieren hingen von dort oben herab, von denen Anny die wenigsten kannte. Die Landkarten hingegen kamen ihr teilweise bekannt vor. Sie glaubte zum Beispiel, die Umrisse von England darauf zu erkennen, nur dass Irland hier keine separate Insel war, sondern mit dem Vereinigten Königreich verbunden. Und dort, wo sich in ihrer Welt die weite Bucht von Cardigan erstreckte, lag grüner Wald.

Die Erkenntnis traf Anny wie ein Hammerschlag.

Cantraef Gwaelod! Das versunkene Königreich ...

Hier existierte es tatsächlich! Wenn Mrs Owen davon erfahren hätte, wäre sie wahrscheinlich völlig ausgetickt, und auch Anny musste das erst mal verkraften.

An der gewölbten Wand standen Regale, die mit Büchern und allerhand verstaubtem Zeug vollgestopft waren. Bei vielen der Gegenstände wusste Anny nicht, wozu sie gut sein sollten. In der Mitte des Raumes standen vier kleine Bänke, auf denen die Schüler saßen, sowie ein erhöhtes Pult für den Lehrer. Ihre Mitschüler, die drei Gobblinge Unny, Nogg und Gwydd, hatte sie ja bereits am Morgen kennengelernt. Aber jetzt begegnete Anny zum ersten Mal ihrer Lehrerin. Talwythia Teg war klein und rund, hatte lange Fühler und Flügel wie ein Schmetterling und schwirrte damit vor den Schülern auf und ab. Ein bisschen sah sie aus wie Mrs Owen, fand Anny – nur sehr viel kleiner und flugfähig.

Ihr Anblick war so komisch, dass Anny an sich halten musste, um nicht draufloszuprusten. Sie bemühte sich, Fräulein Teg genauso zu behandeln, wie ihre Mitschüler es taten, für die ein solches Wesen offenbar ganz normal war. Blodo ließ sich im hinteren Teil der Turmkammer nieder und versteinerte dort, um den Unterricht nicht zu stören.

„Ich habe beschlossen“, begann Miss Teg mit einer Stimme, die so hell und lieblich klang wie ein Glöckchen, „dass wir am besten vergessen, was in der letzten Stunde geschehen ist, und ganz neu beginnen. Seid Ihr einverstanden, Prinzessin?“

Alle Augen richteten sich auf Anny. Das Gobblingmädchen Unny sah sie vorwurfsvoll an, doch Gwydd grinste über sein ganzes breites Gesicht. Was hatte Wynn nur wieder angestellt?

„Äh … klar“, sagte Anny.

„Und Ihr versprecht, Eure Harfe nicht wieder als Waffe zu benutzen?“

Als Waffe?

Anny grinste gequält. „Ich verspreche es.“

„Schön“, sagte die Lehrerin und rang ihrem Gesichtchen ein Lächeln ab. „Also, auf ein Neues! Habt Ihr Euer Harfenspiel inzwischen geübt, Prinzessin?“

„Mei-mein Harfenspiel?“, wiederholte Anny verwirrt. Dann erinnerte sie sich: Wynn hatte ihr ja erzählt, dass sie Harfe spielte. Und auch, dass sie nicht besonders gut darin war.

Plötzlich fiel Annys Blick auf etwas, das in einem der alten Regale lag.

„Ehrlich gesagt, glaube ich, dass eine Harfe im Grunde das falsche Instrument für mich ist“, erklärte sie daraufhin.

„Ach ja?“ Miss Teg war wenig begeistert.

„Ja“, bekräftigte Anny. „Ich könnte mir vorstellen, dass ich mit diesem hier viel mehr anfangen könnte.“ Sie deutete auf das Instrument im Regal.

„Du willst Fiedel spielen?“

Anny nickte.

„Aber das ist ein Instrument des gemeinen Volkes und einer Prinzessin unwürdig!“

Anny stand auf und nahm sowohl die Fiedel als auch den dazugehörigen Bogen aus dem Regal. „Ich denke, es kommt darauf an, wie und was man darauf spielt.“

Talwythia verschränkte die dünnen Arme vor der Brust, während sie erwartungsvoll vor ihr in der Luft schwebte. „Da bin ich aber mal gespannt. Bitte schön, leg los!“

Anny blies den Staub von der Fiedel und setzte sie an ihr

Kinn. Da das Instrument für Gobblinge gefertigt war, fühlte es sich anders an als ihre geliebte Violine zu Hause. Der Klangkörper war so kurz und plump wie die Gobblinge selbst, und auch der Hals war breiter, sodass man ihn mit dicken Koboldfingern gut greifen konnte. Auch hatte die Fiedel sechs Saiten und nicht vier wie Annys Geige. Aber irgendwie würde es schon gehen.

Sie fuhr mit dem Bogen darüber.

Ein Ton erklang, der sie erschaudern ließ – das Ding war grässlich verstimmt. Anny drehte an den Wirbeln und versuchte, dem Instrument wieder ein paar ordentliche Töne beizubringen.

Dann fing sie an zu spielen.

Es war nichts Besonderes, nur eine Etüde, die sie auswendig konnte. Aber die Töne, die sie der alten Fiedel entlockte, brachten die Luft in der Turmkuppel zum Schwingen und füllten sie mit Musik. Talwythia und die Gobblinge lauschten atemlos.

Da Anny wie so oft beim Spielen die Augen geschlossen hatte, merkte sie nicht, dass alle sie anstarrten. Bis sie ihr Spiel beendete und die Augen wieder öffnete. Unny, Nogg und Gwydd schauten sie mit offenen Mündern an, und Fräulein Teg schwebte stumm vor Staunen und mit bebenden Fühlern in der Luft.

„Das … war wundervoll“, entfuhr es ihr.

„Danke sehr.“ Anny lächelte.

„Vielleicht hätte ich Euch schon früher die Fiedel spielen lassen sollen, Prinzessin. Aber ich konnte ja nicht ahnen, dass Ihr solches Talent habt. Wie lange habt Ihr an diesem Stück geübt?“

„Eine Weile“, erwiderte Anny achselzuckend. „Ich weiß es nicht mehr genau.“

Die Lehrerin nickte und drehte eine Pirouette. „Habt ihr das gehört, Kinderchen? Prinzessin Wynlon hat ihr Herz für die Musik entdeckt! Ist das nicht großartig? Manchmal geschehen eben doch noch Wunder. Selbst in diesen dunklen Zeiten.“

„*Oui*“, sagte jemand hinter Anny. „Wirklisch wunderbar.“

Sie wandte sich um.

Blodo, der offenbar gelauscht und alles mitbekommen hatte, hatte seine steinerne Erscheinung wieder abgelegt. Nun stand er da und sah Anny durchdringend an – und an dem kritischen Blick, mit dem er sie bedachte, erkannte sie, dass sie womöglich einen Fehler begangen hatte.

30

Ein ungewöhnlicher Morgen

Wynn hatte eine schlaflose Nacht verbracht. Wann immer sie ein Geräusch hörte, wann immer der Wind am Fenster gerüttelt oder im Baum vor dem Haus gerauscht hatte, war sie hochgefahren in der Hoffnung, es wäre Anny, die endlich nach Hause kam.

Doch Anny war nicht zurückgekommen. Nicht am Abend, obwohl sie es so vereinbart hatten, nicht in der Nacht und auch nicht am nächsten Morgen.

Wynn hatte keine Ahnung, was das zu bedeuten hatte. Hatte sie etwa alles falsch verstanden und Anny war direkt zu ihrem Vorspielen gefahren? Oder war ihr – und dieser Gedanke erschreckte Wynn – womöglich etwas zugestoßen?

Den ganzen Morgen, während sie noch im Bett lag und es draußen immer heller wurde, rätselte sie darüber, was sie tun sollte. Weiter so tun, als ob sie Anny wäre? Oder sollte sie ihren Vater ins Vertrauen ziehen? Ihm von ihrer rätselhaften Begegnung erzählen und von dem Rollentausch, den Anny und sie sich ausgedacht hatten? Aber was, wenn Anny doch schon auf dem Weg zu diesem Vorspielen war? Schließlich verließ sie sich auf sie, und Wynn wollte das Mädchen nicht enttäuschen, das womöglich nicht nur ihre neue beste Freundin, sondern auch ihre Schwester war.

Als das grässliche Ding auf dem Nachtkästchen lauthals schepperte, brauchte Wynn eine Weile, um den Knopf zu finden, der das lärmende Gerät zum Schweigen brachte. Dann stand sie auf und zog sich an.

Anny hatte ihr gesagt, dass in der Schule alle die gleichen Kleider tragen mussten. Also ging Wynn zum Schrank und suchte die passenden Kleidungsstücke heraus: einen komisch geschnittenen Rock, der lauter Falten hatte, und dazu ein Oberteil, das auch aus der Garderobe eines Trolls hätte stammen können, so schwarz und grob, wie es war. Es kratzte übel auf der Haut.

Im Bad des Hauses – das war das Zimmer, wo man sich waschen konnte – warteten weitere Überraschungen. Erleichtert nahm Wynn zur Kenntnis, dass es hier eine Toilette gab. Allerdings wurde sie offenbar nicht nach jedem Gang von einem Diener geleert, sondern man zog an einer Strippe, und dann brach ein regelrechtes Inferno los. Es sprudelte und brauste und gluckerte, dass Wynn beim ersten Mal Angst hatte, das Haus würde in den Fluten untergehen. Aber als sich der tosende Sturm wieder gelegt hatte, war alles aus der Kloschüssel verschwunden. Dabei hatte Wynn immer gedacht, die Menschen verstünden nichts von Zauberei.

Auch das Frühstück war merkwürdig. Es gab weder Apfelküchlein noch frisches Zimtbrot, sondern nur einen

Brei, den ihr Vater löffelte. Wynn verzichtete dankend und beschränkte sich auf ein Glas Milch, die sie von zu Hause kannte. Auch wenn die Milchkannen dort nicht so komisch geformt und wabbelig waren wie in der Welt der Menschen.

Vorsichtig nippte sie an ihrem Glas und trank in kleinen Schlucken, während ihr Vater ihr am Tisch gegenübersaß. Er schien ziemlich schlechte Laune zu haben.

„Das war dumm von dir", sagte er und warf ihr einen strengen Blick durch die Gläser seiner Brille zu. „Wirklich dumm. Wie kann man nur eine ganze Geige verlieren? Mitsamt dem Kasten!"

„Tut mir leid", sagte Wynn. „Es war keine Absicht, das musst du mir glauben."

„Das weiß ich doch", erwiderte er. „Aber wie willst du beim Empfang in der Bibliothek vorspielen, wenn du kein Instrument hast?"

„Darum geht es also?" Wynn atmete innerlich auf. „Weißt du, eigentlich wollte ich diesmal sowieso nichts auf meiner Fiedel vorspielen", sagte sie.

„Nein?" Die Brauen hinter der Brille hoben sich erstaunt. „Worauf sonst? Und seit wann nennst du deine Geige eine Fiedel?"

„Du hast doch diese alte Harfe in der Bibliothek", sagte Wynn im Vertrauen auf das, was Anny ihr erzählt hatte. „Darauf würde ich gerne spielen."

„Wirklich?" Die Brauen stiegen über den Brillenrand. „Seit wann spielst du Harfe?"

„Schon eine ganze Weile", behauptete Wynn, was ja auch stimmte.

„So was …" Er schürzte die Lippen und schien sich etwas beruhigt zu haben. „Das wusste ich ja gar nicht."

Glaub mir, du weißt manches nicht, dachte Wynn und lächelte.

„Gut, dann nimmst du diesmal eben die Harfe. Und über die verlorene Geige reden wir später."

Nach dem Frühstück brachte ihr Vater sie zur Schule. Und auch wenn Wynn das nicht für möglich gehalten hätte – dort wurde der Tag noch seltsamer, als er begonnen hatte.

Es fing schon damit an, dass alle Schüler tatsächlich dieselbe Kleidung trugen – dabei wusste schon jeder kleine Pixling, dass jedes Wesen anders war. Welchen Zweck sollte es da haben, alle in die gleichen Kleider zu stecken?

Und es ging seltsam weiter, denn die Erste, der Wynn an diesem Morgen begegnete, war ausgerechnet Kayla. Das Mädchen, das den Sirup in Annys Geige geschüttet hatte, bedachte sie mit einem grimmigen Blick. An ihrem Schienbein trug sie einen Verband, als wollte sie aller Welt zeigen, dass sie schwer verletzt worden war.

Lächerlich, dachte Wynn.

Immerhin ließ die dumme Kuh sie in Ruhe, vermutlich hatte sie vom Vortag noch genug, und auch ihre Freundinnen und die anderen Schüler machten einen großen Bogen um Wynn. Nur einer nicht – Rick Driscoll.

Sie hatte das Schulhaus kaum betreten, da kam er schon von Weitem winkend auf sie zu. „Morgen!“

„Morgen“, erwiderte sie. Offenbar war es unter Menschen üblich, sich die Tageszeit zuzurufen.

„Wenigstens einer, der mit mir redet“, sagte Wynn. „Die anderen schauen mich an, als ob ich ein Troll wäre.“

„Und das wundert dich?“ Er grinste breit. „Du hast Kayla vors Schienbein getreten. So etwas spricht sich schnell herum. Wenn du eine Berühmtheit werden wolltest, dann hast du es jetzt geschafft. Schließlich ist Kayla Queen die Königin der Schule.“

„Die Königin?“ Wynn hob die Brauen.

„Ungekrönt“, schränkte er ein. „Sie hat keine Krone und keinen Palast, aber so ziemlich alles andere.“

„Na, ich weiß nicht.“ Wynn zuckte nur die Schultern. Sie konnte ihm ja schlecht sagen, dass sie sich in diesen Dingen besser auskannte als er.

„Du musst aufpassen“, warnte er sie, während sie durchs Schulhaus gingen. Die Gänge leerten sich bereits, der Unterricht würde gleich anfangen. „Kayla wird eure Auseinandersetzung so schnell nicht vergessen und sie kann ziemlich gemein werden. Vor allem wenn man sie gekränkt hat.“

„Gekränkt?“ Wynn sah ihn verständnislos an. „Du meinst, es ist völlig in Ordnung, Sirup in meine Fiedel zu schütten und mich vor allen bloßzustellen, aber wenn man ihr gegen das Schienbein tritt, geht das zu weit?“

„Genau.“ Rick grinste schief, dann wurde er ernst. „Ehrlich, Anny, du musst dich vorsehen.“

„Warum?“

„Weil ich nicht will, dass so etwas noch mal passiert.“

„Ich auch nicht“, versicherte sie. „Deshalb habe ich beschlossen, mir künftig nichts mehr gefallen zu lassen. Vor allem nicht von Schnepfen wie dieser Kayla.“

„Find ich gut.“ Er nickte und wirkte ein wenig betreten. „Wobei ich eigentlich auch einen Tritt verdient hätte“, fügte er leiser hinzu. „Immerhin hab ich denen geholfen.“

„Das kann ich jederzeit nachholen“, sagte Wynn grinsend. „Jetzt gleich oder lieber später?“

Er hob abwehrend die Hände. „Eigentlich hatte ich vor, mich mit einem Schokoladeneis bei dir zu entschuldigen. Das ist nicht so schmerzhaft und schmeckt besser“, fügte er ausgenzwinkernd hinzu.

„Mit einem Schokoladeneis?“ Sie sah ihn verständnislos an. Was sollte das nun wieder bedeuten? Hieß das, dass er sich bis zum Winter Zeit lassen wollte? Außerdem vertrug sie keine Schokolade, wie sie als kleines Mädchen hatte feststellen müssen.

„Oder wollen wir lieber ins Kino gehen?“, fügte er hinzu, als er ihr Zögern bemerkte. „Gleich heute Nachmittag? Im Kino hier in der Stadt.“

„O-okay“, stammelte Wynn, um gleich darauf den Kopf zu schütteln. „Das heißt Nein, heute geht es nicht. Da ist ein Empfang in der Bibliothek, bei dem ich vorspielen muss.“

„Echt?“ Rick schien enttäuscht.

„Du kannst auch gern hinkommen, wenn du möchtest. Ich werde Harfe spielen. Magst du Harfe?“

Er verzog das Gesicht. „Ehrlich gesagt, nicht."

„Dann sind wir schon zu zweit", erwiderte sie und grinste. „Wahrscheinlich wird es sowieso ziemlich übel klingen."

„Noch schlimmer als Sirupgeige?", fragte er und beide mussten lachen.

„Du bist so anders", stellte Rick fest.

„Ach ja?" Wynn lächelte matt. „Aber ich bin doch dieselbe wie immer."

„Irgendwas ist anders, seit sie dir diesen Streich gespielt haben", beharrte er, als sie schließlich ihr Klassenzimmer erreichten. „Ich weiß nicht, was es ist, aber es gefällt mir."

Er lächelte, was in seinem sonnengebräunten Gesicht ziemlich hübsch aussah, und Wynn lächelte zurück. Im Hintergrund erklang ein schriller Klingelton, aber sie hörte ihn kaum.

Wynn wusste nicht, wo Anny war und wo sich das Armband ihrer Mutter befand, und sie war in der Welt der Menschen gestrandet.

Trotzdem war sie in diesem Moment froh, hier zu sein.

31

Eine alte Geschichte

Anny stand in Wynns kleiner Kammer. Sie fuhr mit dem Bogen über die Saiten und entlockte der Fiedel warme, leise Töne. Zu Hause hatte sie oft Musik gemacht, um sich von Dingen abzulenken, die ihr Angst machten oder sie beunruhigten. Sobald sie ihre Geige in den Händen hielt und damit musizierte, war es, als würde sie eine andere, schönere Welt betreten. Hier allerdings funktionierte das nicht so richtig – was vermutlich daran lag, dass sie sich sowieso schon in einer anderen Welt befand.

Wynns Zimmer war gemütlich eingerichtet, mit holzgetäfelten Wänden und einem Himmelbett, dessen Pfosten mit hübschen Schnitzereien verziert waren. Hier roch es nach Honig und wilden Blumen, und vom Fenster aus konnte man die Türme und Zinnen der Burg sehen. Es war ein wunderbarer Ort, fast wie im Märchen – und genau das war das Problem.

Anny gehörte nicht hierher.

Sie wollte zurück in ihre eigene Welt, auf die andere Seite der Grenze, die sie unfreiwillig überquert hatte. Wieder überlegte sie, sich der Frau zu offenbaren, die anscheinend ihre Mutter war, als plötzlich jemand an die Zimmertür klopfte.

Erschrocken hörte sie auf zu spielen.

„Ja?"

„Isch bin es. Darf isch 'ereinkommen?"

Es war unüberhörbar Blodowin. Anny hatte sich inzwischen einigermaßen an den Gargoyler gewöhnt, aber mit ihm allein sein wollte sie eigentlich nicht.

„Ist es denn sehr wichtig?", fragte sie.

„*Oui*, das ist es." Er sagte es mit einer solchen Entschiedenheit, dass sie die Fiedel rasch beiseitelegte und zur Tür ging, um ihm zu öffnen.

Ein wenig erschrak sie noch immer, wenn sie Blodowin sah. Schließlich war es in ihrem Leben noch nicht oft passiert, dass ein leibhaftiger Wasserspeier vor ihr stand und sie mit leuchtend grünen Augen ansah.

„'allo."

„Hallo", erwiderte sie und rang sich ein Lächeln ab.

„Darf isch reinkommen?"

„Sicher." Anny stieß die Tür vollends auf, und der Gargoyler trat auf seinen kurzen Beinen ein, wobei er Mühe hatte, seine Flügel durch die Tür zu bekommen. Dann ließ er sich mit einer solchen Wucht auf die kleine Bank am Fußende des Bettes fallen, dass Anny befürchtete, das Möbelstück würde zusammenbrechen.

„Was ist los?", fragte er unvermittelt.

„Wa-was?" Sie sah ihn fragend an.

„Du 'ast misch verstanden. Isch will wissen, was los ist."

„Wieso?" Anny spürte, wie ihr Gesicht ganz heiß wurde. Jedes einzelne Haar auf ihrem Kopf schien ihr zu Berge zu stehen.

„Irgendetwas ist mit dir gesche'en dort auf der anderen Seite", fuhr der Gargoyler fort, während er sie prüfend musterte. „Ein Gestaltwandler bist du nischt, das 'ätten wir gemerkt. Aber du bist anders als suvor. Was ist passiert, als die Grimmlinge disch um ein 'aar geschnappt 'ätten?"

„Grimmlinge?", wiederholte Anny verständnislos.

„*Oui*, isch weiß alles, du musst es also nischt leugnen. Was 'aben die Grimmlinge mit dir gemacht? 'aben sie dir ein Gift zu trinken gegeben? Oder einen magischen Trank?", bohrte der Gargoyler nach.

„Aber nein", erwiderte Anny entschieden. „Was bringt dich auf diesen Gedanken?"

„Das will isch dir sagen: Isch kenne disch nun schon so viele Jahre, aber so wie 'eute 'abe isch disch in all der Zeit nischt erlebt. Seit wann kannst du die Fiedel spielen? Und seit wann magst du *la musique*?"

„Ich? Na ja, eigentlich schon immer", beeilte Anny sich zu versichern. „Nur meine Harfe konnte ich nie leiden."

„Isch nehme an, dass diese ganzen Merkwürdischkeiten mit deinem Aufent'alt in der Menschenwelt zusammen'ängen", fuhr der Gargoyler misstrauisch fort. Auf der kleinen Bank sitzend, gestikulierte er mit seinen langen Armen. „Und des'alb will isch wissen, was sisch dort zugetragen 'at."

„Da war nichts“, beteuerte Anny kopfschüttelnd. „Ganz bestimmt nicht.“

„Und das soll isch dir glauben?“ Das grüne Leuchten in Blodowins Augen wurde stärker. „Du magst deine Mutter täuschen, aber nischt einen eschten Gargoyler. Isch kenne disch, Wynlon, denn isch selbst ’abe disch damals aus dem Palast getragen, als die Grimmlinge kamen.“

„Die Grimmlinge“, flüsterte Anny schaudernd. Da war schon wieder dieses Wort ... Ein unbestimmtes Gefühl sagte ihr, dass dies endlich eine Gelegenheit war, Antworten auf ihre Fragen zu bekommen.

„War es eigentlich sehr schlimm damals?“, fuhr sie so beiläufig wie möglich fort.

Der Gargoyler sah sie so verblüfft an, dass sie ihre Frage fast schon bereute.

„Das will isch meinen“, schnaubte er und senkte den Blick. „Viele tapfere Krieger sind gefallen bei dem Versuch, den Palast deiner Mutter su verteidigen. Der dunkle Feind kannte keine Gnade.“

„Was ist damals eigentlich genau passiert?“, fragte Anny neugierig. „Ich kann mich kaum noch daran erinnern ...“

„Natürlisch nischt, du warst ja gerade erst geboren.“

„Erzähl es mir“, verlangte Anny.

„Du kennst die Geschischte.“

„Schon, aber ich möchte sie noch einmal von dir hören.“

„Was ist in disch gefahren? Sonst sagst du immer, dass isch disch langweile mit meinen alten Geschischten.“

„Heute nicht“, versicherte Anny, obwohl ihr klar war,

dass sie sich damit nur verdächtiger machte. „Niemand erzählt sie so wie du“, fügte sie hinzu.

„Das stimmt vermutlisch.“ Der Gargoyler brummte geschmeichelt. „Isch war die ganze Zeit bei dir, von dem Augenblick an, als ...“ Plötzlich verstummte er.

„Ja?“, fragte Anny und sah ihn erwartungsvoll an. „Warum sprichst du nicht weiter?“

„Vieles ist damals gesche'en“, erwiderte Blodowin leise, „und isch bin nischt auf alles stolz.“

„Ich mache dir einen Vorschlag“, sagte Anny und setzte sich zu ihm auf das Stückchen Bank, das noch frei war. Neben dem massigen Wasserspeier kam sie sich klein und zerbrechlich vor.

„*Alors*?“ Er schaute sie fragend an.

„Du erzählst mir die Geschichte von damals – und ich sage dir, was in der Welt der Menschen mit mir geschehen ist.“

„Versprochen?“

„Versprochen.“

Der Gargoyler nickte und seufzte tief.

Dann begann er zu erzählen ...

32

Krieg und Frieden

Es war das erste Mal, dass Wynn eine Schule in der Welt der Menschen besuchte. Aber eines wurde ihr schon nach kurzer Zeit klar: Unterricht war wohl in keiner der beiden Welten ein Zuckerschlecken.

Noch bis zu diesem Morgen war Wynn fest davon überzeugt gewesen, dass es keinen verschrobeneren Lehrer geben könnte als Meister Cathbad. Doch sie hatte sich gründlich geirrt, denn im Vergleich zu manchen Lehrern, die in der Menschenwelt ihr Unwesen trieben, wirkte ein alter Waldschrat gar nicht so sonderbar.

Der Mathematiklehrer Mr Garner zum Beispiel hatte keine Haare mehr auf dem Kopf, dafür aber einen gewaltigen Schnauzbart, den er immer zwirbelte, wenn er den Schülern eine Frage stellte. War die Antwort richtig, zwirbelte er rechts, und war sie falsch, dann kam die linke Seite dran. Außerdem nahm er ständig seine Brille ab, um sie mit dem Schlips zu putzen, den er um den Hals trug. Und Mrs Owen, die Wynn schon vom Strandausflug kannte, erinnerte sie tatsächlich ein wenig an die spleenige Talwythia Teg. Sie unterrichtete wie Meister Cathbad Geografie, obwohl Wynn von den Ländern, über die sie sprach, noch nie etwas gehört hatte. Die Landkarte, die Mrs Owen vorn an die Tafel gehängt hatte, kam Wynn zwar entfernt bekannt vor, doch die Namen der Orte darauf waren alle falsch.

Aber Wynn bekam von dem, was im Unterricht erzählt wurde, sowieso nicht viel mit, denn sie war damit beschäftigt, ihre Mitschüler zu beobachten. Die Mädchen und Jungen ihrer Klasse waren ein lärmender, wild zusammengewürfelter Haufen, und das gefiel Wynn sehr.

Niemand hier scherte sich darum, ob sie eine Prinzessin war oder nicht, im Gegenteil – Kayla und ihre Freundinnen beachteten sie nicht einmal. Sie steckten die Köpfe zusammen und schienen schon wieder etwas auszuhecken, und ein Witzbold namens Ken machte über alles und jeden Scherze. Und wenn sie zum Fenster hinaussah, sah sie draußen auf dem Pausenhof einige Jungs ein komisches Spiel spielen ... Dabei trat man einen Ball mit den Füßen, und wenn man in einen viereckigen Kasten traf, schrie man lauthals „Tooor!“ und benahm sich wie vom wilden Troll gebissen.

Schade war nur, dass niemand hier mit ihr redete. Rick, der ja eine höhere Klasse besuchte, war nicht da, und die anderen Schüler hatten offenbar kein Interesse daran, sich mit ihr auszutauschen. Anny schien tatsächlich nicht besonders beliebt zu sein. Außer bei Miss Collins, die gerade an der Tafel stand und Wynn immer wieder ermunternd zulächelte. Wynn hatte inzwischen herausgefunden, dass das „Miss“ nicht zu ihrem Namen gehörte, sondern nur die

Anrede war. Sie fragte sich unwillkürlich, ob die Lehrerin auch dann noch lächeln würde, wenn sie wüsste, dass Wynn gar nicht Anny war …

In der letzten Stunde hatten sie Geschichte bei Mr Lewis. Der Lehrer, der eine braune Lederjacke trug und nach einem billigem Kraut roch, mit dem kein Gobbling jemals seine Pfeife gestopft hätte, schien heute schlecht gelaunt zu sein. Mürrisch warf er seine Ledertasche auf das Pult, und als wäre er ein Orgrimm auf der Suche nach Beute, nahm sein Blick einen rothaarigen Jungen ins Visier, der in der zweiten Reihe saß.

„Peter!"

„Ja, Mr Lewis?" Der Angesprochene erhob sich zitternd. Er war leichenblass geworden. „Leider hatte ich, da wir gestern doch auf dem Ausflug waren, keine …"

„… keine Zeit, um dich auf den Unterricht vorzubereiten?", ergänzte Mr Lewis lauernd.

„Genau." Peter schien erleichtert.

„Nun, das ist Pech für dich", entgegnete Mr Lewis, während er durch das Klassenzimmer stelzte, „denn natürlich gelten heute keine Sonderregeln. Wollen wir also hoffen, dass du in unserer letzten Stunde gut aufgepasst hast. Worum ging es?"

„Äh, es ging ummmm…" Peter hatte offenbar keine Ahnung. Der Junge neben ihm unternahm einen Rettungsversuch und flüsterte ihm etwas zu.

Wynn fand das toll.

Wie oft schon hatte sie sich gewünscht, dass ihre Mitschüler ihr mal aushalfen, wenn sie blank erwischt wurde. Aber Gwydd hatte selbst keine Ahnung, Nogg traute sich nicht, und Unny hätte sich lieber die Zunge abgebissen, als etwas zu tun, das der Lehrer verboten hatte.

„Wir haben über den Zweiten Weltkrieg gesprochen, Mr Lewis“, antwortete Peter schließlich.

Der Lehrer nickte. „Und worüber genau?“

„Also, ich meine, wir hätten über …“

Peter fischte verzweifelt im Trüben. Inzwischen war sein Gesicht feuerrot geworden und Schweißperlen standen auf seiner Stirn. Wynn hatte Mitleid mit ihm – wie oft schon war sie selbst in einer solchen Situation gewesen.

Mit schweren Schritten trat Mr Lewis auf Peter zu und baute sich vor ihm auf, drohend wie ein Bergriese. „Ja?“, bohrte er nach. Man hatte fast den Eindruck, dass er Spaß an der Sache hatte. „Ich höre, Peter?“

Peter sah zu Mr Lewis auf. Verzweiflung lag in seinen Augen. „Ich weiß es nicht“, gestand er schließlich.

Der Blick des Lehrers verfinsterte sich. „Weißt du es wirklich nicht? Oder sind deine Ohren nur so schlecht gewaschen, dass du nicht hörst, was Cameron dir einsagen will?“

„Bei-beides“, stammelte Peter.

Mr Lewis nickte. „Und du hast den Mut, mir das ins Gesicht zu sagen? Hättest du aufgepasst, wüsstest du noch, dass mein Großvater in diesem Krieg gefallen ist! Was glaubst du wohl, würde er darüber denken, dass eine Trantüte wie du nicht einmal mehr weiß, was damals geschehen ist?“

Er war immer lauter geworden, zuletzt hatte er geschrien. In der Klasse war es mucksmäuschenstill. Alle starrten auf Peter, der nun den Tränen nahe war.

„Lassen Sie ihn in Ruhe“, entfuhr es Wynn, ohne dass sie lange darüber nachgedacht hätte.

„Wie bitte?“ Mr Lewis wandte sich zu ihr um. Auch die Blicke aller anderen richteten sich nun auf sie.

„I-ich meine, er kann doch nichts dafür“, versuchte Wynn ihren Klassenkameraden zu verteidigen.

„Du meinst, er kann nichts dafür, dass er nicht aufgepasst hat?“

„Nein.“ Wynn schüttelte den Kopf. „Er kann nichts dafür, dass er nicht weiß, was Krieg bedeutet. Niemand weiß das, der es nicht selbst erlebt hat“, fügte sie leiser hinzu.

Ein Raunen ging durch die Klasse. Kayla und ihre Freundinnen kicherten.

„Ah“, machte Mr Lewis und verschränkte die Arme vor der Brust. „Da scheint sich ja jemand besonders gut auszukennen. Möchtest du Peters Platz einnehmen, Annlea?“

„Äh …“ Wynn wand sich wie ein Glibberaal.

Warum kann ich meinen Mund nie halten …?

Der Lehrer befahl ihr, aufzustehen. Und Peter, der aussah, als müsste er sich jeden Moment übergeben, durfte sich wieder setzen. „Also, was weißt du über den Zweiten Weltkrieg, junge Dame?“, fragte er, wobei sich seine Augen zu schmalen Schlitzen verengten.

Nun war es Wynns Stirn, auf der sich Schweißperlen bildeten. Das war ja noch schlimmer als bei Meister Cathbad! Sie spürte die Blicke ihrer Mitschüler, die sich förmlich in ihren Rücken bohrten.

„Nicht besonders viel", gab sie kurzerhand zu. „Ich weiß nur eines ..."

„Und das wäre?"

„Na ja." Wynn starrte auf die Tischplatte vor sich, während sie nervös von einem Bein auf das andere trat. „Wenn es einen Zweiten Weltkrieg gab, muss es vorher auch schon einen Ersten gegeben haben, richtig?"

Wieder wurde gekichert, diesmal eher schadenfroh. Mr Lewis verdrehte die Augen.

„Sehr scharfsinnig", kommentierte er, sich mühsam zur Ruhe zwingend. „Und?"

„Und das bedeutet, dass die Menschen nicht aus ihren Fehlern gelernt haben", fuhr Wynn fort. „Statt ihre Kriege zu nummerieren, sollten sie lieber damit aufhören, sie zu führen. So schwer kann das doch nicht sein! Schließlich kämpfen die Menschen ja nicht gegen wilde Drachen oder blutrünstige Orgrimme! Warum haben sie nichts Besseres zu tun, als sich gegenseitig umzubringen?"

„Ich weiß es nicht", brummte Mr Lewis.

„Ich meine, Krieg ist immer schrecklich", fuhr Wynn leise fort, „ganz gleich, wo er geführt wird. Immer sterben Menschen, und es gibt Leid und Zerstörung. Viele verlieren ihre Heimat und sind auf der Flucht, und am Ende gibt es nur Elend und Tränen. Warum hören die Menschen nicht damit auf und vertragen sich? Ich glaube, das wäre der beste Weg, um das Andenken Ihres Großvaters zu ehren, Mr Lewis."

Schweigen trat ein. Wynns Mitschüler sahen gespannt zu Mr Lewis und erwarteten wohl, dass jetzt ein Donnerwetter losbrechen würde.

Wynn zog vorsichtshalber den Kopf ein. Doch Mr Lewis sagte nichts. Stattdessen taxierte er sie misstrauisch.

„Ich weiß nicht, was heute in dich gefahren ist, Annlea", sagte er. „Eigentlich sollte ich dich für deine vorlauten Worte bestrafen …"

Ein Raunen ging durch die Klasse, und Kayla und ihre Freundinnen kicherten schadenfroh.

„… doch du hast mit allem, was du gesagt hast, absolut recht. Was nützt es, sich an einzelne Schlachten zu erinnern, wenn wir nichts aus unserer Vergangenheit lernen?", fragte Mr Lewis, an die Klasse gewandt. „Ich wünschte mir, ihr alle würdet so viel aus meinem Unterricht mitnehmen wie Annlea."

Damit machte er kehrt und ging an die Tafel zurück, und die Sache schien erledigt zu sein. Wynn konnte ihr Glück kaum fassen. Peter, dem sie aus der Klemme geholfen hatte, schenkte ihr ein dankbares Lächeln, während Kayla ihr einen grimmigen Blick zuwarf.

Vermutlich hasste sie sie jetzt noch mehr als zuvor.

33

Ein schweres Geständnis

Stille war eingekehrt.

Anny hatte Blodowins Bericht wie gebannt gelauscht. Nun, da er ihn beendet hatte, war sie stumm vor Staunen und vor Furcht.

Die Geschichte, die der Gargoyler ihr erzählt hatte, war keine heitere gewesen, und sie hatte auch kein Happy End. Sie handelte von einer Königin, die einst mit Weisheit und Güte über ein friedliches Reich geherrscht hatte, bis ein böser Herrscher gierig danach trachtete. Die Grimmlinge, die ihm treu ergeben waren, überrannten die Grenzen und verbreiteten Krieg und Zerstörung, und durch Verrat gelang es diesen widerwärtigen grünhäutigen Kreaturen, sich auch Zugang zum Palast der Königin zu verschaffen. Dank ihres treuen Gargoylers Blodowin konnte die Königin mit ihrer neugeborenen Tochter fliehen, doch ihr Thron ging verloren. Noch ehe die Schergen der Dunkelheit sie aufspüren konnten, fanden die drei Zuflucht bei den Gobblingen. Die gewährten ihnen Schutz und Obdach in ihrer Burg, die in den undurchdringlichen Wäldern des Landes

Gwaelod lag, und ein magischer Bann bewahrte sie vor Entdeckung.

Mehr als zwölf Winter verstrichen, und noch immer hatten die Soldaten des Dunklen Herrschers Königin Ygraine und ihre Tochter Wynlon nicht gefunden. Aber nun war Wynlon äußerst unvorsichtig gewesen und mit dem gestohlenen Armband ihrer Mutter in die Welt der Menschen gereist.

Jetzt war Anny einiges klargeworden.

Das versunkene Reich existiert tatsächlich!, dachte sie aufgeregt. *Und es ist hier! Wenn Miss Collins und Mrs Owen das wüssten … Die würden aus allen Wolken fallen!*

Anny war nicht gerade wohl in ihrer Haut. Sie ahnte, dass in diesem Reich, in dieser *Anderwelt*, alle möglichen Gefahren lauerten. Genau wie in der Welt der Menschen gab es auch hier Krieg und Zerstörung, und wenn es dem Dunklen Herrscher eines Tages gelang, die Burg zu entdecken und den magischen Bann zu brechen, würde er in seinem Zorn und seiner Rachsucht sicher nicht nur die Königin und ihr Kind töten, sondern auch alle, die ihnen geholfen hatten.

„Und das … ist alles genau so passiert?“, fragte Anny leise und zaghaft.

Blodowin nickte. „Und jetzt bist du an der Rei’e. Isch ’abe mein Verspreschen erfüllt. Nun erzähle du mir, was sisch auf der anderen Seite zugetragen ’at, in der Welt der Menschen.“

Anny nickte. Sie wollte reden, aber ein dicker Kloß steckte in ihrem Hals. Eigentlich hatte sie sich vorgenommen, dem

Gargoyler einfach zu berichten, was Wynn widerfahren war. Dabei hätte sie nicht lügen müssen, sondern nur den Blickwinkel ändern und vielleicht das ein oder andere ein wenig ausschmücken. Aber nun, da sie gehört hatte, was in dieser Anderwelt los war und in welch großer Gefahr sie alle schwebten, konnte sie das nicht mehr. Es stand zu viel auf dem Spiel, viel mehr, als sie geahnt hatte.

Sie musste jetzt einfach ehrlich sein.

Anny senkte schuldbewusst den Kopf und im nächsten Moment kullerten Tränen über ihre blassen Wangen.

„Ich will nach Hause“, sagte sie leise und vergrub das Gesicht in ihren Händen.

„Was soll das ’eißen? Du bist doch ’ier zu ’ause.“

Sie konnte ihm einfach nicht in die Augen sehen, in diese fremdartigen, grünen, durchdringend blickenden Augen.

„Nein, bin ich nicht“, schluchzte sie.

Der Gargoyler schnaubte. „Wenn das wieder einer von deinen Scherzen sein soll, Prinzessin, dann …“

„Das ist kein Scherz“, versicherte sie, ließ ihre Hände sinken und hob den Kopf.

Anny nahm ihren ganzen Mut zusammen.

Sie musste es tun. *Jetzt …*

„Ich bin nicht Wynlon“, hauchte sie in der Erwartung, der Gargoyler würde lauthals lachen, schreien oder sonst etwas tun, das ihr Angst machte.

Aber Blodowin blieb ganz ruhig. Seine Augen verengten sich zu Schlitzen und er musterte Anny eine Weile lang.

„Annlea?“, fragte er dann leise.

34

Die dunkle Gestalt

„Kann man das wirklich essen?“

Voller Staunen blickte Wynn auf den dampfenden Teigfladen, der vor ihr auf dem Teller lag und verführerisch würzig duftete. Verwirrend war, dass das Ding noch vor kurzer Zeit hart gefroren und von Eis überzogen gewesen war, und jetzt war es heiß und ließ ihr das Wasser im Mund zusammenlaufen.

„Sehr witzig“, sagte ihr Vater und griff nach einem Stück von dem Teig. Der geschmolzene Käse darauf zog lange Fäden, die Wynn an Spinnweben erinnerten. Sie musste lachen. „Leg los“, empfahl er ihr, „sonst bleibt nichts von der Pizza mehr für dich übrig.“

Wynn ließ sich das nicht zweimal sagen. Sie griff ebenfalls nach einem der keilförmig geschnittenen Stücke. Da es weich war und wabbelig, hatte sie einige Mühe, es in den Mund zu bekommen, aber als es mal drin war, schmeckte es fabelhaft.

„Mhm, lecker!“, stellte sie genüsslich und mit vollem Mund fest – als Prinzessin hatte sie das nie gedurft.

„Das will ich meinen. Ist schließlich deine Lieblingssorte. Mit extra Käse."

„Stimmt", erwiderte Wynn – und gratulierte Anny insgeheim zu ihrem guten Geschmack. Die Welt der Menschen war tatsächlich voller Wunder und überall gab es die verrücktesten Dinge. Da waren zum Beispiel diese Schreibfedern, die man nicht in Tinte tauchen musste und die trotzdem immer weiter schrieben, die seltsamen Flugmaschinen, die manchmal am Himmel auftauchten und weiße Wolkenfahnen hinter sich her zogen, und natürlich die Samartofone, an denen die Menschen immerzu herumhantierten ...

„Ist wirklich alles in Ordnung mit dir?" Ihr Vater schaute sie über den Küchentisch hinweg an. Das Hemd, das er trug, war mit Tomatensoße bekleckert, aber das schien ihm nichts auszumachen. Oder vielleicht hatte er es auch nicht bemerkt.

„Was sollte denn sein?", erwiderte sie scheinheilig.

„Ich weiß auch nicht. Seit ich dich gestern im Regen aufgegabelt habe, wirkst du unkonzentriert und geistesabwesend, von der Sache mit deiner Geige ganz zu schweigen. Ich habe bei der Gemeindeverwaltung drüben in Ynyslas angerufen. Sollte eine Violine gefunden werden, werden sie sich bei uns melden."

„Okay", sagte Wynn, ein Wort, das sie von den Menschen gelernt hatte.

„Genau das meine ich – dein geliebtes Instrument ist spurlos verschwunden, und alles, was dir dazu einfällt, ist ‚okay'? Wenn das nicht seltsam ist, weiß ich auch nicht."

„Ich …“ Wynn merkte, wie sie rot wurde. Sie ließ ihr Pizzastück auf den Teller sinken. „Na ja, ich meine …“

„Wir müssen dringend reden“, sagte der Vater.

„Jetzt?“, fragte Wynn entsetzt.

„Nein, jetzt nicht.“ Er warf einen gehetzten Blick auf seine Armbanduhr. „Wir müssen los. In der Bibliothek gibt es noch einiges vorzubereiten, ehe die Gäste kommen. Und du musst die Harfe stimmen.“

Dann wandte er sich ab und ging nach draußen.

Wynn seufzte, zog ihre Jacke an, schlüpfte in die Schuhe, die Anny gehörten, ihr aber wunderbar passten, und folgte ihm. Sie stiegen in den Wagen, der in der Auffahrt parkte, und fuhren los.

Es war ein trüber Nachmittag. Die Wolken hingen tief, und dichte Regenschleier hingen über der Straße, die sich hinunter nach Tywyn wand.

Und aus diesen grauen Schleiern tauchte plötzlich eine dunkle Gestalt auf. Sie war klein, hatte ein struppiges Fell und stand auf einmal mitten auf der Straße.

Die Bremsen quietschten, der Wagen schlingerte. Wynn wurde in den Gurt gepresst – spätestens jetzt wusste sie, wozu die Dinger gut waren. Endlich kam der Wagen zum Stillstand, nur wenige Schritte vor dem fremden Wesen, das sie aus seinem grünen Gesicht anstarrte.

Es war ein Grimmling!

Blankes Grauen packte Wynn. Sie konnte sich nicht erklären, woher der grässliche Kobold so plötzlich gekommen war, aber eins war sicher: Der Grimmling war genauso echt und wirklich wie sie selbst. Reglos stand er dort draußen, den Speer in der Hand, und sein schwarzes Fell triefte vor Nässe.

Erschrocken sah Wynn zu ihrem Vater hinüber, doch der wirkte weder verängstigt noch aufgebracht. Im Gegenteil, ihn schien eine seltsame Ruhe erfasst zu haben.

„Anny?“, sagte er leise.

„J-ja?“

„Du musst jetzt tapfer sein“, flüsterte er, ohne den Grimmling aus den Augen zu lassen, wie ein gefährliches Raubtier, dem man nicht den Rücken zukehren durfte. „Du wirst tun, was ich dir sage, okay? Du stellst keine Fragen und zögerst nicht.“

„Aber ...“

„Keine Fragen“, beharrte er. „Vertrau mir, okay?“

„O-okay“, erwiderte Wynlon leise.

Er nickte und schenkte ihr ein flüchtiges Lächeln. Dann brüllte er aus vollem Hals: „LAUF, Anny!“

Wynn gehorchte, wie sie es versprochen hatte. Hastig schnallte sie sich los, riss die Tür auf und rannte durch den Regen die Straße hinab, während ihr Vater ausstieg und dem Grimmling entgegentrat.

Was die beiden sprachen, bekam Wynn nicht mehr mit. Doch nachdem die grauen Schleier sie verschlungen hatten, hörte sie einen lauten Schrei.

Paps!, schoss es ihr durch den Kopf.

35

Große Geständnisse

In der Kammer der Königin war Stille eingekehrt.

Anny konnte ihren eigenen rasenden Herzschlag hören. Seit dem Augenblick, als Blodowin sie zur Königin gebracht und ihr berichtet hatte, wer die vermeintliche Wynlon tatsächlich war, hatte die Königin geschwiegen und sie die ganze Zeit angesehen.

Schließlich hielt Anny es nicht mehr aus.

„Bitte", hauchte sie. „Sa… sagen Sie etwas. Irgendetwas!"

Königin Ygraine atmete tief ein. „Annlea?", fragte sie endlich mit bebender Stimme. „Bist … du es wirklich?"

Anny nickte.

Und dann geschah etwas, womit sie nicht gerechnet hätte. Ohne ein weiteres Wort trat die Königin zu ihr und schloss sie in ihre Arme. Anny hatte das Gefühl, in den weiten Falten ihres Gewandes zu versinken. Tränen liefen ihr über die Wangen. Was sie in diesem Moment empfand, war nicht zu beschreiben, doch es fühlte sich nicht fremd an, sondern warm und vertraut. Wie wenn man nach einer langen Reise wieder nach Hause kam.

Nur dass es in diesem Fall ein Zuhause war, das Anny nie gekannt hatte.

Als sie sich endlich voneinander lösten, sah Anny, dass auch die Königin weinte. Tränen rannen über ihr Gesicht. Waren es Freudentränen? Oder Tränen der Bestürzung?

„Mama?“, hauchte Anny. Es war wie ein Hilferuf – und ein großer Stein fiel ihr vom Herzen, als die Königin lächelte.

„Du bist wirklich meine Mutter?“

„So wie du meine Tochter bist, Annlea Jones“, entgegnete Ygraine, schloss sie abermals in die Arme und küsste sie auf die Stirn. „Wie ist das möglich?“, fragte sie dann. „Das ist Zauberei …“

„Eigentlich nicht“, erwiderte Anny achselzuckend. „Wynlon und ich sind uns auf der anderen Seite begegnet. Und da wir uns so ähnlich sehen …“

„… habt ihr beschlossen, die Rollen zu tauschen“, sagte ihre Mutter. „Wie der Prinz und der Bettelknabe.“

„Du kennst diese Geschichte?“

Ygraine nickte und ein wehmütiges Lächeln spielte um ihre Lippen. „Dein Vater hat sie mir einst vorgelesen. Wie auch die Geschichten von der Schatzinsel, von Tom Sawyer und Robinson Crusoe.“

„Mir auch.“ Anny lächelte ebenfalls. „Er liebt diese alten Geschichten.“

„Ich weiß.“

„Aber wieso …?“ Anny schüttelte verständnislos den Kopf. „Ich meine, warum ist er dort und du bist hier? Wenn Wynlon und ich Schwestern sind …“

„Mehr als das“, erwiderte ihre Mutter. „Ihr seid Zwillinge.“

„Aber warum wussten wir dann die ganze Zeit nichts voneinander? Wieso hat man uns das verheimlicht? Warum habt ihr uns getrennt?“, fragte Anny. „Und weshalb sind Paps und du nicht mehr zusammen?“

Die Königin seufzte. Sie sah zu Blodowin, der an der Tür des Gemachs stehen geblieben war und zu Boden sah. Die Sache schien ihm näher zu gehen, als er zugeben wollte. „Wir haben immer geahnt, dass dieser Tag einst kommen würde, nicht wahr?“, sagte sie in seine Richtung.

„Ja, meine Königin.“ Der Gargoyler nickte, ohne aufzusehen.

„Es ist nur …“ Ihr Blick fiel wieder auf Anny. „Ich hätte nicht gedacht, dass es so schnell gehen würde.“

„Schnell?“ Anny machte große Augen. „Wynn und ich werden demnächst dreizehn …“

„Wo ist Wynlon?“

„Auf der anderen Seite“, erwiderte Blodo an Annys Stelle.

„Und das Armband? Hat sie es bei sich?“

„Ich weiß nicht.“ Anny zuckte mit den Schultern. „Aber ich denke, schon.“

„Du kannst dich nicht erinnern, es gesehen zu haben?“

Anny schüttelte den Kopf.

„Egal, was mit dem Armband geschehen ist – wir müssen Wynn so rasch wie möglich finden“, sagte die Königin.

„Keine Sorge“, versicherte Anny, „Wynn ist nicht allein. Sie ist bei meinem Paps. Er wird gut auf sie …“ Sie unterbrach sich, als ihr etwas klar wurde. „Aber er ist ja auch *ihr* Paps."

„Ja, Anny." Ihre Mutter nickte und lächelte matt.

„Das ist alles ... ziemlich verrückt."

„Mein armes Kind." Die Königin fasste sie bei den Schultern und sah ihr fest in die Augen. „Das alles muss fremd und verwirrend für dich sein."

„Ein bisschen", gab Anny zu. Das war so stark untertrieben, dass es schon fast gelogen war. „Wenigstens habe ich dich gleich erkannt. Ich hatte ein altes Foto von dir, das ich mir immer angeguckt habe, wenn ich einsam war oder deinen Ratschlag hätte brauchen können."

„Eine Fotografie, als du deine Mutter gebraucht hättest ...", sagte die Königin. Bitterkeit lag in ihrer Stimme und unendliches Bedauern. „Arme Anny. Es muss ein Schock für dich gewesen sein, als ich plötzlich vor dir stand."

„Einerseits war ich froh, aber andererseits ..."

„... hattest du Angst, und das ist verständlich", sagte ihre Mutter. „Kein Wunder, dass du dich nicht sofort zu erkennen gegeben hast."

„Wynlon und ich hatten uns versprochen, unser Geheimnis für uns zu behalten", fügte Anny leise hinzu. „Ich wusste nicht, was ich tun sollte. Ich wollte mein Versprechen doch halten. Aber dann ging mir nicht mehr aus dem Kopf, was du über den Dunklen König gesagt hast. Und irgendwann hielt ich es nicht mehr aus." Anny sah zu ihr hoch. „Hast du wirklich nichts gemerkt?"

Ihre Mutter dachte kurz nach. „Vielleicht, für einen

Augenblick ... Als wir unten in der Küche saßen, da habe ich etwas gefühlt. Aber ich dachte, es wäre nur die Erleichterung über Wynlons wohlbehaltene Rückkehr, deshalb habe nicht weiter darüber nachgedacht. Es war gut, dass du dein Schweigen gebrochen hast."

Anny trat ans Fenster und schaute hinaus. Alles, was sie dort sah – die Türme und Zinnen und der Wald, der sich jenseits davon erstreckte –, kam ihr jetzt noch viel wirklicher vor. Mehr noch, sie war nun selbst ein Teil davon.

„Wann hast du mich zuletzt gesehen?", wollte sie wissen.

„Ihr wurdet wenige Tage nach eurer Geburt getrennt", sagte ihre Mutter und ihre Stimme bebte. Es schien ihr nicht leichtzufallen, über diese Dinge zu sprechen. „Damals wurdest du mir weggenommen."

„Aber warum?" Anny schüttelte verständnislos den Kopf. „Haben Paps und du ... habt ihr euch nicht mehr verstanden?"

Ygraine trat zu ihrer Tochter und strich ihr tröstend über das Haar, das genauso dunkel war wie ihr eigenes. „Euer Vater und ich liebten uns sehr", sagte sie.

„Warum habt ihr euch dann getrennt? Und uns auch?"

Die Königin seufzte und wechselte erneut einen Blick mit Blodowin, der noch immer an der Tür stand. „Ich weiß, dass das schwer zu verstehen ist", sagte sie leise. „Aber du darfst mir glauben, dass in all den Jahren kein Tag vergangen ist, an dem ich nicht an dich gedacht habe."

„Warum dann die Trennung? Und warum hat Paps mir nie davon erzählt?"

„Weil er es geschworen hat. So wie ich einst geschworen habe, Wynn nichts über dich und deinen Vater zu erzählen. Trotzdem haben wir immer geahnt, dass wir uns euren Fragen irgendwann stellen müssen." Die Königin straffte ihre schlanke Gestalt. „Aber jetzt ist nicht der richtige Zeitpunkt dafür. Denn jetzt müssen wir uns dringend um Wynlon kümmern. Und um das Armband mit dem Elfenstein."

„Aber es geht ihr doch gut", versicherte Anny und wandte sich ihr zu. „Sie ist bei Paps und in Sicherheit."

„Das glaubst du, weil du es nicht besser weißt. In Wahrheit sind beide in großer Gefahr."

Anny spürte einen Kloß in ihrem Hals. „Hat es … hat es etwas mit dem Dunklen Herrscher zu tun?"

Die Königin nickte langsam.

„Wer ist er?", fragte Anny, obwohl sie nicht sicher war, ob sie die Antwort wirklich wissen wollte. „Hat er auch einen Namen?"

„Sein Name ist Gorgon. Er ist ein Wesen aus der Tiefe, so alt wie Anwyn selbst. Niemand, der ihn gesehen hat, konnte je über ihn berichten, daher weiß auch niemand, wie er aussieht. Es gibt Gerüchte, aber mehr nicht. In Gorgon konzentriert sich alles Böse. Sein erklärtes Ziel ist es, nicht nur die Anderwelt, sondern auch die der Menschen in seine Gewalt zu bringen. Normalerweise sind ihm die Portale, die die Welt der Menschen mit unserer verbinden, verschlossen. Doch wenn das Armband in seinen Besitz gelangt, könnte sich dies ändern, denn es enthält Elfenmagie und kann die Tore zwischen den Welten öffnen."

„Hast du das gemeint, als du sagtest, die Grenzen zwischen den Welten würden aufgehoben werden?“, fragte Anny ängstlich. „Und dass dann eine Zeit der Dunkelheit über die Menschen hereinbrechen würde?“

„Ja, mein Kind. Seit Hunderten von Erdenjahren trachtet Gorgon danach, die Grenze zu eurer Welt zu überschreiten – und jetzt könnte es ihm tatsächlich gelingen.“

36

Auf der Flucht

Zuerst wollte Wynn ihrem Vater gehorchen und einfach davonlaufen, aber als sie seinen Schrei hörte, hielt sie inne. Sie blieb im strömenden Regen stehen – als ihr ein schrecklicher Gedanke kam.

Der Grimmling!

Wenn er hier war, in der Menschenwelt, bedeutete das, dass er durch das Tor gekommen war. Er musste im Besitz des Armbands sein!

Und daran bin nur ich schuld, ich ganz allein ...

Entsetzt kehrte sie um und eilte zurück zu dem Hügel, über den sie gerannt war. Sie duckte sich hinter die moosbewachsenen Felsen und spähte auf die Straße hinunter, mit pochendem Herzen und bis auf die Haut durchnässt.

Durch die Regenschleier konnte sie das Auto sehen und ihren Paps und erkannte entsetzt, dass da noch mehr Grimmlinge waren. Gleich fünf oder sechs von ihnen umlagerten ihren Vater, sie hatten ihn regelrecht umzingelt und bedrohten ihn mit ihren Speeren. Mit geballten Fäusten sah Wynn dabei zu, wie sie ihn gefangen nahmen und abführten.

Was hatten sie mit ihm vor? Würden sie ihn in die Anderwelt mitnehmen?

Wynn war verzweifelt. Was sollte sie nur tun?

Sollte sie versuchen ihn zu befreien? Nicht dass sie sich vor den Grimmlingen gefürchtet hätte. Aber gegen ihre Übermacht hatte sie keine Chance.

Am besten, ich bleibe ihnen auf den Fersen. Vielleicht kann ich ja wenigstens herausfinden, wohin sie ihn …

„Da ist sie!"

Wynn fuhr herum und erschrak fast zu Tode. Zwei Grimmlinge kamen von der Rückseite des Hügels auf sie zu, die Zähne gefletscht und Speere in den grünen Klauen. Ohne auch nur einen Augenblick zu zögern, sprang sie auf und rannte – nicht hinunter zur Straße, wo die restlichen Kobolde lauerten, sondern auf die andere Seite, wo es steil bergab ging und die grüne Wiese in zerklüfteten Fels überging.

„Halt!", rief einer der Grimmlinge ihr nach, der offenbar ein paar Worte sprechen konnte. Aber natürlich dachte Wynn gar nicht daran, ihm den Gefallen zu tun.

In Windeseile hastete sie den Hang hinab, dort, wo der Fels besonders steil war. Sie war ziemlich gut im Klettern, zu Hause auf der Burg der Gobblinge hatten Gwydd und sie sich oft die Zeit damit vertrieben, an den Burgmauern emporzukraxeln. Das kam ihr jetzt zugute.

Ihre Verfolger waren hinter der Felskante nicht mehr zu sehen, aber sie konnte ihr zorniges Geschrei hören. Das Gestein war nass und glitschig vom Regen, und es war alles andere als einfach, daran hinabzuklettern. Besonders wenn man wie Wynn ein Kleid anhatte. Mehr als einmal blieb sie an dem Felsen hängen und zerriss sich den Stoff. Aber sie ließ sich nicht abhalten und kletterte immer weiter. Ihr Ziel war der kleine Wald am Fuß des Felshangs. Mit etwas Glück würde sie dort ein Versteck finden.

Ein entsetzter Schrei von irgendwo über ihr verriet ihr, dass ihre Verfolger weniger Glück beim Klettern hatten.

Wynn lachte auf. Halb stieg sie hinab, halb rutschte sie, bis auch sie auf einmal den Halt verlor. Zusammen mit einer Ladung Geröll fiel sie fast senkrecht in die Tiefe, doch glücklicherweise nur wenige Meter. Dann landete sie in einem Bett aus fauligem Laub, das fürchterlich stank, aber weich genug war, um ihren Sturz abzufangen.

Vollkommen verdreckt kroch Wynn aus dem Laub und in den Schutz der Bäume. Farnblätter breiteten sich über sie und versteckten sie vor ihren Verfolgern.

Eine Weile lang verharrte sie im Halbdunkel. Ihr Atem ging stoßweise und ihr Herz pochte, während sie angestrengt lauschte. Doch außer dem Prasseln des Regens auf den Blättern der Bäume war nichts mehr zu hören.

Hatten die Grimmlinge die Verfolgung etwa aufgegeben?

Vorsichtig kroch Wynn weiter, bis das schützende Dunkel des Waldes sie ganz umfing. Dann erst wagte sie, sich wieder aufzurichten. Und in diesem Moment, nass und frierend und umgeben von riesigen Bäumen, die ihre knorrigen Äste über sie breiteten, ging ihr auf, wie verloren sie war.

Hier stand sie, allein in einer fremden Welt, und die einzigen beiden Menschen, die ihr hätten helfen können, waren spurlos verschwunden. Ihr Vater war vor ihren Augen entführt worden und Anny nicht mehr aufgetaucht. Hatten die Grimmlinge womöglich auch damit etwas zu tun? Hatten sie Anny in ihre Gewalt gebracht?

Wynn fühlte sich elend, doch dieser Gedanke brachte sie an den Rand einer Panik. Was hätte sie jetzt darum gegeben, ihren treuen Blodo an ihrer Seite zu haben ... oder ihre Mutter. Mehr als je zuvor bereute sie, was sie getan hatte.

Sie machte sich auf den Weg und war noch nicht weit gegangen, als sich der Wald plötzlich lichtete. Unmittelbar vor ihr verlief eine Spur auf dem Boden. Da waren zwei eiserne Schienen und Bohlen aus dunklem Holz.

Wynn fragte sich, was für ein seltsamer Pfad das wohl sein mochte, als plötzlich ein Geräusch durch den Regen drang – ein Klirren und Stampfen, als bräche ein ausgewachsener Troll durch den Wald! Und tatsächlich war jenseits der grauen Regenschleier auf einmal ein großes schwarz-rotes Monster zu erkennen, das sich schnaubend den Pfad entlangwälzte. Weißer Dampf kam aus seinen Nüstern wie bei einem Minotaurus, und tatsächlich glaubte Wynn im ersten Moment, eins dieser fürchterlichen Tiere hätte sich in die Welt der Menschen verirrt. Doch das Ding hatte keine Hörner, und es stampfte auch nicht auf Beinen den Eisenpfad entlang, sondern auf Rädern. Und der Dampf kam nicht aus seiner Nase, sondern aus einer Art Kamin!

Wynn huschte vorsichtshalber in den Schutz der Bäume. Dort wartete sie atemlos, während das Ding langsam an ihr vorbeifuhr. Es schien sich um eine Art Auto zu handeln, nur dass es viele Wagen hinter sich her zog und offenbar nur auf den eisernen Schienen fahren konnte. Sie erinnerte sich, wie Anny gesagt hatte, dass sie mit einer „Eisenbahn“ zurück nach Tywyn fahren wolle. Hatte sie dieses schnaubende Ding damit gemeint?

Die Eisenbahn fuhr bergab, also in Richtung Stadt, und, ohne lange zu überlegen, sprang Wynn mit einem Satz auf die Plattform des letzten Eisenbahnwagens. Bis die Grimmlinge hier nach ihr suchten, würde sie längst in Tywyn sein.

Inzwischen war ihr klar geworden, dass sie Hilfe brauchte. Und die würde sie sich bei dem einzigen Menschen holen, dem sie außer Anny und ihrem Vater noch in dieser Welt vertraute.

37

Eine wilde Fahrt

„Aufmachen!“

Mit bloßen Fäusten schlug Wynn so heftig gegen die Tür, dass sie ihr wehtaten. Sie war mit der Eisenbahn zurück nach Tywyn gefahren und kurz vor dem Bahnhof abgesprungen. Da sie den Weg nicht kannte, hatte sie sich durchgefragt, was nicht gerade einfach gewesen war. Wegen des Regens waren nur wenige Menschen auf der Straße, und sie bot in ihrem zerschlissenen und völlig verdreckten Kleid einen wenig vertrauenerweckenden Anblick. Trotzdem war es ihr gelungen, die Adresse herauszufinden, und nun stand sie vor dem kleinen Haus in der Brook Street und hämmerte gegen die Tür.

„Aufmachen! Bitte!“

Was, wenn er nicht zu Hause war? An wen sollte Wynn sich dann wenden? Sie kannte doch sonst niemanden.

Endlich waren Schritte hinter der Tür zu hören, und im nächsten Moment wurde geöffnet.

Eine Frau mit blondem langem Haar stand auf der Schwelle.

„Ja sag mal! Gibt es bei dir zu Hause keine Türklingeln, Mädchen?“

„W-was?“

„Na hier, die Klingel.“ Die Frau beugte sich vor und deutete auf den kleinen Knopf neben der Eingangstür. „Die kann man drücken, statt wie verrückt gegen die Tür zu hämmern.“

„Ach so, tut mir leid“, beeilte sich Wynn zu versichern. „Ist Rick zu Hause?“

„Wer bist du überhaupt?“ Die Frau, von der Wynn annahm, dass es Ricks Mutter war, schaute sie prüfend an. Beim Anblick der schmutzigen Kleider sanken ihre Mundwinkel merklich herab.

„Ich heiße Wyn... äh ... Anny“, verbesserte Wynn sich schnell. In der Aufregung hätte sie beinahe den falschen Namen genannt.

„Winnany?“

„Nur Anny.“ Wynn bemühte sich um ein Lächeln, auch wenn ihr nicht danach zumute war. Ihr Vater war entführt worden und vermutlich waren die Grimmlinge noch immer auf der Suche nach ihr. Verstohlen blickte sie sich zur Straße um. „Könnten Sie Rick bitte sagen, dass ich hier bin? Das wäre sehr nett, vielen Dank.“

„Hm“, machte Ricks Mutter nur und verschwand wieder. Die Tür ließ sie angelehnt. Sie wollte wohl nicht, dass Wynn in ihren verschmutzten Kleidern das Haus betrat.

Während sie wartete, sah Wynn sich weiter wachsam um. Sie zuckte zusammen, als sie auf der anderen Straßenseite eine Gestalt näher kommen sah. Aber es war nur ein kleiner Mann mit einem Regenschirm und einem Hund an der Leine.

Es dauerte nicht lange, bis erneut Schritte im Haus zu hören waren, dann stand Rick in der Tür. Wynn atmete auf. Endlich ein vertrautes Gesicht in dieser fremden, seltsamen Welt.

„Hallo“, sagte sie.

„Hey.“ Er nickte ihr zu. „Was machst du hier? Ich dachte, du wärst in der Bibliothek?“

„Es ist … was dazwischengekommen.“

„Moment mal“, sagte Rick, als er ihre Kleider sah. „Was ist denn mit dir los? Ist irgendwas passiert?“

Sie nickte. Auf ihrem Weg zurück nach Tywyn hatte sie überlegt, ihn ins Vertrauen zu ziehen, sich aber dagegen entschieden. Erstens hätte er ihr ohnehin nicht geglaubt und sie wahrscheinlich für verrückt erklärt. Und zweitens wusste sie ja selbst nicht, was hier eigentlich vor sich ging. Sicher gab es auch in der Welt der Menschen irgendwelche Gesetzeshüter, die ihr helfen konnten, aber wenn Wynn zu ihnen ging, würden sie anfangen, Fragen zu stellen. Und spätestens wenn Wynn die Entführer ihres Vaters beschreiben sollte, würde es schwierig werden.

„Was ist passiert?“

„Das kann ich dir nicht sagen“, erwiderte Wynn ausweichend, „aber ich brauche dringend deine Hilfe.“

„Okay …?“ Ein wenig argwöhnisch sah Rick sie an und sie konnte es ihm nicht verdenken. Wahrscheinlich wäre sie selbst auch misstrauisch geworden, wenn jemand in ihrem Aufzug vor ihrer Tür gestanden hätte.

„Ich muss zurück zum Strand“, sagte sie. „An die Stelle, wohin wir unseren Ausflug gemacht haben.“

„Nach Ynyslas?“, stöhnte er. „Auf die andere Seite der Bucht? Bei dem Wetter?“

„Bitte“, sagte Wynn. „Ich weiß nicht, wen ich sonst fragen könnte.“

„Was ist mit deinem Vater?“

„Um ihn geht es ja gerade.“

„Was ist mit ihm? Ist er auch am Strand?“

„Vielleicht“, entgegnete Wynn, obwohl sie ziemlich genau wusste, dass ihr Vater nicht dort sein würde. Aber es war ihre einzige Chance, in ihre Heimat zurückzugelangen. Sie musste es schaffen, irgendwie …

Rick schürzte die Lippen. Er hatte offensichtlich keine große Lust, bei dem Regen mit ihr rauszugehen.

„Bitte, Rick“, sagte Wynn noch einmal und sah ihn flehend an. „Ich würde dich nicht fragen, wenn es nicht wirklich wichtig wäre.“ Tränen traten in ihre Augen und das schien den Jungen zu überzeugen.

„Hey, schon okay“, sagte er und verschwand kurz hinter der Tür. Als er wieder hervorkam, trug er eine Jacke und schlug sich die Kapuze über den Kopf. „Ich werd’s einfach als zusätzliches Training ansehen“, erklärte er.

„Training?“, erwiderte Wynn.

„Fürs Fahrradfahren – ich bin nicht umsonst Cross-Country-Meister, weißt du?“

„Fahrrad?“ Wynn dachte voller Unbehagen an die abenteuerlichen Dinger, auf denen sie die Leute hier überall hatte herumfahren sehen. „Ich dachte, wir nehmen das Auto?“

„Sehr witzig.“ Rick schnitt eine Grimasse. „Ich hab doch keinen Führerschein.“

Er ging am Wagen der Familie Driscoll vorbei und schob das Garagentor auf. Drinnen standen gleich mehrere Fahrräder, eins schnittiger als das andere. Die Metallrahmen glänzten in Schwarz, Rot und Blau, offenbar pflegte Rick seine Fahrräder äußerst sorgfältig.

„Such dir eins aus“, forderte er sie auf.

„A-aber ich bin noch nie …“

Er zuckte mit den Schultern. „Irgendwann ist immer das erste Mal, nicht wahr? Außerdem können wir den weiten Weg ja schlecht zu Fuß gehen. Also?“

Wynn entschied sich für ein rotes Fahrrad, und nachdem Rick Sattel und Lenker eingestellt hatte, schob er es ihr hin.

„Keine Sorge“, redete er ihr zu und sah ihr dabei in die Augen. „Du kannst das, Anny. Ich glaube an dich, okay?“

Auch wenn sie nicht Anny war – irgendetwas an seinen Worten war so überzeugend, dass es Wynn ihre Angst nahm. Sie nahm auf dem Sattel Platz, Rick gab ihr einen kleinen Schubs, und im nächsten Moment fuhr sie schon die Einfahrt hinab! Aber wie ließ sich das Ding lenken? Und wie, zum Greif, brachte man es wieder zum Stehen?

„Blodo!“, schrie sie in ihrer Not, was Rick zum Glück

nicht mitbekam. Er hatte sich ebenfalls ein Fahrrad geschnappt und folgte ihr.

„Du musst in die Pedale treten!“, rief er ihr zu. „Lass beide Hände am Lenker! Und immer schön das Gleichgewicht halten, hörst du?“

Gleichgewicht …?

Wynn nickte. Auf der Burg war sie oft über Zinnen und Balken balanciert, in schwindelerregender Höhe. Wenn sie etwas gut konnte, dann das Gleichgewicht halten. Am Anfang wackelte sie noch ein wenig auf dem Rad, weil sie nach dieser oder jener Seite ausgleichen musste. Aber je schneller sie fuhr, umso leichter fiel es ihr.

Jedenfalls so lange, bis ein Hindernis kam …

Nach wenigen Metern bog ein Auto von rechts in ihre Straße ein. Wynn riss den Lenker herum – und lag im nächsten Moment mitsamt dem Fahrrad am Boden.

„Alles in Ordnung?“, fragte Rick, der neben ihr anhielt.

„Denke, schon.“ Sie rieb sich den schmerzenden Ellbogen.

„Das war klasse“, lobte sie Rick. „Nur das mit dem Bremsen musst du noch üben. Du musst einfach an den beiden Hebeln vorn am Lenker ziehen.“

„Verstanden.“ Wynn nickte.

„Wenn du so weitermachst, kannst du bald in der Schulmannschaft mitfahren.“ Er grinste, holte etwas aus seiner Satteltasche und warf es ihr zu. Wynn fing es auf – es war die gleiche Jacke, wie er sie trug, grau und mit Kapuze. Auf dem Rücken war das Zeichen der Schule abgebildet.

Wynn zog die Jacke an. Ihr Kleid war zwar zerschlissen und schmutzig und sie selbst nass bis auf die Haut, aber wenigstens fror sie jetzt nicht mehr so erbärmlich wie zuvor. Und mit der Kapuze auf dem Kopf würde sie auch nicht sofort zu erkennen sein …

„Danke, Rick“, sagte sie.

Er lächelte. Dann stiegen sie wieder in die Pedale und fuhren die Landstraße bis zur Brücke hinunter, die über den Dyfi und auf die andere Seite der Flussmündung führte.

38

Eine echte Prinzessin

„Sind das die Freiwilligen?“

„Ja, meine Königin.“

Blodowin hatte Haltung angenommen wie ein Soldat. Er und fünf Gobbling-Wachen, die trotz ihres verschmitzten, koboldhaften Äußeren ziemlich grimmig aussahen, waren im Innenhof der Burg angetreten. Sie alle hatten sich freiwillig gemeldet, um die Grenze zur Menschenwelt zu überschreiten und dort nach Prinzessin Wynlon zu suchen. Anny bewunderte sie für ihren Mut. Für die Gobblinge musste die Welt der Menschen ebenso fremd und bedrohlich wirken wie die Anderwelt für sie.

„Ich danke euch, liebe Freunde“, sagte Königin Ygraine. „Ich weiß eure Hilfe wirklich sehr zu schätzen. Aber ich muss euch warnen. Jenseits der Grenze liegt eine feindselige Welt und ihr seid dort ganz auf euch gestellt. Da sich der Elfenstein im Augenblick nicht in meinem Besitz befindet, kann ich kein großes Tor für euch alle öffnen. Blodowin, der als Gargoyler jederzeit Zutritt zur Menschenwelt hat, wird von der Pforte an der Quelle aus jeweils einen von euch mitnehmen. Versteckt und tarnt euch, wenn ihr auf der anderen Seite seid. Die Zeiten haben sich geändert und die Menschen haben den Glauben an die Anderwelt verloren. Geht ihnen also so gut wie möglich aus dem Weg. Wenn es sich nicht vermeiden lässt, wird Blodowin dafür sorgen, dass die Menschen diese Begegnung rasch wieder vergessen."

„*Oui*", bestätigte der Wasserspeier grinsend. „Ein wenig Atem vom Gargoyler, und die Erinnerung ist wie weggeblasen."

„Ihr müsst euch vor den Menschen in Acht nehmen", schärfte die Königin ihnen ein, „denn sie sind unberechenbar und gefährlich. Mögen die Mächte des Lichts euch begleiten und dafür sorgen, dass ihr Wynlon rasch findet."

„Hoheit", sagte der Anführer der Gobbling-Wachen und schlug sich dabei auf den Brustpanzer seiner Rüstung, „wir werden alles tun, um Euch die Prinzessin zurückzubringen."

„Ich weiß", erwiderte Ygraine, „und dafür wird meine Familie noch mehr in eurer Schuld stehen, liebe Gobblinge. Diesen Plan hier" – sie übergab Blodowin eine Rolle aus Pergament – „hat Prinzessin Annlea angefertigt. Er zeigt die Gegend, wo sich Wynn vermutlich versteckt hält. Anny hat alle infrage kommenden Orte eingezeichnet, darunter auch das Haus, in dem sie bis vor Kurzem mit …" Die Königin unterbrach sich für einen Moment und schien nach Fassung zu ringen. „… mit ihrem Vater lebte", fuhr sie schließlich fort. „Fangt dort mit eurer Suche an."

„*D'accord*", sagte Blodo und die Gobblinge nickten in Annys Richtung.

„Habt Dank, Prinzessin“, sagte ihr Anführer. „Eure Karte wird uns auf der anderen Seite von großem Nutzen sein.“

Prinzessin …

Noch immer kam es Anny seltsam vor, aber als Tochter einer Königin war sie natürlich eine echte Prinzessin.

„Mama?“, sagte sie, an Ygraine gewandt. „Vielleicht wäre es besser, wenn ich mitkommen würde. Immerhin ist das meine Welt und ich kenne mich dort gut aus.“

„Das kommt nicht infrage.“ Die Königin schüttelte entschieden den Kopf.

„Aber ich könnte helfen“, versuchte Anny es noch einmal. „Bitte, Mutter, ich möchte es so gerne …“

„Ich weiß, mein Kind.“ Ygraine lächelte matt. „Doch das Risiko wäre viel zu groß.“

„Welches Risiko?“ Anny hob die Brauen.

„Die Zwillinge“, erklärte ihre Mutter, „dürfen sich nicht zur selben Zeit in derselben Welt befinden.“ Sie seufzte. „So wurde es einst entschieden, denn der Dunkle Herrscher darf euch niemals alle beide in seine Gewalt bekommen. Geschähe es doch, bedeutete es das Ende für uns alle.“

„Ist das der Grund, warum Wynn und ich gleich nach unserer Geburt getrennt wurden?“, fragte Anny.

„Ihr seid Kinder beider Welten“, sagte ihre Mutter. „Und genau deshalb ist Gorgon hinter euch her.“

39

An der Pforte

Sie waren auf der alten Landstraße rund um die Bucht gefahren, und Wynn stellte fest, dass Fahrradfahren leichter war, als sie es sich ausgemalt hatte. Schon nach wenigen Meilen hatte sie sich zunehmend sicherer gefühlt und war auch nicht mehr gestürzt.

Der Regen hatte nachgelassen und war in ein feines Nieseln übergegangen, doch der Wind entlang der Küste blies so heftig, dass Wynn Angst hatte, er würde sie von den Rädern wehen.

Tief über die Lenker gebeugt erreichten sie schließlich den Strand. Die Räder ließen sie am Parkplatz zurück, und Rick bestand darauf, sie sorgfältig abzusperren. Offenbar gab es auch in der Welt der Menschen Räuber und Wegelagerer. Dann schlug Wynn sofort den Weg zu den Dünen ein und zu dem Wald, der sich dahinter erstreckte.

„Wo gehst du hin?“, rief Rick ihr gegen den heulenden Wind hinterher. „Ich dachte, du wolltest zum Strand?“

Wynn antwortete nicht, sie war Rick dankbar dafür, dass er sie begleitet und hierher gebracht hatte, aber im Augenblick wäre es ihr lieber gewesen, allein zu sein. Wie sollte sie ihm das alles nur erklären?

Sie lief in den Wald, dessen Eschen, Erlen und knorrige Eichen sie dunkel und schützend umfingen. Dann blieb sie stehen.

„Alles klar?“, fragte Rick, der ihr keuchend gefolgt war. „Sag mal, du bist ja schneller als ein Pfeil! Schon mal überlegt, dich fürs Leichtathletik-Team zu bewerben?“

„Schhh“, machte Wynn und legte einen Finger auf den Mund. Angestrengt lauschte sie und konnte durch den brausenden Wind und das Rauschen der Bäume das Plätschern der Quelle vernehmen. „Diese Richtung“, entschied sie und lief weiter, während Rick hinter ihr her stolperte.

„Würdest du mir vielleicht mal verraten, was wir hier eigentlich tun? Ich meine, du stehst vor meiner Tür und bittest mich um Hilfe, und kaum sind wir am Strand, rennst du los wie vom wilden Affen gebissen.“

„Tut mir leid“, versicherte sie. Die ersten Felsen tauchten zwischen den Bäumen auf. Sie waren auf dem richtigen Weg.

„Es tut dir leid?“ Rick stapfte durch das Laub, das knöcheltief am Boden lag. „Was tut dir leid? Ich meine, was machen wir hier eigentlich?“

„Schhh“, machte Wynn wieder.

Sie zwängte sich zwischen zwei moosbewachsenen Felsen hindurch, bis sie schließlich die Lichtung erreicht hatte. In der Mitte plätscherte die Quelle, genau wie an dem Tag, als Anny und sie sich zum ersten Mal begegnet waren. Obwohl es erst gestern gewesen war, hatte Wynn das Gefühl, dass seither eine Ewigkeit vergangen war.

„Wow!“, sagt Rick und sah sich staunend um. „Ist ja cool. Hier bin ich noch nie gewesen.“

„Ich schon“, erwiderte Wynn und trat an das Becken der Quelle. Wenn sie doch nur das Armband hätte! Dann wäre es ihr jetzt ein Leichtes, die Pforte zu öffnen.

Wynn warf einen unsicheren Blick in Ricks Richtung. Merkwürdig fand er sie vermutlich jetzt schon – in ein paar Augenblicken würde er sie für völlig durchgedreht halten.

„Hallo?“, sagte sie, zunächst leise und dann noch einmal lauter: „Hallo? Kann mich jemand hören?“

„Ich hör dich“, sagte Rick, der das Ganze wohl für einen Scherz hielt. „Und du brauchst auch nicht zu schreien, ich stehe direkt hinter dir.“

„Hallo?“, rief Wynn unbeirrt weiter. Meister Cathbad hatte ihnen erzählt, dass sich die Welt der Menschen und die Anderwelt an den Pforten besonders nahe waren. Vielleicht, so hoffte Wynn, würde sie auf der anderen Seite ja gehört, wenn sie nur laut genug schrie.

Sie formte ihre Hände zu einem Trichter, den sie sich um den Mund hielt, und rief noch einmal: „Hallo! Könnt ihr mich hören? Blodo, bist du da?“

„Äh – ich bin da“, stammelte Rick verwirrt. „Aber ich heiße nicht Blodo.“

„Ich weiß“, antwortete Wynn nüchtern. Sie ging auf die andere Seite des Beckens und versuchte es dort noch einmal.

Wieder rief sie laut nach Blodo, brüllte sich die Seele aus dem Leib. Doch eine Antwort bekam sie nicht.

Dafür wurde es Rick sichtlich unbehaglich zumute.

„Anny?“, fragte er und sah sie verunsichert an. „Ist wirklich alles in Ordnung mir dir?“

Da haben wir's, dachte sie. *Jetzt denkt er, ich wäre übergeschnappt.*

„Ja, keine Sorge“, beteuerte sie, während sie sich nervös umblickte. Was konnte sie sonst noch tun? Wie auf sich aufmerksam machen?

„So? Warum schreist du dann hier herum? Und warum rufst du immer wieder diesen Namen?“

„Blodo!“, schrie sie erneut.

„Ehrlich, das ist nich' normal.“

„Blodo ist mein Leibwächter“, erklärte Wynn, um nicht komplett verrückt dazustehen. Aber das machte die Sache nicht besser.

„Dein Leibwächter, okay …“ Rick sah sie ganz seltsam an. Die Farbe war aus seinem Gesicht gewichen, und man konnte sehen, dass er es mit der Angst zu tun bekam.

„Es ist nicht so, wie du denkst“, versicherte Wynn. „Mit mir ist alles okay. Es ist nur … ich …“

„Ja, Anny?“, hakte er nach, als sie zögerte.

Wynn schnaubte. Jetzt war ohnehin schon alles egal.

„Ich bin nicht Anny“, verkündete sie.

„Nein?“

„Mein Name ist Wynn. Na ja, eigentlich Wynlon, und ich bin eine Prinzessin.“

„Prinzessin“, wiederholte er und sah nicht besonders intelligent dabei aus.

„Nur leider nicht hier, sondern in einer anderen Welt. In einer anderen Wirklichkeit, verstehst du?“ Sie nickte ihm hoffnungsvoll zu, aber Rick zog nur die Stirn in Falten.

„Mithilfe eines magischen Armbands bin ich durch ein Portal zu euch gekommen“, fuhr Wynn fort. „Aber nun habe ich das Armband verloren und keine Chance mehr, das Tor zu öffnen.“

„Na klar“, versicherte er. „Das leuchtet ein.“

Wynn nickte. „Diese Lichtung“, erklärte sie weiter, „gibt es auch in meiner Welt. Hier habe ich die Pforte durchschritten und von hier aus könnte ich auch wieder zurückkehren …“

„… wenn du das magische Armband noch hättest“, ergänzte er.

„Genau!“, rief Wynn erleichtert. „Oh Rick, ich bin ja so froh, dass du mir glaubst!“

„Aber warum denn nicht? Du kannst mir vertrauen.“ Er lächelte schwach, während er sein Samartofon aus der Gesäßtasche seiner Hose zog und rasch begann, darauf herumzutippen.

„Was tust du?“

„Nichts weiter. Ich muss nur schnell jemanden anrufen.“

„Auf der anderen Seite der Grenze?“, scherzte Wynn. „Das wäre wirklich praktisch …“

„Ja, klar.“ Er lächelte dünn. Dann schien sich jemand in

dem kleinen Gerät zu melden. „Hallo? Ist dort das Tywyn Hospital?“

„Was machst du da?“, wollte Wynn wissen und stemmte energisch die Arme in die Hüften.

„Nichts weiter“, versicherte Rick und hob beschwichtigend eine Hand. „Hallo?“, fragte er in das Gerät. „Hören Sie, hier ist jemand, der dringend Hilfe braucht.“

Wynn schnaubte.

So viel zum Thema Vertrauen ...

„Ich bin nicht verrückt!“, versicherte sie entrüstet, aber den Jungen schien das gar nicht mehr zu interessieren.

„Ja“, bestätigte er. „Bitte schicken Sie einen Krankenwagen nach ...“

In diesem Moment geschah es.

Es sah aus, als würde sich mitten in der Lichtung ein Riss in der Luft bilden. Wie bei einer Leinwand, die zerschnitten wurde, teilte sich das Grün des Waldes, und aus der Dunkelheit, die dahinter herrschte, trat eine Gestalt.

Sie war nicht sehr groß, aber kräftig, und ihre Arme reichten fast bis zum Boden. Außerdem besaß sie Flügel und von ihrem kahlen Haupt standen seitlich spitze Ohren ab.

Wynn konnte ihr Glück kaum fassen.

„Blodo!“, rief sie erleichtert, während der Gargoyler vollends durch den Riss trat, der sich hinter ihm wieder schloss. Er trug einen bis an die Zähne bewaffneten Gobbling-Krieger, den er nun wie eine Last auf dem Boden abstellte.

„Wynlon!“ Auch dem Wasserspeier stand die Erleichterung ins Gesicht geschrieben.

Wynn rannte auf ihn zu und schlang ihre Arme um seine stattliche Gestalt.

„Ich bin so froh, dich zu sehen!"

„Und isch bin froh, *disch* zu se'en", sagte er ungewohnt sanft – und funkelte da in seinem Augenwinkel nicht auch eine Träne?

„Wa-wa-was …?"

Rick stand mit offenem Mund auf der Lichtung. Das Samartofon war ihm aus der Hand gefallen.

„Es ist alles gut", versicherte Wynn ihm überglücklich. „Das ist Blodowin, mein Leibwächter, von dem ich dir erzählt habe. Und das hier ist", wollte sie auch noch den Hauptmann der Gobbling-Wache vorstellen, aber dazu kam sie nicht mehr.

Es war zu viel für Rick.

Der sportliche, gut aussehende Junge verdrehte die Augen und fiel um wie ein nasser Sack. Laub stob auf, als er auf dem Boden landete.

„Ups", machte Wynn. Sie löste sich von ihrem Leibwächter und ging zu Rick, um nach ihm zu sehen. „Er ist ohnmächtig", stellte sie fest. „Ich fürchte, du hast ihn erschreckt."

„Das verste'e, wer will." Blodo kratzte sich am Hinterkopf, dann ging er ebenfalls zu Rick und beugte sich über ihn. „Er wird sisch an nischts erinnern", sagte er und schnaubte, und der grüne Dampf, der aus seinen Nüstern kam, hüllte Rick ganz und gar ein.

„Schade", flüsterte Wynn beinahe traurig. Doch dann

wurde ihr klar, dass es viel Wichtigeres gab als Ricks Erinnerung.

„Blodo!“, wandte sie sich an ihren Leibwächter. „Du musst mich zu meiner Mutter bringen! Schnell!“

„Das 'abe isch vor, und du kannst disch auf ein Donnerwetter gefasst machen!“, versicherte der Gargoyler mit verkniffener Miene.

„Was geschehen ist, tut mir furchtbar leid“, sagte Wynn, „aber das ist im Augenblick nicht wichtig.“

„Was soll das 'eißen?“

„Mein Vater“, sagte sie nur.

„Dein ...?“ Die Art, wie Blodo sie ansah und wie seine grünen Augen immer größer wurden, sagten Wynn, dass er mehr wusste, als er ihr gegenüber jemals zugegeben hatte.

„Es stimmt also“, stellte sie fest. „Er ist tatsächlich mein Vater.“

„*Alors*, nun ... also ...“ Der Gargoyler wand sich wie ein Aal.

„Und ich habe eine Zwillingsschwester, richtig? Ihr Name ist Annlea.“

Blodowin starrte sie an. Dann nickte er langsam.

Tränen schossen Wynn in die Augen. Dann nahm sie sich zusammen und sprach die schrecklichen Worte aus: „Und der Dunkle König“, hauchte sie leise, „hat jetzt unseren Vater entführt.“

40

Ein hoher Preis

Blodo und die Gobbling-Wachen brachten Wynn zurück in die Burg. Den Moment, als Wynn und Anny einander wieder begegneten, würde keine von ihnen jemals vergessen.

Als sie sich in der Menschenwelt getrennt hatten, waren sie noch Freundinnen gewesen, doch jetzt waren sie Schwestern.

Richtig fassen konnten sie es beide nicht, als sie sich im Innenhof der Gobbling-Burg gegenüberstanden. Sie umarmten sich und hielten einander so fest, als wollten sie niemals wieder loslassen. Dann berichteten sie sich, was in der Zwischenzeit geschehen war. Dabei redeten beide gleichzeitig und jeder andere hätte vermutlich kein Wort verstanden. Aber Wynn und Anny verstanden sich, ob mit oder ohne Worte. Und beide waren froh, einander endlich wiederzuhaben. Ebenso wie ihre Mutter, die Wynn in die Arme schloss, erleichtert und froh darüber, dass sie unversehrt zurückgekehrt war.

Anschließend kam man in der Halle der Gobbling-Burg zusammen, um einen Plan zu fassen. Die Königin versammelte ihre engsten Berater um sich, zu denen neben Blodo auch einige der Gobbling-Ältesten gehörten. Hier musste Wynn noch einmal genau berichten, was sich auf der anderen Seite der Grenze zugetragen hatte.

„Und es waren wirklich Grimmlinge?“, wollte ihre Mutter wissen, nachdem sie an der runden Tafel Platz genommen hatten.

Wynn nickte wortlos. Niemand sprach es aus, aber natürlich war klar, dass Gorgons Diener die Grenze zwischen den Welten nur mithilfe des Armbands überschritten haben konnten. Mit dem Armband, das *sie* verloren hatte …

„Und diese Kerle … diese Grimmlinge haben Paps entführt?“, sagte Anny ängstlich.

Wynn nickte wieder.

„Wie soll er das nur aushalten? Er ist so ein sanfter Mensch und ein Bücherwurm durch und durch.“

„Weißt du, Anny“, wandte ihre Mutter mit einem wissenden Lächeln ein, „obwohl du dein ganzes Leben bei deinem Vater verbracht hast, gibt es ein paar Dinge, die du noch nicht über ihn weißt. Er mag in der Welt der Bücher zu Hause sein, aber wenn es darauf ankommt, ist er ein Kämpfer, hart gegen sich selbst und andere.“

„Ein Kämpfer? Mein Paps?“ Anny hatte echte Zweifel.

„Als der erste Grimmling in der Menschenwelt aufgetaucht ist, war unser Vater wie ausgewechselt“, berichtete Wynn. „Er wirkte entschlossen und gar nicht mehr zerstreut.“

„Es gab eine Zeit, da kämpfte euer Vater an meiner Seite

gegen Gorgons Schergen“, erzählte ihre Mutter. „Doch um die Aufmerksamkeit der bösen Mächte nicht auf sich zu lenken, spielte er den Ahnungslosen, den kopflosen Bücherwurm.“

„Das war alles nur vorgetäuscht?“, fragte Anny fassungslos. Sie konnte kaum glauben, was sie da hörte.

„Nein, es ist ein Teil seines Charakters. Aber Menschen haben viele Eigenschaften, und Bryan hat sich entschlossen, seine Stärken sorgfältig zu verbergen.“

„Das verstehe ich“, erwiderte Anny. „Nur warum auch vor mir? Ich hätte ihn doch niemals verraten.“

„Natürlich nicht. Aber um das Geheimnis zu wahren, wärst du gezwungen gewesen zu lügen. Und das wollte er dir ersparen.“

Anny nickte. Es war seltsam, ihren Vater, den sie so gut zu kennen glaubte, plötzlich mit ganz anderen Augen zu sehen. Nichts war mehr, wie es noch vor wenigen Tagen gewesen war, alles veränderte sich – und das machte ihr Angst. „Jetzt ist es ja kein Geheimnis mehr“, sagte sie leise.

„Offensichtlich nicht, und vermutlich sind Gorgons Diener Wynlon in die Menschenwelt gefolgt.“

„Aber warum haben sie ihn entführt?“ Anny schüttelte verständnislos den Kopf. „Ich meine, was wollen sie von ihm?“

„Euch“, erwiderte ihre Mutter rundheraus. „Oder zumindest eine von euch. Deshalb waren sie auch hinter Wynlon her. Und weil sie ihnen entkommen ist, haben sie sich mit eurem Vater begnügt.“

Anny und Wynn sahen sich an.

„Und hinter welcher von uns sind sie her?“, fragte Wynn, während Anny beifällig nickte.

Königin Ygraine tauschte einen Blick mit Blodo, der an der Tür stand und Wache hielt. „Ich schätze“, sagte sie leise, „es ist an der Zeit, dass sie es erfahren.“

„Dass wir was erfahren?“, wollte Wynn wissen.

„Als ihr beide auf die Welt kamt“, fing ihre Mutter an, „war von Beginn an klar, dass der Dunkle Herrscher alles unternehmen würde, um euch in seine Fänge zu bekommen, denn ihr seid Kinder beider Welten. Euer Vater stammt aus der Welt der Menschen und ich aus der Anderwelt.“

„Warum ist das wichtig?“

„Ihr müsst wissen, dass beide Welten einst friedlich nebeneinander existierten. Von einer Seite zur anderen zu wechseln war einfach, solange die Menschen noch an Wunder glaubten und an die Kraft der Mythen. Besonders in Vollmondnächten, wo die Welten sich näher sind als sonst. Damals gab es viele wie euch, Kinder beider Welten. In den alten Sagen kommen sie als Zauberer, Seher und Wechselbälger vor. Doch heute gibt es sie nicht mehr. Die Pforten wurden geschlossen, eine nach der anderen, und es bedarf eines mächtigen Zaubers, um sie zu öffnen.“

„Das Armband mit dem Elfenstein“, sagte Wynn leise.

„Richtig. Doch ein Elfenstein kann ein Tor nicht lange offen halten, noch kann er mehrere Tore gleichzeitig öffnen, außer er wird von den letzten verbliebenen Kindern beider Welten benutzt. Von den letzten Zwillingen, den *Twyns*.“

„Den Twyns?" Anny und Wynn tauschten einen verständnislosen Blick. „Soll das heißen ...?"

„Ihr seid diese Zwillinge", bestätigte ihre Mutter und sah sie beide über den Tisch hinweg an. „Ihr seid der Schlüssel zu den magischen Pforten, und damit Hoffnung und Gefahr zugleich. Denn auch der Dunkle König trachtet danach, die Tore endlich wieder zu öffnen. Die Anderwelt in Krieg zu stürzen, genügt ihm nicht mehr. Gorgon will auch die Welt der Menschen erobern. Zuletzt hat er das in jener Zeit versucht, die die Menschen das ‚Dunkle Zeitalter' nennen. Eine Armee von Drachen fiel damals in die Welt der Menschen ein und konnte nur durch ein Heer von Greifen zurückgedrängt werden, das sich dort formiert hatte. Dieser Krieg forderte viele Opfer auf beiden Seiten, aber am Ende gelang es, die Tore zu schließen. Seither konnte Gorgon sie nicht mehr in größerer Anzahl öffnen, obwohl seine Diener über die Jahrhunderte nicht untätig gewesen sind. Erst vor Kurzem versuchte eine seiner treuesten Anhängerinnen, die Zauberin Morgana le Faye, in die Menschenwelt einzudringen und dort ein grässliches Monster zu erschaffen, eine Chimäre. Nur mithilfe des Greifen Agravain und seiner mutigen Reiterin Melody Campbell konnten Morganas Pläne vereitelt werden."*

„Morgana le Faye?", hakte Anny nach. „Etwa *die* Morgana? Die Hexe aus den Geschichten von König Artus und den Rittern der Tafelrunde?"

Ihre Mutter lächelte matt. „Sie selbst würde es sicher nicht begrüßen, dass du sie so nennst. Aber ja, genau diese

*nachzulesen in der Romanreihe GRYPHONY, Anmerkung des Verfassers

Morgana meine ich. Die Anderwelt ist voller Wesen und Personen, die du aus alten Sagen und Märchen kennst. Was man bei euch für Mythen hält, ist hier Geschichte."

Anny nickte. Deshalb also hatte ihr Paps immer so getan, als gäbe es all diese Dinge wirklich. Und sie hatte ihn bloß für ein bisschen überdreht gehalten.

„Morgana ist seither verschwunden, aber Gorgon hat noch viele andere Diener. Und wenn es ihm gelingt, die Pforten zu öffnen und diese Wesen in die Welt der Menschen zu schicken, wird dort eine Zeit der Finsternis anbrechen. Das Erste, was er dafür braucht, hat er bereits in seinem Besitz – nämlich den Elfenstein."

Ygraines Blick traf Wynn, die schuldbewusst zu Boden sah. Seit sie zurück war, hatte noch niemand ihren Diebstahl des Armbands erwähnt. Ihre Mutter war froh gewesen, Wynn wohlbehalten zurückzuhaben. Aber es war klar, dass das letzte Wort in dieser Sache noch nicht gesprochen war.

„Das alles tut mir wirklich leid", sagte Wynn leise. „Aber bei den Menschen gibt es so viele Dinge, die wir nicht haben: Samartofone und Autos und Maschinen, die am Himmel fliegen."

„Flugzeuge", half Anny aus.

„Genau. Ich kann mir nicht vorstellen, dass sich die Menschen von ein paar Grimmlingen einschüchtern lassen."

„Die Grimmlinge sind längst nicht alles, was Gorgon aufbieten kann", widersprach ihre Mutter. „In seinem Heer kämpfen auch Orgrimme und Trolle und noch viel ältere und gefährlichere Kreaturen aus den Tiefen der Welt. Sie könnten großes Unheil und Zerstörung über die Menschheit bringen."

„Wie schrecklich!", entfuhr es Anny.

„Jetzt versteht ihr auch, warum euer Vater und ich damals beschlossen haben, dass ihr beide euch niemals zur selben Zeit am selben Ort aufhalten dürft."

„Das Risiko, dass wir Gorgon beide in die Hände fallen, war zu groß." Anny nickte.

„Aber er hätte uns doch auch nacheinander einfangen können", gab Wynn zu bedenken.

„Nein", widersprach Blodo. „Denn dafür 'ätte er erst einmal wissen müssen, dass es swei von eusch gibt."

Wynn sah ihn verblüfft an und ihre Mutter wechselte einen kurzen Blick mit dem Gargoyler. Ein Lächeln spielte um ihre Lippen.

„Unser guter Blodowin hat recht", sagte sie. „Der Dunkle König weiß vieles, aber nicht alles. Zum Beispiel weiß er nicht, dass ihr Zwillinge seid. Er denkt, dass ich nur eine Tochter habe und dass er mit ihr allein die Pforten öffnen kann. Von den Twyns weiß er nichts, und euer Vater und ich haben alles dafür getan, dass das auch so bleibt."

„Deshalb habt ihr uns gleich nach unserer Geburt getrennt", folgerte Anny.

„Es war die härteste Entscheidung, die ich je zu treffen hatte", bestätigte ihre Mutter. „Dennoch musste ich es tun."

In diesem Moment waren vor dem Saal hektische Schritte zu hören. Dann ging die Tür auf und ein Bote der Gobblinge trat ein, mit hochrotem Gesicht und heftig keuchend.

„Majestät!“ Auf seinen kurzen Beinen trat er näher, eine Schriftrolle in der Hand.

„Was gibt es?“

„Zwei unserer Kundschafter haben im Wald eine schwarze Krähe abgefangen. Sie trug diese Nachricht bei sich!“

Anny beugte sich zu Wynn hinüber. „Eine Krähe?“

Wynn nickte. „Die Grimmlinge benutzen sie, um sich gegenseitig Botschaften zu übermitteln. Das funktioniert wie ein Samartofon.“

„Nur dass man kein Netz braucht“, meinte Anny.

Die Königin entrollte das Papier. Es war mit einer Unzahl von Symbolen vollgekritzelt. Für Anny sah es aus, als hätten Jungs aus der zweiten Klasse sich einen Scherz erlaubt. Ihre Mutter jedoch konnte die Zeichen der Grimmlinge lesen, und sie wirkte auf einmal ernst und angespannt.

„Ist es das, was isch denke?“, fragte Blodo. Über den Tisch hinweg sah er sie fragend an.

Die Königin nickte langsam. „Es ist eine Nachricht von Gorgon an seine Truppen. Er hat Bryan in seiner Gewalt und hält ihn in Minas Gorgon gefangen. Und er will ihn töten, wenn wir ihm das Mädchen nicht übergeben.“

„Das Mädchen?“, fragte Wynn.

„Damit sind wir wohl beide gemeint“, sagte Anny.

In diesem Moment geschah etwas Unerwartetes: Das Schriftstück in Ygraines Hand löste sich in eine schwarze Rauchwolke auf und zerfiel zu Staub. Grässlicher Gestank lag nun in der Luft.

„Was war das?“, fragte Anny erschrocken.

„Nur ein Blendwerk des Bösen“, beschwichtigte ihre Mutter. Sehr beruhigend fand Anny das allerdings nicht.

„Das ist eine Falle!“, sagte Blodowin überzeugt. „Diese Nachrischt war in Wahrheit nischt für die Grimmlinge, sondern für uns bestimmt.“

„Vermutlich“, räumte die Königin ein. „Immerhin wissen wir jetzt, wo sich Bryan befindet.“

„Was ist Minas Gorgon?“, wollte Anny wissen.

„Früher war es eine stolze Burg“, erklärte ihr Wynn, „aber dann wurde sie vom Feind erobert.“

„Die Minen Gorgons wurden einst Dinas Yr Hen genannt“, fügte ihre Mutter hinzu, „die ‚Stadt der Alten‘. Ihr beide seid dort geboren, und dort steht auch der Thron, von dem aus ich das Reich Anwyn regierte, bis die Grimmlinge kamen und wir fliehen mussten. Seitdem ist die Festung von Grimmlingen besetzt und dunkle Dinge gehen dort vor sich. Offenbar hat man euren Vater dorthin gebracht.“

„Dann ist Paps jetzt also auch auf dieser Seite der Grenze“, stellte Anny fest.

„So ist es“, bestätigte ihre Mutter mit bebender Stimme. „Und ich werde zu ihm gehen.“

„Nein!“, riefen Anny und Wynn gleichzeitig.

„Wieso Ihr?“, verlangte auch Blodo zu wissen.

„Weil die Zeit reif dafür ist“, erklärte Königin Ygraine und erhob sich von ihrem Sitz. „Damals bin ich geflohen, und was war die Folge? Ich habe eine meiner Töchter beinahe dreizehn Jahre lang nicht gesehen und ihr ganzes bisheriges Leben verpasst.“ Sie warf Anny einen traurigen

Blick zu. „Statt mich Gorgon zu stellen, habe ich mich all die Jahre vor ihm versteckt. Das war ein Fehler", fuhr sie entschlossen fort. „Und ich werde diesen Fehler nicht wiederholen."

„Nein, Mama", widersprach Wynn und stand ebenfalls auf. „Wenn überhaupt jemand für diese ganze Katastrophe verantwortlich ist, dann ich", erklärte sie und straffte sich. „Deshalb sollte ich zu Gorgon gehen, um unseren Vater zu retten."

Die Königin stand einen Augenblick starr vor Erstaunen. Doch Anny bewunderte ihre Schwester für ihren Mut, und man konnte direkt sehen, wie Blodos ohnehin schon breite Brust vor Stolz über seinen Schützling noch breiter wurde.

„Das meine ich ernst", bekräftigte Wynn, als niemand etwas erwiderte.

„Es ist sehr tapfer von dir", sagte ihre Mutter und strich ihr sanft über die Wange. „Aber das kommt nicht infrage."

„Warum nicht?" Wynn stemmte trotzig die Arme in die Hüften. „Gorgon wird mir nichts tun, denn er braucht mich ja. Das denkt er zumindest."

„Und wenn er feststellt, dass du die Tore allein gar nicht öffnen kannst? Oder wenn er herausfindet, dass wir ihn all die Jahre getäuscht haben und du noch eine Schwester hast?" Ygraine schüttelte entschieden den Kopf. „Nein, mein Kind, ich werde zu ihm gehen und euren Vater und auch das Armband zurückholen. Das hätte ich schon längst tun sollen."

„Aber das ist viel zu gefährlich!", rief Anny entsetzt.

Ygraine sah die Mädchen an und lächelte. „Ihr beide seid in Sicherheit, das ist das Wichtigste."

Wynn umrundete den Tisch und lief zu ihrer Mutter, um sie zu umarmen, und Anny tat es ihr gleich. Die Königin zog ihre beiden Töchter heran und drückte sie an sich, und die Mädchen vergruben ihre Gesichter in den weichen Falten ihres Gewandes. Alle wussten, dass sie diesen Augenblick niemals vergessen würden.

„Geht jetzt zu Bett und ruht euch aus", sagte ihre Mutter, als sie sich wieder voneinander lösten. „Morgen früh werden wir gemeinsam entscheiden, was zu tun ist. Einverstanden?"

Die Schwestern nickten, und die Königin bedeutete Blodo, die beiden Mädchen zu Wynns Zimmer zu begleiten, das sie sich nun teilten. Das Bett, das die Schreiner der Gobblinge für Wynn gezimmert hatten, war breit genug für zwei.

„Gute Nacht", rief ihre Mutter ihnen nach.

Hätten sie geahnt, was die Königin dem Gargoyler befohlen hatte, wären Anny und Wynn an diesem Abend sicher nicht zu Bett gegangen.

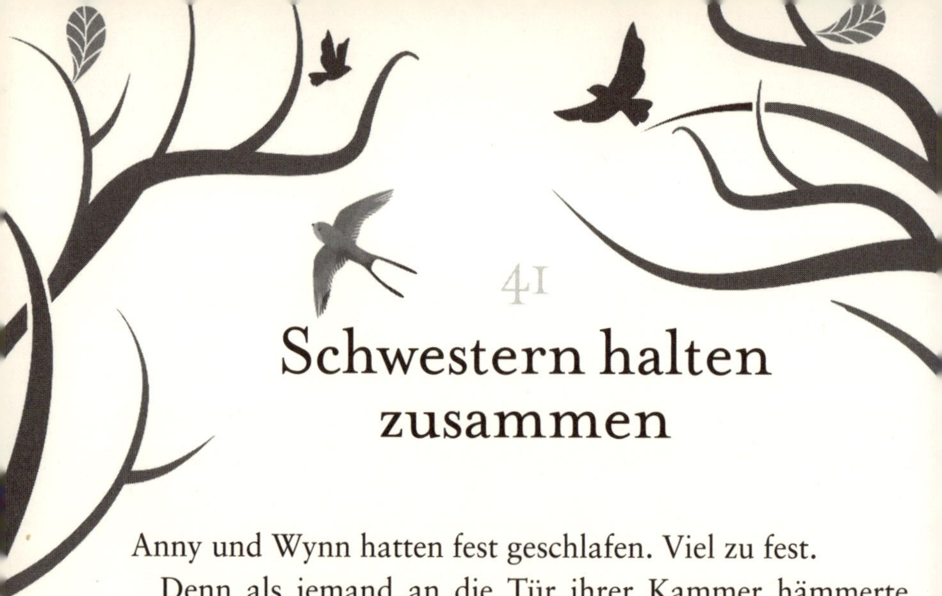

41

Schwestern halten zusammen

Anny und Wynn hatten fest geschlafen. Viel zu fest.

Denn als jemand an die Tür ihrer Kammer hämmerte, war es bereits später Nachmittag.

Anny war die Erste, die erwachte. Blinzelnd schlug sie die Augen auf und brauchte einen Moment, um sich zurechtzufinden. Sie hatte wirres Zeug geträumt, und obwohl sie sich nicht daran erinnern konnte, war ihr seltsam elend zumute, wie wenn ein schlimmer Albtraum noch immer nachwirkte.

„Wynn?“, fragte sie, während sie sich ungläubig die Augen rieb. War es tatsächlich schon hell?

Wynn wachte ebenfalls auf, sie schien genauso heftig geträumt zu haben.

Da pochte es wieder gegen die Tür.

„Mädschen! Isch bin es …!“

Wynn schwang sich aus dem Bett und ging mit müden, weichen Knien, um zu öffnen.

Kaum war der Riegel zurückgezogen, ging die Tür auch schon auf. Auf der Schwelle stand Blodowin und er sah fürchterlich aus!

Seine Haut war fleckig und teils versteinert, und er blutete aus mehreren Wunden. Seine grünen Augen leuchteten in heller Panik.

„Es ist alles verloren!“, rief er. „Alles!“

Schlagartig waren die Mädchen hellwach.

„Was ist geschehen?“, fragte Wynn erschrocken, während Anny hastig aus dem Bett sprang. Obwohl sie barfuß war und nur ihr Nachthemd trug, war ihr plötzlich schrecklich heiß.

„Eure Mutter, die Königin …“, stieß der Gargoyler verzweifelt hervor. Mit hängenden Flügeln schleppte er sich in Wynns Kammer. Er bebte am ganzen Körper.

„Was ist mit ihr?“, fragte Anny bang.

„Nun sag schon“, drängte Wynn.

„Gorgon“, sagte Blodowin nur und schien vor Entsetzen zu versteinern. „Er hat sie gefangen genommen.“

„Wie ist das möglich?“ Wynn und Anny tauschten verwirrte Blicke. Und im selben Moment begriffen sie …

„Wie spät ist es?“, fragte Anny.

„Der Sonne nach schon Nachmittag“, stellte Wynn fest.

„Warum haben wir so lange geschlafen?“

„Ich denke, der Wasserspeier weiß die Antwort“, sagte Wynn mit einem strengen Blick auf Blodo.

„Bitte“, flehte dieser. Müde ließ er sich auf die kleine Bank nieder. „Ihr müsst mir glauben, isch ’abe es nischt gern getan. Aber eure Mutter meinte, es wäre so am besten …“

„Was denn?“, fragte Anny verwirrt. „Was hast du getan?“

„Er hat uns angehaucht“, erklärte Wynn. „Der Atem eines Gargoylers kann Menschen betäuben und aus nächster Nähe kann er ihnen sogar die Erinnerung nehmen.“

„Das war nischt meine Absischt. Eure Mutter wollte nur, dass ihr tief und fest schlaft, wenn sie die Burg verlässt.“

„Aber sie wollte doch noch warten“, erwiderte Anny. „Wir wollten am Morgen gemeinsam entscheiden!“

„Das war nur eine Täuschung, damit wir uns nicht aufregen“, sagte Wynn, die ihre Mutter besser kannte. „In Wahrheit hatte sie ihre Entscheidung längst getroffen, nicht wahr, Blodo? Und du hast ihr geholfen.“

„Was ’ätte isch denn tun sollen? Sie ist meine Königin“, verteidigte sich der Wasserspeier niedergeschlagen. Mit seinen hängenden Ohren sah er wie ein riesengroßer Dackel mit traurigem Blick aus.

Wynn seufzte. „Was genau ist passiert?“, wollte sie wissen.

„Noch am Abend ’aben wir die Burg verlassen und sind nach Westen geflogen.“

„Nach Minas Gorgon“, knurrte Wynn.

Blodo nickte. „Der Plan war, dass eure Mutter Gorgon ablenken sollte, während isch das Armband stehle. Aber daraus wurde nischts. Der Dunkle König durchschaute unseren Plan und ’at uns aufgelauert. Er ’at einen Steintroll“, fügte der Gargoyler ängstlich hinzu. Schon die bloße Erinnerung daran ließ ihn schaudern.

„Und was ist dann geschehen?“, fragte Anny atemlos.

„Es kam zum Kampf. Eure Mutter wurde von Grimmlingen gefangen. Natürlisch wollte isch bei ihr bleiben, um ihr Leben su beschützen. Aber sie befahl mir su fliehen und su eusch surückzukehren."

„Und dann?"

„Mehr weiß isch nischt." Blodo schüttelte traurig den Kopf. „Isch bin so schnell geflogen, wie isch konnte, und direkt zu eusch gekommen, um zu berischten."

„Na, vielen Dank auch." Wynn hatte die Arme vor der Brust verschränkt und sah strafend auf ihn hinab.

„Aber Wynn", sagte Anny, „er kann doch nichts dafür."

„Du hättest es Mutter ausreden müssen, statt sie in die Höhle des Löwen zu bringen", sagte sie grimmig. „Nun hat Gorgon unsere beiden Eltern in seiner Gewalt!"

„Isch weiß", gestand der Gargoyler zerknirscht. „Und es tut mir wirklisch leid."

„Du hast getan, was du konntest, lieber Blodo." Anny streichelte sanft sein kahles Haupt.

„Pfff", machte Wynn nur. Mit verschränkten Armen sprang sie aufs Bett und kam dort zum Sitzen. „Statt ihn zu bemitleiden solltest du lieber überlegen, was wir jetzt unternehmen."

Der Gargoyler sah überrascht auf. „Was meinst du damit?"

Wynn hob verächtlich die Brauen. „Glaubst du etwa, dass wir hier sitzen bleiben und uns verstecken, während unsere Eltern beim Dunklen König in Gefangenschaft sind?"

„A-aber genau das ist es, was eure Mutter möschte. Sie wollte nischt, dass ihr …"

„Das mag sein. Aber Mamas Plan ist fehlgeschlagen“, fiel Wynn ihm ins Wort, „und jetzt sind wir an der Reihe. Stimmt's, Anny?“

Anny war wie vom Blitz gerührt. Ihr ganzes Leben lang hatte sie getan, was man ihr sagte. Sie hatte oft widerwillig gehorcht und sich hinter anderen versteckt. Doch diesmal gab es kein Verstecken mehr. Es ging um ihren Paps und um ihre Mutter, die sie gerade erst gefunden hatte.

„Genau“, sagte sie deshalb und gab sich Mühe, ebenso grimmig dreinzuschauen wie Wynn.

„Was soll das bedeuten?“, fragte Blodo, von einer zur anderen blickend.

„Dass wir versuchen werden, unsere Eltern zu befreien“, hörte Anny sich selbst erwidern. Hatte sie das wirklich gerade gesagt?

„Aber das dürft ihr nischt! Das ist viel zu gefährlisch!“

„Was sollen wir denn sonst tun?“, fragte Wynn dagegen. „Sollen wir etwa hier warten, bis der Dunkle König herausgefunden hat, wo wir uns verstecken?“

„Eure Mutter würde ihm das nie verraten!“

„Freiwillig nicht“, räumte Wynn düster ein. „Aber Gorgon kennt Mittel und Wege, um jeden zum Sprechen zu bringen, das weißt du genau.“

Anny biss sich auf die Lippen.

„Wir müssen nach Minas Gorgon gehen und unsere Eltern befreien“, verkündete Wynn entschlossen. „Oder es wenigstens versuchen“, fügte sie ein bisschen leiser hinzu.

„Aber was passiert, wenn ihr scheitert?“, fragte Blodo.

„Gorgon darf eusch nischt susammen su fassen bekommen, das wisst ihr genau!“

„Wie soll er das, wenn er noch nicht einmal weiß, dass es uns beide gibt?“, fragte Wynn und grinste verwegen.

„’abt ihr denn gar keine Angst?“

„Nein“, knurrte Wynn.

„Ich schon“, gab Anny zu.

„Na schön, ein bisschen“, gestand Wynn ein. „Aber wir werden uns gegenseitig Mut machen. Schließlich sind wir Schwestern.“

„Zwillinge“, ergänzte Anny.

„Und wenn isch es nischt erlaube?“ Blodo stand entschlossen auf und spreizte seine Flügel ein wenig, als wollte er den beiden Mädchen den Weg versperren.

„Was willst du denn tun?“, fragte Wynn trotzig. „Uns die Erinnerung nehmen?“

„Das wäre eine Möglischkeit.“

„Und uns damit jede Chance nehmen, unseren Eltern zu Hilfe zu kommen?“, fragte Anny. „Nein, Blodo, bitte nicht! Stattdessen solltest du uns lieber helfen.“

„Oje.“ Der Gargoyler guckte von einer zur anderen, und man konnte sehen, dass er hin- und hergerissen war. „A-aber isch ’abe geschworen, eusch zu beschützen“, stammelte er.

„Dann begleite uns“, forderte Wynn ihn auf. Den starken Gargoyler bei sich zu haben, konnte gewiss nicht schaden.

Wieder sah Blodo zwischen ihnen hin und her. „Also schön“, sagte er schließlich, „isch werde …“

Auf einmal unterbrach er sich.

Draußen vor der Tür der Kammer knackte es leise.

Die spitzen Ohren des Gargoylers, die eben noch schlaff herabgehangen hatten, lauschten plötzlich aufmerksam.

„Was war das?“, flüsterte Anny.

„Wartet“, hauchte Blodo und huschte lautlos zur Tür, die er mit einem Ruck aufriss. Eine Gestalt, die draußen gestanden und an der Tür gehorcht hatte, taumelte herein und landete der Länge nach auf dem Boden.

Erst als sie den Kopf hob, erkannte Wynn, wer es war.

„Jack?“, fragte sie.

Von unter seinem wirren Haar sah der Stallbursche sie betreten an. „Ver-verzeiht, Prinzessin ...“

„Was soll das?“, herrschte Blodo ihn an. „Was ’ast du an fremden Türen zu ’orschen?“

„I-ich hab’s nicht böse gemeint, ehrlich“, versicherte Jack und zitterte dabei so, dass Anny Mitleid bekam. „Ich wollte nur ...“

„Was wolltest du?“

Jacks Blick ging von Wynn zu Anny und wieder zurück. „Es ist also wahr“, flüsterte er. „Diese Ähnlichkeit ist wirklich unglaublich.“

Blodo packte ihn am Kragen, hob ihn mühelos hoch und stellte ihn vor sich auf den Boden. „Und? Was willst du jetzt tun? Es Gorgon verraten?“

„Nei-nein“, versicherte Jack. „Das käme mir nie in den Sinn, wi-wi-wirklich nicht.“

„Was hast du dann hier zu suchen?“, fragte Wynn streng.

„Na ja, ich ...“ Betreten senkte der Stalljunge den Blick.

„Ich habe gehört, dass die Königin gefangen ist, und ich dachte mir, ich könnte euch vielleicht helfen."

„'elfen", echote Blodo verblüfft. „Du?"

Jack nickte. „Es war doch meine Schuld, dass Prinzessin Wynlon die Burg verlassen hat, und ich hab was wiedergutzumachen."

„Aber Jack", wandte Wynn kopfschüttelnd ein, „dafür konntest du doch nichts. Das war ganz allein mein Fehler und ich muss dafür geradestehen."

„Trotzdem will ich helfen, Prinzessin Wynlon", erklärte der Stallbursche entschlossen, ehe er verunsichert zu Anny sah. „Oder seid Ihr Prinzessin Wynlon?"

„Mein Name ist Annlea", stellte diese sich lächelnd vor. „Aber du darfst auch gern Anny sagen. Und ich finde es sehr mutig von dir, dass du uns helfen willst."

Jack errötete.

„Also schön", sagte Wynn, „wenn du unbedingt willst, darfst du mitkommen. Vorausgesetzt, Blodowin kann uns trotz seiner Verletzungen alle tragen."

„Welsche Verletzungen?" Der Gargoyler blies verächtlich durch die Nase. „Das ist doch läscherlisch! Die paar Kratzer machen mir nischts aus."

„Gut." Wynn nickte entschlossen. „Alles, was wir jetzt noch brauchen, ist ein Plan. Dann kann es losgehen."

42

Minas Gorgon

Die Grimmlinge schleppten Königin Ygraine in den Thronsaal, den sie kaum wiedererkannte. Früher hatten hier Frieden und Freude geherrscht, und ausgelassenes Gelächter und heitere Musik hatten von den hohen Wänden widergeklungen. Jetzt war alles trostlos und still, und überall hingen die Banner des Feindes. Zwei einzelne Feuerkörbe verbreiteten spärliches Licht und Grimmlinge lungerten in den Schatten, ihre Augen leuchteten bedrohlich.

Ygraines Gedanken gingen zurück in die Nacht, als sie zuletzt in diesem Saal gewesen war. Die Nacht, als die Grimmlinge Dinas Yr Hen erobert hatten und sie mit den Zwillingen geflohen war.

Der hintere Teil der Halle, wo in glücklicheren Tagen ihr Thron gestanden hatte, lag in völliger Finsternis. Schwarzer Nebel waberte dort, der in dichten Schwaden über den Boden kroch. Beißender Gestank stieg Ygraine in die Nase, der ihr fast die Sinne raubte, und aus der teerigen Masse, zu der Dunkelheit und Nebel sich ballten, drang eine tiefe, bedrohliche Stimme.

„Ich grüße Euch, Königin“, sagte sie. „Wie schön, dass Euch Euer Weg nach all der Zeit wieder hierhergeführt hat, in Euer altes Reich.“

„Spart Euch Euren Spott, Gorgon“, wies Ygraine ihn zurecht. Sie konnte die Dunkelheit, die sie umgab, beinahe spüren und mit ihr auch das Böse. Doch sie zügelte ihre Furcht.

„Darf ich nicht spotten?“, fragte die Stimme.

Ygraine versuchte den Nebel mit ihren Blicken zu durchdringen, aber es war nicht möglich. Irgendwo in dem Dunkel vor ihr lauerte der Feind, den noch nie jemand von Angesicht gesehen hatte, und auch jetzt konnte sie ihn nicht erkennen. Zu finster, zu dicht war das Schwarz, das ihn umgab.

„Immerhin befindet Ihr Euch in meiner Gewalt, Königin“, fuhr der Schurke hämisch fort. „Und das, obwohl Ihr in der Gesellschaft eines Gargoylers aufgebrochen seid – als ob Ihr von mir etwas zu befürchten hättet!“

Er lachte ein abgründiges, böses Lachen, das Ygraine erschaudern ließ. Sie versuchte, sich nicht anmerken zu lassen, wie allein und verloren sie sich in Wahrheit fühlte. Sie hatte gehofft, mit Blodowin unbemerkt in die Festung eindringen zu können, doch nicht mit der Arglist des Dunklen Königs gerechnet. Gorgon hatte ihren Plan durchschaut und seine Grimmlinge ausgeschickt. Im Wald hatten sie ihnen aufgelauert, und Blodowin hatte seine Königin tapfer verteidigt, bis der Feind einen Steintroll eingesetzt hatte.

Es wäre das Ende des treuen Gargoylers gewesen, hätte Ygraine ihn nicht rechtzeitig fortgeschickt. Sie befahl ihm, sich zurückzuziehen und sich um die Sicherheit der beiden Mädchen zu kümmern. Und Blodowin hatte schweren Herzens gehorcht und seine Königin den Grimmlingen überlassen.

Nun befand sich Ygraine in der Hand des Feindes, doch sie hatte nicht vor, sich einschüchtern zu lassen.

„Wo ist er?“, fragte sie mit fester Stimme.

Der Dunkle König erwiderte nichts. Doch der Nebel wich ein wenig und bot einen erschreckenden Anblick: Das Bild eines Mannes wurde sichtbar, der in einer kargen Kerkerzelle kauerte. Sein Gewand war zerrissen, sein Haar hing ihm in schweißnassen Strähnen herunter, und er schien kaum noch bei Bewusstsein zu sein.

„Bryan!“, rief Ygraine entsetzt.

Sie riss sich von ihren Bewachern los und hastete zu ihm. Doch als sie die Hand nach ihm ausstreckte, wallte der Nebel wieder auf, und das Bild verschwand.

Boshaftes Gelächter hallte von den hohen Wänden wider. Es war nur ein Trugbild gewesen.

„Wo ist er?“, fragte sie noch einmal.

„Was denkt Ihr wohl?“, drang es aus der Dunkelheit. „Natürlich sicher verwahrt, im Kerker dieser Burg.“

„Diese Burg hat keinen Kerker“, widersprach die Königin.

„Das hatte sie vielleicht früher nicht, aber im Zuge meiner Herrschaft habe ich sie ein wenig verändert. Jeder hat seinen eigenen Geschmack, nicht wahr? Nicht ohne Grund wird dieser Ort die ‚Minen Gorgons' genannt."

„Er wird nicht mehr lange in deinen Händen sein", erwiderte Ygraine trotzig.

Der Finstere seufzte. „Habt Ihr die Hoffnung denn immer noch nicht aufgegeben? Obwohl ich Euch in meiner Gewalt habe? Und obwohl Euer geliebter Bryan in meinem Kerker schmort? Ihr liebt ihn doch nach wie vor, oder etwa nicht?"

„Was versteht eine Kreatur wie Ihr schon von Liebe?", fragte die Königin. „Lasst ihn frei, Gorgon. Ihr habt jetzt mich, also braucht Ihr ihn nicht mehr."

„Oh, wenn das keine Liebe ist!" Die Stimme triefte jetzt vor Häme. „Ihr wollt Euch opfern für den Mann, den Ihr liebt. Ist das romantisch! Seid Ihr deshalb gekommen?"

„So ist es."

„Glaubt mir, Königin, ich kann das alles durchaus verstehen. Aber ich denke, dass Ihr Euch nicht nur hier einschleichen wolltet, um Euren Geliebten zu befreien. Ich denke, dass es Euch ganz nebenbei auch noch um dies hier ging", fügte er hinzu, und erneut lichtete sich der Nebel. Diesmal zeigte er einen Gegenstand, der frei in der Luft schwebte – das Armband mit dem Elfenstein!

Ygraine hielt den Atem an. Es befand sich also tatsächlich in Gorgons Besitz. Sie versuchte zu erkennen, ob auch das königliche Armband nur ein Trugbild war oder ob es wirklich dort vor ihr schwebte.

„Ja", sagte Gorgon genüsslich, „ich kann mir vorstellen, dass Ihr dieses Kleinod gern wieder in Eurem Besitz hättet.

So, wie ich mir vorstellen kann, dass Ihr es mir einfach stehlen wolltet."

„Dieses Armband gehört mir", erwiderte Ygraine trotzig. „Wie kann ich etwas stehlen, das mir gehört?"

„Zermartert Euch darüber nicht das Gehirn. Es wird ohnehin nichts daraus werden, denn nun seid auch Ihr meine Gefangene. Außerdem sollte es mich doch sehr wundern, wenn Eure Tochter sich nicht schon bald hier einfinden würde. Schließlich geht es um das Leben ihrer geliebten Eltern, nicht wahr? Und dann werde ich endlich alles haben, was ich brauche, um die Pforten zu öffnen: das Armband mit dem Elfenstein – und das Mädchen aus beiden Welten." Die teerige Schwärze schien noch ein wenig dunkler zu werden, als Gorgon wieder hämisch lachte.

„Niemals." Ygraine schüttelte den Kopf. „Sie wird nicht kommen. Erinnert Ihr Euch an den Gargoyler, der mich begleitet hat? Er ist ihr Leibwächter, und er wird verhindern, dass sie sich in Gefahr begibt."

Gorgon schwieg einen Augenblick. Dann grollte seine Antwort leise und dumpf aus dem schwarzen Nebel.

„Dann, werte Königin – werdet Ihr sterben."

43

Krähenalarm!

Mit atemberaubendem Tempo ging es dahin. Der Wind fuhr durch die Umhänge der Zwillinge und zerzauste ihnen die Haare, während die Baumwipfel unter ihnen vorübersausten.

Nie zuvor hatte Anny sich freier gefühlt, nie lebendiger – und nie zuvor hatte sie größere Angst gehabt. Um ihren Paps, den sie schmerzlich vermisste, um ihre Mutter und um die ganze Welt, deren Schicksal gerade auf dem Spiel stand.

Dicht aneinandergedrängt standen sie in dem Korb, der normalerweise zum Transport von Stroh benutzt wurde, heute aber drei Passagiere tragen musste: Anny, Wynn und Jack. Blodowin hielt den Henkel des Korbes in seinen starken Armen und trug sie alle mit seinen kräftigen Schwingen durch die Luft.

Als Wynn erwähnt hatte, dass sie fliegen würden, hatte Anny es noch für einen Scherz gehalten. Inzwischen wusste sie, dass sie es ernst gemeint hatte und dass ihnen gar nichts anderes übrig blieb. Wie sonst hätten sie den weiten Weg nach Minas Gorgon rasch zurücklegen sollen? Die Zeit war knapp, denn ihre Eltern waren in großer Gefahr.

Falls sie überhaupt noch am Leben waren.

Anny verdrängte den Gedanken, er war zu schrecklich. Wynn schien es nicht anders zu gehen, auch sie wirkte angespannt und machte sich offenbar große Sorgen. Von dem unerschrockenen, unbekümmerten Mädchen, als das Anny ihre Schwester kennengelernt hatte, war in diesem Augenblick nicht mehr viel übrig – und auch sie selbst hatte sich verändert. Die alte ängstliche Anny wäre nie im Leben in einen wackeligen Korb gestiegen, um sich auf einen halsbrecherischen Flug durch die Lüfte zur Burg eines üblen Schurken zu begeben. Wenn Anny jetzt an Kayla und die anderen Gänse in ihrer Klasse dachte, kam ihr altes Leben ihr lächerlich unkompliziert vor. Unendlich lange schien das alles her zu sein, die Schule und ihre ganze Welt kam ihr weit entfernt vor.

„Schaut mal, dort vorn!“, rief Wynn plötzlich und deutete zum dunklen Horizont, wo sich schwarze Wolken wie eine gigantische Mauer am Himmel ballten.

Der Anblick ließ Anny bis ins Mark erschaudern.

„Das ist die Grenze zu Mag Mor“, erklärte Wynn.

„Zum Dunklen Königreich“, fügte Jack mit bebender Stimme hinzu.

Anny betrachtete ihn von der Seite. Er hatte offensichtlich furchtbare Angst, und dass er trotzdem darauf bestanden hatte, die beiden Mädchen zu begleiten, zeigte, wie mutig er im Grunde war.

„Von seiner alten Festung Rathcrogan aus hat Gorgon einen Krieg mit unserer Welt angefangen“, berichtete Wynn leise. „Zuerst konnten die freien Völker ihm noch Widerstand leisten, doch dann überrannten seine Trolle und Grimmlinge die Grenzen und fielen in Anwyn ein. Die Einwohner von Dinas Yr Hen wehrten sich, solange sie konnten, aber schließlich gelang es Gorgon, die Mauern zu überwinden, und aus dem leuchtenden Palast von Dinas Yr Hen wurde Minas Gorgon, ein Ort des Bösen.“

Anny schluckte. Das alles hörte sich in ihren Ohren nicht gut an. Wie aus den Büchern, die sie früher so gern gelesen hatte. Nur dass es jetzt Wirklichkeit war.

„Ist es nicht seltsam, dass wir dort geboren sind?“, fragte sie ihre Schwester leise.

„Ja“, stimmte Wynn düster zu. „Vieles ist seltsam.“

„Da sind jede Menge Krähen!“, rief Jack plötzlich.

Und tatsächlich, aus den dunklen Wolken lösten sich winzige schwarze Schatten. Zuerst hielt Anny es für eine Täuschung, aber schon im nächsten Moment wurde ihr klar, dass es Vögel waren, die sich dort vor dem grauen Hintergrund abzeichneten. Schwarze Vögel, Hunderte von ihnen, und ihr Kreischen war schon von Weitem zu hören.

Blodowin hatte während des Fluges kaum gesprochen. Den Korb und seine drei Passagiere durch die Luft zu tragen, kostete ihn seine ganze Kraft.

„Das sind Gorgons Spione“, stieß er jetzt hervor. „Die Krähen sind seine Augen, und manchmal noch Schlimmeres …“

„Wir müssen runtergehen“, entschied Wynn, „jetzt gleich!“

„A-aber es ist noch ein gutes Stück bis zum Ziel“, wandte Jack ein. „Und der Wald ist gefährlich!“

„Willst du dich etwa mit den Krähen anlegen?“, fragte Wynn. „Wenn sie uns entdecken, ist es aus mit uns!“

Jack widersprach nicht, und auch Blodowin gehorchte und drosselte die Geschwindigkeit. Anny spürte ein unangenehmes Ziehen in der Magengegend, als es rasch nach unten ging, den Baumwipfeln entgegen. Und schon im nächsten Moment tauchte der Korb mit den drei Passagieren in den Nebel, der die alten Bäume umgab.

„Festhalten!“, rief Blodo, und während Anny, Wynn und Jack sich an den Rand des Korbs klammerten, durchbrachen sie das Blätterdach.

Fast senkrecht ging es hinab, Äste und Laub rauschten an ihnen vorbei und einen Wimpernschlag später waren sie von der Stille des Waldes umfangen. Sanft setzte Blodo den Korb auf dem Boden ab und ließ seine Passagiere aussteigen.

Anny schaute sich staunend um. Einen Wald wie diesen hatte sie noch nie gesehen. Die Bäume waren riesig und die knorrigen Stämme mit grünem Moos bewachsen. Schlinggewächse hingen wie Vorhänge herab, Laub bedeckte den Boden und hie und da standen Pilze, von denen einige so groß waren, dass man bequem darauf sitzen konnte. Und hatte sich da nicht eben etwas im Unterholz geregt?

„Keine Sorge, dass sind nur Firbolgs“, versicherte Wynn. „Die sind hier überall.“

„Oookay." Anny hatte zwar keinen Schimmer, was ein Firbolg war, aber Wynn und die anderen schienen ganz entspannt zu sein, also versuchte sie ebenfalls ruhig zu bleiben.

Obwohl sich die Baumkronen wie schützende Schirme über sie breiteten, konnten sie die Krähen jetzt hören. Immer lauter wurde ihr Kreischen, sodass Blodo seine Ohren anlegte und Anny, Wynn und Jack sie sich zuhielten. Furchtsam blickten sie hinauf, und Anny rechnete schon damit, dass jeden Augenblick einer der schwarzen Vögel das Blätterdach durchstoßen und sich auf sie stürzen würde.

Aber nichts geschah. Die Krähen zogen weiter und ihr Geschrei wurde immer leiser, bis man endlich die Hände wieder von den Ohren nehmen konnte.

„Woher kommen die?", wollte Anny wissen.

„Aus Minas Gorgon, da gehe ich jede Wette ein", erwiderte Wynn grimmig.

„Und warum sind es so viele?"

„Vermutlisch will Gorgon sischerge'en, dass sie eusch auf jeden Fall erwischen", sagte Blodo.

„Dieses Scheusal", sagte Wynn wütend. „Warum kann er uns nicht einfach in Ruhe lassen?"

„Bitte, nicht so laut", sagte Jack, der sich vorsichtig umblickte. „Wahrscheinlich gibt es hier auch noch andere Wesen als Firbolgs. Vielleicht sogar Trolle."

„Tu mir den Gefallen und be'alte deine Gedanken für disch", wies Blodo ihn zurecht. Vor Trollen, und ganz besonders vor Steintrollen, fürchtete er sich, das hatte Anny schon festgestellt.

„’tschuldigung.“

„Den Korb müssen wir hierlassen“, entschied Wynn, die sich zu orientieren versuchte. „Minas Gorgon liegt in westlicher Richtung. Also müssen wir da lang“, folgerte sie, in den tiefen dunklen Wald deutend.

„Woher weißt du das?“, fragte Anny verblüfft. „Hat das was mit Magie zu tun?“

„Nö.“ Wynn zuckte mit den Schultern. „Aber Moos wächst immer an der Nordseite von Bäumen. Also geht’s hier nach Westen. Wir sollten uns aufteilen und in zwei Gruppen losmarschieren.“

„Kommt nischt infrage“, erklärte Blodo kategorisch. „Wenn wir uns trennen, kann isch nischt mehr auf eusch beide aufpassen, und das ’abe isch geschworen.“

„Lieb von dir“, wandte Anny ein, „aber Wynn hat recht. Unser einziger Vorteil ist, dass Gorgon nicht weiß, dass wir Zwillinge sind. Wenn wir zusammen gesehen werden, haben wir den verschenkt.“

„Genau, Schwesterherz.“ Wynn nickte ihr zu. „Also, wer geht mit wem?“

„Blodo sollte bei dir bleiben“, schlug Anny vor. „Und Jack wird mich begleiten.“

„Si-sicher?“, stammelte der Stallbursche ängstlich. „Ich meine, ist das wirklich eine gu-gute Idee?“

„Findest du den Weg?“, fragte Anny.

„I-ich denke, scho-schon.“

„Dann wirst du mich führen“, sagte sie entschieden.

Sie wusste selbst nicht genau, warum, aber sie vertraute

diesem Jungen. Wynn hatte ihr erzählt, dass Jack genau wie sie aus der Welt der Menschen kam. Zwar konnte er sich nicht mehr daran erinnern, aber vielleicht war das ja der Grund, warum sich Anny in seiner Nähe wohlfühlte. Vielleicht aber auch, weil sie seine Aufrichtigkeit und sein freundliches Wesen mochte. Jack war bescheiden, ehrlich und hilfsbereit. Und das konnte man an einem Ort wie diesem gut gebrauchen.

„In Ordnung.“ Wynn nickte. „Das Moos an den Bäumen weist euch den Weg. Aber falls ihr euch trotzdem verlaufen solltet, bittet die Firbolgs um Hilfe.“

„V-verstanden“, bestätigte Jack.

„Wenn ihr das Schloss erreischt, wartet am Südturm“, schärfte Blodo ihnen ein. „Dort werde isch eusch über die Mauer tragen.“

„Klingt gut.“ Anny rang sich ein Lächeln ab. Dann trat sie zu Wynn und die beiden umarmten sich.

„Viel Glück“, sagte Wynn.

„Dir auch.“

Und damit trennten sie sich. Jack nahm Annys Hand und schlug mit ihr den Weg nach Nordwesten ein, während Wynn und Blodo sich weiter südlich hielten.

Und schon nach wenigen Schritten hatten sie sich im grünen Labyrinth der Bäume aus dem Blick verloren.

44

Eine Sackgasse

Wie lange sie so gegangen waren, wusste Anny nicht. Aber Jack hatte ihre Hand die ganze Zeit nicht mehr losgelassen. Drüben in der Menschenwelt hätte Anny das sicher peinlich gefunden, sie war schließlich kein kleines Mädchen mehr, aber hier, mitten in diesem verwunschenen Wald, der mit jedem Schritt noch dunkler zu werden schien, war sie dankbar dafür. Immerhin kam sie sich so weniger allein und verloren vor, auch wenn sie spürte, dass Jacks Hand zitterte.

Vermutlich hatte er genauso viel Angst wie sie selbst, doch sie schenkten sich gegenseitig Mut, während sie durch das tiefe Laub stapften und den unheimlichen Geräuschen lauschten, die immer wieder zu hören waren. Der Nebel war dichter geworden und hing zwischen den Bäumen, und die knorrigen Äste sahen wie die Arme von Ungeheuern aus, die nach ihnen greifen wollten. Anny wünschte, sie hätte eine Taschenlampe mitgenommen, auch wenn ihr natürlich klar war, dass sie sich dadurch nur verraten hätten.

Wieder raschelte es seitlich des Pfades. Beide zuckten zusammen.

„Was war das?“, flüsterte Anny.

„Weiß nicht“, kam es atemlos zurück. „Ein Firbolg jedenfalls nicht, das steht fest. Die würden niemals in die Nähe von Minas Gorgon kommen, denn die Grimmlinge fressen sie. Am liebsten am Spieß gegrillt.“

Anny verzog angewidert das Gesicht. Sie wusste zwar immer noch nicht, was ein Firbolg war, aber die Grimmlinge wurden ihr dadurch nicht sympathischer.

Nervös gingen sie weiter.

Der Boden unter ihren Füßen war immer weicher geworden. Jetzt schmatzte er bei jedem Schritt, und sie merkten, wie die Feuchtigkeit durch ihre Stiefel drang. Fliegen und Mücken schwirrten in der Luft, einige davon so groß, dass sie Anny Angst machten. Außerdem herrschte ein übler, beißender Gestank, der ihr fast den Magen umdrehte.

„Dieser Geruch ... was ist das?“

„Das hat Gorgon getan“, wusste Jack. „Einst war das Land hier fruchtbar und der Wald voller Tiere. Doch seit der Dunkle Herrscher Dinas Yr Hen erobert und zu seiner Festung gemacht hat, ist die Erde vergiftet und die Bäume sterben.“

Anny sah sich um. Tatsächlich waren die Bäume in diesem Teil des Waldes nur noch kahle Skelette und trugen kein Laub mehr. „Schrecklich“, hauchte sie.

„Ja“, stimmte Jack zu. „Und je weiter Gorgon vordringt, desto schlimmer wird ...“

Plötzlich blieb er stehen.

„Was ist?“, flüsterte Anny. „Hast du etwas gehört?“

Der Junge nickte und blickte suchend in das Gestrüpp. Anny wagte nicht zu fragen, was ihn so alarmiert hatte. Wachsam spähte sie ebenfalls ins Unterholz, wo faulige Pilze und brauner Farn wucherten.

Da! War da nicht etwas?

Ein gelbes Augenpaar, das böse zurückstarrte …

Annys Mund öffnete sich zu einem Schrei. Doch noch ehe sie ihn ausstoßen konnte, teilte sich das Gestrüpp, und grausig aussehende Gestalten fielen von allen Seiten über sie her. Sie hatten grüne Haut, schwarzes Fell und hässlich lange Nasen, und ihre gelben Augen funkelten böse.

„Grimmlinge!“, rief Jack.

Tapfer zog er den Dolch, den er am Gürtel über seinem grünen Rock trug. Tatsächlich gelang es ihm, dem Ersten, der ihm zu nahe kam, eine Stichwunde zuzufügen. Der Kobold schrie keifend auf und wich zurück. Doch im nächsten Moment stürmten seine Artgenossen bereits herbei und stürzten sich auf Anny und Jack.

Anny wehrte sich verbissen. Mit bloßen Fäusten schlug sie auf die stinkenden, schmutzigen Gesellen ein. Doch die Kobolde lachten nur und rissen sie einfach zu Boden. Im Nu packten sie sie und stopften sie in einen Sack aus schwarzem Stoff.

„Hilfe!“, rief Anny, während sie sich nach Kräften wehrte. „Lasst mich in Ruhe, ihr gemeinen Kerle!“

Aber die Kobolde lachten nur und machten den Sack zu.

Und Anny war in Dunkelheit gefangen.

45

Grimmlinge

Sein Name war Bog und er war Hauptmann.

Und er war wirklich stolz auf sich.

Die lange grüne Nase hoch erhoben, stolzierte er wie bei einer Parade durch den Wald, während seine Krieger ihm im Gänsemarsch folgten. Bei jedem einzelnen Schritt über den von fauligem Laub bedeckten Boden dachte er an die Belohnung, die er bald bekommen würde, und an das Lob seines Gebieters.

Bogs gelbe Augen leuchteten listig und hinter seiner grünen Stirn arbeitete es fieberhaft. Vielleicht würde er ihn ja sogar zum Anführer der Horde ernennen. Dann brauchte er nicht mehr den ganzen Tag im Wald herumzulatschen und auf Patrouille zu gehen, sondern konnte in der Festung bleiben. Und wenn es mal wieder frischen Firbolg gab, würde er sich nicht mit ein paar Knochen zum Abnagen begnügen müssen, sondern einen saftigen Brocken bekommen. Allein der Gedanke daran bereitete ihm ein wohliges Gefühl und ließ ihn grinsen.

Erneut drehte sich Hauptmann Bog um und vergewisserte

sich, dass alles in Ordnung war. Aber er konnte ganz beruhigt sein: Die beiden schwarzen Säcke, die seine Grimmlinge durch den Wald schleppten, waren noch da. Darin waren die Gefangenen, die sie im Wald geschnappt hatten.

Bog hatte noch nie zuvor in seinem Koboldleben eine echte Prinzessin gesehen, aber so hatte er sie sich ganz bestimmt nicht vorgestellt. Es war ein bleiches Mädchen, mager und hässlich. Es war nichts Besonderes an ihr. Nichts, das erklärt hätte, warum sein Gebieter sie so unbedingt haben wollte. Die Grimmlinge hatten sie schnell überwältigt – anders als ihren Begleiter, der ihnen große Schwierigkeiten bereitet hatte. Aber schließlich hatten sie ihm einen Giftpfeil verpasst und auch ihn in einen der Säcke gesteckt. Nun brauchten sie nur noch zur Festung zurückzukehren und ihre Belohnung zu kassieren.

Über alles andere machte Bog sich keine Gedanken. Wozu auch? Er war ein Grimmling. Er gehorchte Befehlen und tat das, was der Gebieter von ihm verlangte, nicht mehr und nicht weniger.

Als der Wald sich endlich lichtete und die Mauern der Burg vor ihm auftauchten, grinste er vor lauter Vorfreude. Dass dieses Gemäuer einmal ein stolzes Schloss gewesen war, konnte man kaum noch erkennen, die Grimmlinge hatten ganze Arbeit geleistet. Türme und Mauern waren schwarz von Ruß und Schmutz und die Innenhöfe voller Unrat, den sie einfach aus den Fenstern warfen. Und natürlich herrschte überall der wunderbare Gestank von Fäulnis und Tod, den Bog schon aus weiter Entfernung riechen konnte.

Es war der Duft der Heimat.

Bog und seine Leute traten aus dem Wald und näherten sich der Zugbrücke. Dort standen zwei Wachen und blickten ihnen unter ihren rostigen Helmen grimmig entgegen.

„Losung!", schnauzte der eine Wachsoldat.

„Spinnenblut", brüllte Bog zurück und genoss die dummen Gesichter der beiden, als sie die Säcke mit den Gefangenen erblickten.

„Da staunt ihr, was?" Bog kicherte. „Haben fetten Fang gemacht, draußen im Wald. Gebieter wird sehr zufrieden sein."

„Tatsächlich?"

Bogs fellbesetzte Brust platzte fast vor Stolz. „Die garstige Prinzessin, nach der wir Ausschau halten sollten. Wir haben sie!", sagte er feierlich.

„Was? Ihr auch?"

Das Grinsen fiel aus Bogs Gesicht wie der Putz von einer alten Mauer. „Was soll heißen?"

„Vorhin auch schon Patrouille zurück. Anführer ebenfalls behauptet, hat Königsbalg gefunden."

„Lüge!", begehrte Bog auf.

Der Wächter kicherte, während Bog mit seinen Männern über die Zugbrücke stampfte. Innerlich kochte er vor Wut.

Er, er ganz allein hatte die Prinzessin gefangen, und er würde sich seine Belohnung und sein Lob von niemandem streitig machen lassen, am allerwenigsten von einem hergelaufenen Betrüger. Was immer der andere Hauptmann im Wald gefangen hatte, eine Prinzessin war es ganz sicher nicht, und das würde Bog ihm in sein freches grünes Gesicht sagen. Und wenn es sonst noch Unstimmigkeiten gab, würde er sie mit der Klinge klären.

Sie überquerten den mit Unrat übersäten Innenhof, vorbei an den Stallungen der Spinnrogs, die den Grimmlingen als Reittiere dienten, und betraten den großen Turm, unter dem sich die Kerker befanden. Wutschnaubend stieg Bog die Treppe hinab, mit jeder Stufe wurde er noch zorniger. Wie konnte jemand es wagen, ihm seine Belohnung streitig zu machen?

Schließlich erreichten sie den Eingang zum Kerker, ein niedriges Gewölbe mit rußgeschwärzter Decke, in dem flackernde Fackeln spärliches Licht verbreiteten. Bog traute seinen eitrigen Augen nicht: Da war tatsächlich noch ein anderer Trupp von Grimmlingen, und sein Hauptmann war gerade dabei, zwei Gefangene an den Kerkermeister zu übergeben.

Zwei Gefangene, die genau wie Bogs in schwarzen Säcken steckten und sich zappelnd wehrten.

„Halt!“, kreischte er so laut, dass es von der niedrigen Decke widerhallte.

Die anderen Grimmlinge erstarrten.

„Was soll das?“, keifte Bog und trat auf den Kerkermeister und den anderen Hauptmann zu. „Was in den Säcken?“

„Die da großes Glück“, grunzte der Kerkermeister, ein uralter buckliger Grimmling mit runzliger dunkelgrüner

Haut und grauem Fell. „Haben Prinzessin geschnappt, die Gebieter haben will."

Bog schnappte nach Luft, fassungslos über so viel Dreistigkeit. „Falsch!", tönte er dann und deutete auf die Säcke, die seine Leute schleppten. „Wir Prinzessin gefangen und niemand sonst!"

Jetzt war es der andere Hauptmann, der nach Luft schnappte. „Lüge!", war alles, was er herausbrachte.

„Von wegen – Lügner du!"

„Nicht wahr! Wir haben gesuchtes Balg!"

„Nein, wir!"

„Betrüger!"

„Hakennase!"

„Stinkmaul!"

„Eitersack!"

Die beiden Hauptmänner standen so dicht voreinander, dass ihre spitzen Nasen sich berührten. Beide hatten die Zähne gefletscht und starrten sich zornig an. Ihre Leute hatten die Säcke abgelegt und taxierten sich ebenfalls, geifernd vor Wut.

„Nur einer von uns sagt Wahrheit", stieß Bog hervor.

„Richtig – und du nicht."

Bog knurrte leise. Es war klar, dass sie mit Reden hier nicht weiterkommen würden.

Bog wartete. Noch einen Augenblick lang wog er sein Gegenüber in trügerischer Sicherheit, dann zog er blitzschnell seine rostige Klinge und stieß damit zu. Und seine Leute, die nur auf ein Signal gewartet hatten, fielen mit heiserem Gebrüll und blanken Speeren über die anderen Grimmlinge her. Der Kerkermeister, der das Pech hatte, genau zwischen den Streithähnen zu stehen, war das erste Opfer. Und im nächsten Augenblick setzte ein wüstes Hauen und Stechen ein.

Das von Fackelschein beleuchtete Gewölbe hallte wider vom Gebrüll der Grimmlinge, über die Wände irrlichterten Schatten von Kobolden, die heftig aufeinander einschlugen.

Und schon kurz darauf lag der beißende Gestank von Grimmling-Blut in der Luft.

46

Entdeckt

Anny wartete, bis alles vorbei war und auch der letzte Schrei und das letzte Stöhnen verstummten. Dann erst wagte sie es, sich in ihrem Sack zu regen und ihn langsam zu öffnen. Das war nicht gerade einfach, weil die Grimmlinge ihn mit einem achtfachen Knoten verschnürt hatten, aber mit viel Geschick gelang es ihr. Anny steckte vorsichtig den Kopf aus dem Sack.

Was sie sah, verschlug ihr den Atem. Sie befand sich in einer fensterlosen, von Fackeln beleuchteten Kammer, offenbar tief unter der Erde. Grässlicher Gestank lag in der Luft und der Boden war von toten Grimmlingen übersät. Kreuz und quer lagen sie übereinander, die blutigen Waffen noch in den Klauen.

Über die Frage, welcher der beiden Trupps die Prinzessin eingefangen hatte, waren die Kobolde in einen tödlichen Streit geraten, und dumm und grausam, wie sie waren, hatten sie nicht eher aufgehört, bis auch der Letzte von ihnen niedergestreckt war.

In der Mitte des schrecklichen Durcheinanders standen

die beiden Anführer. Mit ihren Säbeln hatten sie sich durchbohrt, aneinandergelehnt stützten sie sich gegenseitig. Erst der Tod hatte ihren Streit beendet.

„Typisch Grimmlinge", meinte Wynn, die ebenfalls aus ihrem Sack auftauchte.

„Wynn!", rief Anny. „Bin ich froh, dich zu sehen!"

„Und ich erst! Als die Grimmlinge uns geschnappt haben, dachte ich schon, es wäre vorbei."

„Wir auch", sagte Jack, der ebenfalls aus seinem Sack lugte.

„Jack war großartig", berichtete Anny. „Er hat seinen Dolch gezogen und tapfer gekämpft. Aber gegen die Übermacht der Grimmlinge hatte er einfach keine Chance."

„Genau wie Blodo", sagte Wynn. Sie war aus ihrem Sack gestiegen und zu dem vierten Sack geeilt, der auf dem Boden lag. Sie musste aufpassen, nicht über tote Grimmlinge zu fallen. „Er hat wie ein Löwe gekämpft, aber dann hat ihn der Giftpfeil eines Grimmlings getroffen."

Sie öffnete den Sack und Blodowin kam zum Vorschein.

Anny erschrak.

Der Gargoyler sah fürchterlich aus. Zusammengekrümmt kauerte er da und das sonst frische Grün seiner Augen flackerte müde. Seine Haut war an einigen Stellen stumpf und er schien üble Schmerzen zu haben. Der Grund dafür war wohl der Pfeil, der ihm zwischen den Schulterblättern steckte.

„Wie geht es dir?", fragte Wynn besorgt.

„*Ça va*", murmelte er und versuchte ein tapferes Lächeln. „Es geht schon."

„Armer Blodo." Anny berührte ihn sanft.

„Sollten wir den Pfeil nicht herausziehen?", fragte Jack.

„Das wollte isch", versicherte Blodo zähneknirschend. „Aber er ist mit Wider'aken verse'en. Lasst nur, kümmert eusch nischt um misch. Es gibt Wischtigeres zu tun."

„Kannst du noch fliegen?", fragte Anny bekümmert.

„Mit diesen Flügeln?" Blodowin wälzte sich herum, um ihr seine Rückseite zu zeigen. Die großen ledrigen Flügel hingen schlaff herab, auch das vermutlich eine Folge des Giftes.

„Also sitzen wir hier fest", sagte Jack betrübt.

„Mist." Wynn stampfte wütend mit dem Fuß auf.

Auch Anny gefiel der Gedanke überhaupt nicht, in der Festung des Feindes gestrandet zu sein. Trotzdem versuchte sie, einen kühlen Kopf zu bewahren.

„Lasst uns überlegen", schlug sie vor. „Die Grimmlinge haben uns freundlicherweise in den Kerker gebracht, genau dorthin, wo wir hinwollten. Denn auch Mama und Paps werden hier irgendwo gefangen gehalten. Also machen wir uns jetzt auf die Suche nach ihnen. Den Schlüssel für ihr Verlies hätten wir ja schon."

Anny deutete auf einen leblos daliegenden, buckligen Kobold mit grauem Fell. An seinem ledernen Gürtel hing ein riesiger Bund mit rostigen Schlüsseln.

Wynn ging zu ihm hin. Anny verzog schaudernd das Gesicht, als ihre Schwester sich ganz dicht über den toten Grimmling beugte und ihm den Bund abnahm, an dem ein ganzer Strauß verschieden geformter Schlüssel baumelte.

„Was denn?“, sagte Jack und sah die beiden Mädchen fragend an. „Wollt ihr einfach so losziehen? Ich dachte, man darf euch nicht zusammen sehen?“

„Hast du einen besseren Vorschlag?“, fragte Wynn, während Anny und sie sich Fackeln aus den Wandhalterungen nahmen.

„Vielleicht.“ Damit bückte er sich, hob einen rostigen Grimmling-Helm auf, den jemand im Kampf verloren hatte, und setzte ihn sich auf den Kopf. Sein bleiches Gesicht verschwand hinter dem gitterartigen Visier, sodass man ihn bei flüchtigem Hinsehen glatt für einen Grimmling hätte halten können.

Anny und Wynn tauschten einen verblüfften Blick.

„Großartig, Jack!“ Anny schenkte ihm ein Lächeln, das er glücklich erwiderte.

Rasch sammelten sie weitere Rüstungsteile ein, die sie sich überzogen, rostige Helme und Harnische und speckige Gürtel. Die Sachen starrten vor Dreck und rochen fürchterlich, aber sie erfüllten ihren Zweck. Drei Speere vervollständigten ihre Verkleidung.

Als Anny ihre Schwester und Jack in ihren Rüstungen sah, bekam sie eine Gänsehaut.

„Und was ist mit Blodo?“, fragte sie.

„Isch werde ’ierbleiben und den Eingang bewachen“, erwiderte der Gargoyler durch zusammengebissene Zähne. Es schien ihm wirklich nicht gut zu gehen.

„Das kommt gar nicht infrage.“ Wynn schüttelte den Kopf. „Du musst mitkommen. Wenn sie dich hier finden …“

„Dafür bin isch su langsam“, unterbrach er sie. „Außerdem kann isch eusch so besser beschützen, Prinzessinnen.“ Sein Gesicht nahm einen beinahe flehenden Ausdruck an. „Bitte, lasst misch das für eusch tun. Isch ’abe es geschworen!“

„Ich weiß“, sagte Wynn, und ohne ein weiteres Wort zu verlieren, trat sie zu ihm und umarmte ihn.

Anny tat es ihr gleich und beide hatten Tränen in den Augen.

„Passt gut auf eusch auf, Mädschen“, sagte der Gargoyler. „Und lebt wohl.“

„Nein, nicht Lebwohl“, widersprach Anny. „Auf Wiedersehen.“

Der Gargoyler nickte, aber sein Mienenspiel verriet, dass er selbst nicht recht daran glaubte. „Geht jetzt, rasch“, redete er ihnen zu.

Dann zogen Anny, Wynn und Jack los. Eine schmale Treppe, die steil in die Tiefe ging, führte von der Eingangskammer in den eigentlichen Kerker. Dunkel und unheimlich war es hier, und Spinnweben hingen in dicken Gespinsten von der Decke. Anny war froh, eine Fackel in der Hand zu halten, die die Dunkelheit wenigstens ein bisschen vertrieb.

Wynn ging mutig voran, gefolgt von Anny, und Jack bildete die Nachhut, wobei er sich ständig umdrehte. Vermutlich hatte er dasselbe seltsame Gefühl, das auch die Mädchen beschlich, nämlich dass sie hier unten nicht allein waren und von unsichtbaren Augen beobachtet wurden …

Plötzlich zerriss ein grässlicher Schrei die Stille.

„Was war das?“ Anny blieb entsetzt stehen.

„Keine Ahnung“, erwiderte Wynn atemlos. „Diese Stollen haben die Grimmlinge gegraben, und es heißt, dass hier üble Dinge vor sich gehen.“

Wieder ein Schrei, der durch die Gänge hallte, dumpf und unheimlich.

„Das glaub ich sofort“, bemerkte Jack trocken.

Vorsichtig schlichen sie weiter und stießen auf einen in den Fels geschlagenen Gang, in dem sich zu beiden Seiten vergitterte Türen befanden.

Kerkerzellen.

Die Gefährten nickten sich aufmunternd zu, dann gingen sie langsam den Stollen entlang. Dabei spähten sie vorsichtig durch die Gitter in das Halbdunkel, das dahinter herrschte.

Elende Gestalten kauerten in den Zellen, die wenigsten davon hatten eine menschliche Gestalt. Anny sah Wesen, die ganz mit Fell bewachsen waren, andere mit grüner Reptilienhaut und wieder andere mit dünnen Ärmchen und Beinchen, die so zerbrechlich wirkten, als wären sie aus Glas. Aber eines hatten sie alle gemeinsam: den traurigen Blick und eine stumme Verzweiflung, die aus ihren Augen sprach.

Anny zerriss es fast das Herz, all diese armen Gefangenen zu sehen. Am liebsten hätte sie sie freigelassen, aber ihr war klar, dass sie das nicht durften. Nicht, wenn sie unentdeckt bleiben und ihre Eltern retten wollten.

„Los, weiter!“, drängte Wynn.

Bald erreichten sie das Ende des Stollens, der in einen weiteren Gang mündete, und auch dort gab es wieder Kerkertüren. Außerdem waren Gitter im Boden eingelassen, die offenbar ebenfalls zu Zellen führten. Im Vorbeigehen glaubte Anny elende, abgerissene Gestalten in diesen Gruben kauern zu sehen. Es war schrecklich, und der Gedanke, dass auch ihre Eltern in einem solchen Kerkerloch saßen, brachte sie fast um den Verstand.

Wynn erging es offenbar ähnlich. „Dieser Kerker ist ja das reinste Labyrinth", schimpfte sie leise. „Wie sollen wir unsere Eltern hier jemals finden?"

„Wir könnten laut rufen", schlug Jack vor.

„Und uns damit verraten?" Sie schüttelte entschieden den Kopf. „Dann hätten wir uns die Verkleidung und die ganze Heimlichtuerei sparen können."

Anny dachte kurz nach.

„Wartet", sagte sie. „Ich habe eine Idee. Mama sagte, dass sie es eigentlich hätte merken müssen, dass ich nicht Wynn bin. Sie hat etwas ganz Starkes gefühlt in dem Augenblick, als wir uns begegnet sind."

„Und?" Wynn schaute sie fragend an.

„Denk doch mal nach. Wenn sie unsere Gegenwart spüren kann, dann können wir es umgekehrt vielleicht auch. Ich meine, es sind ja nicht irgendwelche Fremden, die wir suchen. Es sind unsere Eltern, richtig?"

Wynn nickte zögerlich. Sie bezweifelte zwar, dass die Sache funktionieren würde, aber ein Versuch konnte schließlich nicht schaden.

„Ich denke jetzt ganz fest an Mama und du an Paps", schlug Anny vor.

Wynn zuckte mit den Schultern. „Warum gerade so herum?“

„Ist doch klar.“ Anny lächelte unter dem rostigen Visier ihres Helmes. „Weil du dich dein Leben lang nach einem Vater gesehnt hast und ich nach einer Mutter.“

Das leuchtete Wynn ein und inmitten des unheimlichen Dunkels, das sie umgab, schlossen beide die Augen und konzentrierten sich, um in dem unterirdischen Labyrinth die beiden Menschen zu finden, die sie von Herzen liebten.

Gemeinsame Erinnerungen gab es kaum, schließlich hatten beide den jeweils anderen Elternteil erst vor kurzer Zeit kennengelernt. Stattdessen dachten sie an das, was sie sich stets gewünscht hatten. Wynn dachte an einen Vater, der mit ihr durch die Wälder zog, der ihr beibrachte, wie man mit Pfeil und Bogen schoss und Steine über das Wasser hüpfen ließ. Und Anny sehnte sich eine Mutter herbei, die Musik ebenso liebte wie sie selbst, die Verständnis für sie hatte und die sie alles fragen konnte.

Wie lange sie so dagestanden und an ihre Eltern gedacht hatten, wusste hinterher keine von ihnen zu sagen. Schließlich räusperte sich Jack leise und riss sie aus ihren Gedanken.

„Äh, hallo?“, fragte er. „Ich glaube, wenn wir nicht entdeckt werden wollen, sollten wir langsam weitergehen.“

Wynn und Anny öffneten die Augen und sahen einander an. Und im nächsten Moment deuteten beide den Korridor hinab.

„Diese Richtung“, sagte Anny.

„Und dann nach links“, fügte Wynn hinzu.

Für einen kurzen Moment hatten sie beide tatsächlich etwas wahrgenommen, ein Aufflackern von Licht inmitten der absoluten Finsternis.

Jetzt waren sie vor Aufregung wie beflügelt. Sie rannten, so schnell ihre Rüstungen es zuließen, den Stollen hinab und dann nach links bis zu einer Biegung. Dort teilte sich der Gang, und Anny und Wynn nahmen, ohne lang nachzudenken, den linken Zweig – und standen kurz darauf vor einer Kerkerzelle, die mit einer Tür aus massivem, rostigem Eisen verschlossen war.

„Mama?“, flüsterte Wynn halblaut.

„Paps?“, fragte Anny.

Sie bekamen keine Antwort, aber sie waren sicher, am richtigen Ort zu sein.

„Der Schlüssel“, flüsterte Wynn, und Jack, der den schweren Bund getragen hatte, reichte ihn ihr.

Er selbst behielt den Stollen im Auge, den gesenkten Grimmling-Speer in den Händen. Hatte sich da gerade etwas im Halbdunkel geregt? Nein, es war wohl nur eine Täuschung gewesen …

Während Anny die Fackeln hielt, suchte Wynn nach dem richtigen Schlüssel. Mit vor Aufregung zitternden Händen probierte sie alle aus, die infrage kamen. Doch keiner der Schlüssel wollte passen. Schweißperlen glänzten auf ihrem Gesicht – oder waren es Tränen?

Anny hielt den Atem an. Was, wenn der richtige Schlüssel nicht dabei war? Wenn man ihn weggeworfen hatte? Oder wenn ihn der Dunkle König persönlich bewachte?

Ein schlimmer Gedanke nach dem anderen jagte ihr durch den Kopf, als plötzlich ein klickendes Geräusch erklang.

Der letzte Schlüssel ließ sich herumdrehen und öffnete das Schloss!

Erst jetzt merkte Anny, wie schnell ihr Herz schlug. Rasch gab sie Wynn ihre Fackel zurück und beide drückten die schwere Tür auf. Mit einem hässlichen Krächzen schwang das schwere Metall in die Dunkelheit, die dahinter lag.

„Hallo?", fragte Wynn und leuchtete mit der Fackel in die Zelle. Regte sich dort ganz hinten etwas?

„Grimmlinge", sagte eine schwache Stimme. „Was wollt ihr von uns? Habt ihr euch noch nicht genug an unserem Unglück erfreut?"

„Mama?", fragte Anny und wagte sich ein Stück weiter vor. „Bist du das?"

„Anny?", sagte eine zweite Stimme, die sie unter Tausenden herausgekannt hätte, auch wenn sie müde und kraftlos klang.

„Paps!" Anny riss sich den Helm vom Kopf.

„Anny? Wynn? Seid ihr das wirklich, oder …?"

„Wir sind es", versicherte Wynn. „Oder wüsste etwa ein Wechselbalg, dass ich keine Schokolade mag?"

„Und dass ich mir als Vierjährige auf dem Spielplatz den Arm gebrochen habe?", fügte Anny hinzu.

„Sie sind es wirklich", drang es aus der Zelle. Und im nächsten Moment tauchten aus dem Halbdunkel zwei Gestalten auf, die in abgerissenen Kleidern steckten und schrecklich mitgenommen aussahen. Aber Wynn und Anny waren einfach nur froh, ihre Eltern lebend wiederzusehen.

Überglücklich fielen sie ihnen in die Arme, und die Liebe, die sie in diesem Augenblick umgab, war so überwältigend, dass sie selbst die Düsternis des Kerkers vertrieb. Zum ersten Mal nach beinahe dreizehn Jahren war ihre Familie wieder vereint.

„Wie kommt ihr hierher?", fragte ihre Mutter mit Tränen in den Augen, nachdem sie sich wieder voneinander gelöst hatten. „Wie ist das möglich?"

„Als wir hörten, was geschehen war, mussten wir einfach etwas unternehmen", erwiderte Wynn und wischte sich die Tränen von den Wangen.

„Wir konnten euch hier nicht im Stich lassen", fügte Anny hinzu.

„Aber …" Verblüfft sah ihre Mitter von einer zur anderen. „Wie habt ihr uns gefunden?"

„Wir haben ganz fest an euch gedacht", erklärte Anny. „Das hat uns zu euch geführt."

„Ihr habt euch von der Liebe leiten lassen." Die Königin nickte in stillem Stolz. „Es ist wie ein Wunder."

„Das war unglaublich mutig von euch, meine Mädchen", sagte ihr Vater. Er wirkte erschöpft und mitgenommen. Sein rechtes Brillenglas war zersprungen, sein Haar noch wirrer als sonst, doch es lag eine Entschlossenheit in seinem Blick, die Anny nicht von ihm kannte. „Aber ihr wart auch ziemlich unvernünftig. Ihr hättet niemals hierherkommen dürfen. Das Risiko ist einfach zu groß!"

„Ist das dein Ernst? Du schimpfst mit uns, weil wir gekommen sind, um euch zu retten?“

„Ja … nein“, erwiderte ihr Vater und sank niedergeschlagen in die Knie. „Ich kann nicht glauben, dass ihr das für uns getan habt, obwohl wir euch so getäuscht haben. Anny, das alles tut mir schrecklich leid. Das jahrelange Schweigen …“

„Ist schon gut, Paps“, versicherte Anny und war einfach nur froh, ihn wiederzuhaben. „Ist schon gut.“

„Wir sollten langsam aufbrechen“, mahnte Jack, den Wynn und Annys Eltern erst jetzt zu bemerken schienen.

„Jack“, flüsterte die Königin. „Was tust du hier?“

„Er wollte uns unbedingt begleiten“, sagte Wynn und warf ihm ein dankbares Lächeln zu. „Genau wie Blodo, aber dann hat ihn ein Giftpfeil getroffen …“

„Ist er noch am Leben?“, fragte ihre Mutter bestürzt.

„Ja, er bewacht den Kerkereingang. Aber es geht ihm nicht gut.“

„Dann rasch!“

Anny und Wynn übernahmen die Führung, ihre Mutter folgte mit Jack. Ihr Vater, der sich einen der Speere geschnappt hatte und als Letzter den Kerker verließ, bildete die Nachhut des kleinen Trupps.

Anny und Wynn hatten sich den Weg genau eingeprägt und so gelangten sie rasch zu den anderen Zellen. Sehnsüchtige Blicke folgten ihnen, während sie im Fackelschein durch das Gewölbe eilten, zurück in die Kammer, wo Blodowin wartete.

„Da seid ihr ja endlich!“, tönte es – aber es war nicht ihr steinerner Freund, der sie begrüßte.

Die Stimme klang dunkel und fürchterlich und hallte in ihren Köpfen wider. „Wie ich mich über euren Besuch freue“, fuhr sie hämisch fort. „Willkommen in Minas Gorgon, ihr lieben Mädchen! Oder sollte ich euch besser die ‚magischen Zwillinge‘ nennen?“

47

Der Dunkle Herrscher

„Gorgon!“, entfuhr es der Königin.

Anny und Wynn hatten bereits befürchtet, dass die schreckliche Stimme, die sie in ihren Köpfen hörten, von ihrem Erzfeind stammte, dem Dunklen Herrscher von Mag Mor.

„Weiter! Weiter!“, rief ihr Vater von hinten und die Zwillinge hasteten durch den Stollen. Nebelschwaden nahmen ihnen die Sicht, und es kam ihnen vor, als würde er ihre Schritte hemmen, wie in einem dieser Albträume, wo man nicht von der Stelle kam, auch wenn man noch so schnell rannte.

Endlich erreichten sie den Ausgang des Kerkers – und wurden dort bereits erwartet. Dutzende von Grimmlingen, bis an die Zähne bewaffnet, streckten ihnen ihre giftigen Speere entgegen. Blodo hatte offenbar alles getan, um die Feinde abzuwehren, doch am Ende hatten sie ihn überwältigt. Er blutete aus zahlreichen Wunden und blickte den Mädchen traurig entgegen.

„Verdammt“, knurrte ihr Vater.

Sie saßen in der Falle.

Die Grimmlinge nahmen sie abermals gefangen. Man ergriff und entwaffnete sie und führte sie ab.

„Lasst mich los, ihr fiesen kleinen Kerle!“, schimpfte Wynn, aber das nutzte natürlich nichts. Mit roher Gewalt trieben die Grimmlinge sie voran, auch den verletzten Blodo, obwohl er sich kaum bewegen konnte.

Draußen hatte es bereits zu dämmern begonnen und der Vollmond stand am schiefergrauen Himmel. Bald würde die Nacht hereinbrechen.

„Nicht doch, warum so zögerlich?“, fragte die tiefe Stimme und Anny lief ein Schauder über den Rücken. „Kommt zu mir, meine Gäste. Ich erwarte euch …“

Ob die Grimmlinge die Stimme ebenfalls hörten, war nicht festzustellen. Doch sie schlugen den Weg zum Hauptturm ein, wo in alter Zeit der Thron der Königin gestanden hatte. Jetzt war der Turm verfallen und sah grässlich aus. Seine Fenster waren zerbrochen und Spinnweben flatterten wie grausige Fahnen in den leeren Öffnungen.

Die Grimmlinge lachten rau, als sie die Furcht in den Gesichtern der Mädchen bemerkten. Sie stießen sie vorwärts, und es schien ihnen Freude zu bereiten, die beiden zu schikanieren.

„Aufhören! Hört sofort damit auf!“, protestierte ihr Vater. Aber ein Giftspeer, den man ihm unter die Nase hielt, ließ ihn gleich wieder verstummen.

Schließlich hatten sie den Turm erreicht und betraten das düstere Gebäude. Eine breite Treppe wand sich von der Eingangshalle empor. Unrat lag überall auf den Stufen, über die ein gewaltiges achtbeiniges Monster krabbelte. Als es die Grimmlinge erblickte, zog es sich in die Schatten zurück.

„Eine Riesenspinne“, entfuhr es Anny entsetzt.

„Ein Spinnrog“, erklärte Wynn. „Die Grimmlinge benutzen sie als Reittiere.“

Über die Treppe erreichten sie den ehemaligen Thronsaal der Burg. Dort drängten sich noch mehr Grimmlinge, ein ganzer Hofstaat aus missgestalteten, grünhäutigen Kobolden mit gelben Augen. Ein Raunen ging durch ihre Reihen, als sie Anny und Wynn erblickten. Obwohl für Grimmlinge ein Menschengesicht aussah wie das andere, schien die Ähnlichkeit der beiden Mädchen sogar ihnen aufzufallen.

Der hintere Teil des Saales, wo einst Ygraines Thron gestanden hatte, lag in völliger Dunkelheit. Es war, als würde Magie den spärlichen Lichtschein schlucken, der aus den Feuerkörben drang. Die Fenster des Saals waren schwarz verhängt, sodass das letzte Licht des Tages draußen blieb.

Die Grimmlinge kannten kein Erbarmen.

Mit vorgehaltenen Speeren trieben sie ihre Gefangenen auf die Dunkelheit zu, die wie ein schwarzer Nebel im Thronsaal hing und unheimlich und bedrohlich wirkte. Niemand zweifelte daran, dass dahinter der Dunkle König lauerte. Doch es war unmöglich, die teerige Schwärze mit Blicken zu durchdringen.

„Ja, kommt nur näher!“, tönte Gorgon, als die Gefangenen den Rand der schwarzen Finsternis erreichten. „Willkommen in meinem Königreich!“

Wynn verzog angewidert das Gesicht. „Mieser Kerl“, ereiferte sie sich.

Der Dunkle König lachte nur.

„Was seid ihr nur für einfältige Gören! Habt ihr wirklich gedacht, dass ihr mich überlisten könnt? Mich, den Herrscher von Mag Mor? Ich habe eure Anwesenheit vom ersten Augenblick an gespürt, da ihr diesen Ort betreten habt.“

„Ach ja?“, fragte Wynn trotzig. „Wenn das so war, warum haben Sie uns dann nicht aufgehalten?“

„Ganz einfach, kleines Mädchen – weil ich sehen wollte, was weiter geschieht. Ihr habt mich amüsiert und auch ein wenig überrascht, das muss ich zugeben. Ich hatte ja keine Ahnung, dass es zwei von eurer Sorte gibt. Dieses Geheimnis haben eure Eltern wirklich gut vor mir verborgen. Bis ihr es mir nun selbst enthüllt habt. Dafür schulde ich euch meinen Dank.“

Er lachte wieder herablassend, und Anny und Wynn tauschten einen schuldbewussten Blick. Sie waren gekommen, um ihre Eltern zu befreien, und hatten alles nur noch schlimmer gemacht.

„Lass die Mädchen aus dem Spiel, Gorgon“, sagte ihr Vater. Trotz seines geschwächten Zustands machte er einen Schritt nach vorn und stellte sich schützend vor die beiden. „Sie können nichts für das, was zwischen uns gewesen ist.“

„Das stimmt“, räumte der Finstere ein. „Aber wie du sehr wohl weißt, brauche ich sie dringend. Als Kinder zweier Welten sind sie in der Lage, die Tore in die Menschenwelt zu öffnen. Und die Zeit dafür ist günstig.“

„Bei den Gesetzen der Alten“, flüsterte ihre Mutter erschrocken. „Er hat recht.“

„Womit?“, fragte Wynn.

„Heute ist Vollmond, und in Nächten wie dieser sind unsere Welt und die der Menschen einander besonders nah. Dann können die Pforten leicht geöffnet werden.“

„So ist es“, bestätigte Gorgon voller Hohn. „Sogar von kleinen Mädchen.“

„Wir sind keine kleinen Mädchen mehr“, erwiderte Anny wütend. „Nehmen Sie sich bloß in Acht!“

„Was du nicht sagst … Pass mal auf, bald wirst du merken, mit dem du es hier zu tun hast, du törichtes kleines Menschengör!“ Die Stimme war lauter geworden und zorniger.

Anny zitterte bis ins Mark, doch sie gab sich alle Mühe, es sich nicht anmerken zu lassen.

„Vorsicht“, raunte ihre Mutter ihr zu. „Gorgon ist leicht zu reizen und in seinem Zorn unberechenbar.“

„Wir können die Tore nicht öffnen“, rief Wynn. „Nicht ohne den Elfenstein!“

„Ich weiß“, kam es zurück. Daraufhin lichtete sich der dunkle Nebel an einer einzelnen Stelle und zeigte das königliche Armband mit dem Elfenstein. Wie von Geisterhand schwebte es vor den Gefangenen in der Luft.

Wynn spürte einen Stich im Herzen. Wenn sie nicht so leichtsinnig und egoistisch gewesen wäre, dann wäre das Armband jetzt nicht hier – und ihre Eltern, ihre Schwester und ihre Freunde auch nicht.

„Ich habe lange auf diesen Augenblick gewartet", knurrte der Dunkle König. „Euer ganzes Leben lang."

„Und ich habe mich mein ganzes Leben lang danach gesehnt, meinen Vater kennenzulernen", erwiderte Wynn.

„Und ich meine Mutter", fügte Anny hinzu.

„Dafür kann ich nichts. Nicht ich bin es gewesen, der auf die Idee gekommen ist, euch nach eurer Geburt zu trennen. Das waren eure Eltern."

„Das stimmt", räumte Anny ein. „Aber nur, weil Sie sie dazu gezwungen haben!"

„Sie haben Anwyn überfallen und uns aus unserer Heimat vertrieben", sagte Wynn. Mit dem Finger zeigte sie anklagend in die wabernde Dunkelheit.

„Ihr sprecht von Dingen, von denen ihr nichts versteht. Schließlich wart ihr damals nicht dabei."

„Ich weiß genug darüber", versicherte Wynn. „Meine Mutter hat mir alles erzählt."

„Hat sie auch erzählt, was sie selbst getan hat? Dass ich ihr meine Freundschaft angeboten habe, die sie in ihrem Hochmut abgelehnt hat?"

„Ich erinnere mich", bestätigte ihre Mutter voller Bitterkeit. „Ihr wolltet mich als Eure Marionette auf den Thron setzen, um mit mir über ein verdorbenes Volk und ein verwüstetes Land zu herrschen."

„Ihr hättet mein Angebot annehmen sollen, Ygraine. Denn nun ist es zu spät, um zu verhandeln. Eure Töchter werden das Tor für mich öffnen, oder dabei zusehen, wie ihre Eltern von den Speeren meiner Grimmlinge durchbohrt werden!"

„Nein!“, rief Anny entsetzt, während die Kobolde grimmig näher rückten. Die Spitzen ihrer Speere kamen den Gefangenen gefährlich nahe.

Jack war leichenblass geworden, Blodowin offenbar kurz davor, ohnmächtig zu werden. Ihr Vater stand mit betrübter Miene vor ihnen und das Gesicht ihrer Mutter verriet nackte Verzweiflung.

Sie hatten verloren und der Dunkle König triumphierte.

„Also gut“, sagte Wynn laut. „Wir werden die Tore für Sie öffnen – aber nur, wenn Sie unsere Eltern und unsere Freunde dafür gehen lassen.“

„Nein, Wynn!“, rief ihr Vater. „Das darfst du nicht.“

„Tut mir leid“, erwiderte Anny und trat zu ihrer Schwester vor, „aber wir können nicht zulassen, dass euch etwas geschieht. Bitte, König Gorgon, lassen Sie unsere Eltern frei. Dann werden wir auch die Tore öffnen!“

„Nein!“, schrie ihr Vater. „Ihr dürft ihm nicht vertrauen! Er wird euch hintergehen, wie er alle hintergeht.“

„Einverstanden“, drang es hämisch aus dem Dunkel. „Öffnet die Tore, und ich werde euren Eltern die Freiheit schenken. Und von mir aus auch dem Gargoyler und dem Jungen. Aber ich warne euch. Wenn ihr versucht, mich hinters Licht zu führen …“

„Wie könnten wir das?“, fragte Anny in die Dunkelheit hinein. „Wir sind doch nur zwei kleine Mädchen.“

„Allerdings, das seid ihr.“ Der Dunkle König lachte. „Also, tretet langsam vor. Meine Diener werden euch das Armband geben, damit ihr die Pforten öffnen könnt.“

Das Armband schwebte direkt vor ihnen, nur wenige Schritte entfernt ... Entschlossen trat Wynn auf den schwarzen Nebel zu, als sich die Ereignisse auf einmal überschlugen.

Denn plötzlich erwachte Blodowin zum Leben.

„*Non!*", rief er, als ahnte er, was gleich geschehen würde. In einem Kraftausbruch, den niemand ihm mehr zugetraut hätte, bäumte sich der Gargoyler auf und spreizte die eben noch schlaff herabhängenden Flügel. Fauchend wie eine Raubkatze warf er sich nach vorn, setzte über Wynlon hinweg und tauchte in den schwarzen Nebel ein.

„Was war das?", fragte der Dunkle König, und auch Wynn hatte Mühe es zu verstehen, so schnell war alles gegangen.

Im selben Moment hatte Blodowin das Armband schon erreicht. Mit einem mächtigen Prankenhieb fischte er es aus der Luft und warf es den Zwillingen zu. Und sobald es seine Hand verlassen hatte, verblasste seine Haut zu stumpfem Grau, und er versteinerte mitten in seiner Bewegung.

„Blodo!", brüllte Wynn entsetzt. Doch da war das Armband bereits bei ihr und sie fing es zusammen mit Anny auf.

„Neeein!", dröhnte es, dass der Thronsaal in seinen Grundfesten erbebte. „Dämliche Grimmlinge!", schrie der Dunkle König. „Seht ihr denn nicht, was sie vorhaben? Haltet sie auf!"

Die Stimme ihres Gebieters riss die Kobolde aus ihrer Starre. Mit gefletschten Zähnen stürmten sie vorwärts, um die Gefangenen mit ihren Speeren zu durchbohren. Doch dazu kam es nicht. Denn plötzlich flammte ein gleißendes Licht auf – der Elfenstein!

Geblendet wichen die Grimmlinge zurück. Sie ließen die Speere fallen und schlugen die Hände vor die Augen, um sich vor dem grellen Schein zu schützen.

„*Ar-aragur!*", riefen Wynn und Anny wie aus einem Munde, und schon begann das Licht des Elfensteins sich auszubreiten, über sie und ihre Eltern und schließlich auch über Jack.

„Schießt!", brüllte der Dunkle König. „Werft alles auf sie! Nur haltet sie auf, um jeden Preis!"

Die Grimmlinge taten, was ihr Gebieter ihnen befahl. Doch die Geschosse, die sie auf die Gefangenen abfeuerten, verpufften an dem leuchtenden Schein, als wären sie nur Schall und Rauch. Das gleißende Licht erfasste den ganzen Thronsaal und vertrieb den schwarzen Nebel. Und zu ihrer Verblüffung stellten Wynn und Anny fest, dass sich dahinter gar nichts befand.

Kein König Gorgon. Kein Dunkler Herrscher. Nur ein verwaister Thron. Alles andere war eine Täuschung gewesen, die Stimme des Dunklen Königs nur in ihren Köpfen. Der wahre Gorgon hatte die schützenden Mauern seiner Festung Rathcrogan vermutlich nie verlassen und saß noch immer dort wie eine Spinne in ihrem Netz.

Nur das Armband war echt und die vor Wut geifernden Grimmlinge ... und der zu Stein erstarrte Gargoyler, der mit erhobenem Arm im Thronsaal stand, als wollte er ihnen zum Abschied zuwinken.

„Blodo!“, schrie Anny noch einmal.

Dann hatte das Licht sie verschlungen – und einen Lidschlag später war ihr Aufenthalt in Minas Gorgon nur noch eine böse Erinnerung.

48

Familienfeier

Vier Tage lagen die dramatischen Ereignisse nun zurück. Wynn und Anny konnten sich allmählich von den überstandenen Schrecken erholen und an den Gedanken gewöhnen, dass sie beide von nun an nicht mehr allein waren.

Schon immer hatte sich jede von ihnen eine Freundin gewünscht, der sie sich anvertrauen konnte, und Wynn einen Vater und Anny eine Mutter. Und jetzt waren all diese Wünsche in Erfüllung gegangen.

Die beiden Mädchen genossen die Zeit miteinander, genau wie ihre Eltern, die sich nach den Jahren der Trennung so unverhofft wieder begegnet waren. Sie verbrachten die Zeit damit, stundenlang durch die Gärten der Gobbling-Burg zu streifen und über Dinge von einst zu sprechen, aber auch über das, was während der vergangenen zwölf Jahre geschehen war. Beide bedauerten von Herzen, bei so vielen Dingen nicht dabei gewesen zu sein, aber beide wussten auch, dass sie keine andere Wahl gehabt hatten.

Und Anny und Wynn wussten das jetzt auch.

Anlässlich ihrer glücklichen Rückkehr aus Minas Gorgon

veranstalteten die Gobblinge ein Festmahl. Die große Halle der Burg wurde vom Schein zahlreicher Kerzen beleuchtet, und im Kamin brannte ein Feuer, das lustig loderte. Nach der Anspannung der zurückliegenden Tage herrschte gelöste Stimmung und einige Gläschen Beerenwein wurden getrunken. Auch Wynn nippte heimlich daran, fand aber, dass er ziemlich grässlich schmeckte.

„Ich möchte mein Glas erheben“, erklärte ihr Vater feierlich, der zusammen mit ihrer Mutter in der Mitte der langen, festlich gedeckten Tafel saß. „Ich trinke auf Königin Ygraine, die schönste, klügste und sanftmütigste Herrscherin, die Anwyn jemals hatte. Möge ihr alles Glück beschieden sein.“

Anny, die neben ihrer Mutter saß, schürzte die Lippen. Sie erkannte ihren Paps kaum wieder. Statt seiner abgetragenen Jacke mit den ledernen Flicken trug er einen samtenen Rock, und sein sonst so wirres Haar hatte er ordentlich gekämmt. Er schien sich in allem verändert zu haben. War die Zerstreutheit, die er über die Jahre an den Tag gelegt hatte, wirklich nur gespielt gewesen? Hier in der Anderwelt kam er Anny viel entschlossener und tatkräftiger vor. Oder lag das nur an der Gegenwart ihrer Mutter? Anny blinzelte Wynn zu, die neben ihrem Vater saß und das Gleiche zu denken schien.

Auch alle anderen am Tisch hoben die Gläser. Neben dem Vorsteher der Burg und seinen Beamten, allesamt Gobblinge, waren auch Meister Cathbad und Talwythia Teg zugegen, deren Becher noch kleiner war als ein Fingerhut. Und auch der tapfere Jack war der Einladung gefolgt, an der Feier teilzunehmen. Vom Ende der Tafel lächelte er ihnen schüchtern zu.

„Auf die Königin!“, riefen alle wie aus einem Munde.

„Und auf die Prinzessinnen“, fügte Königin Ygraine hinzu und schenkte ihren Töchtern ein frohes Lächeln. „Für ihren Mut und ihre Bereitschaft, sich für andere einzusetzen. Auf Wynlon und Annlea!“

„Auf Wynlon und Annlea“, ertönte es reihum.

„Und auf Blodo“, ergänzte Wynn, „unseren lieben Freund, der sich für uns geopfert und uns alle gerettet hat. Denn ohne ihn säßen wir jetzt nicht hier.“

„Auf Blodowin“, bestätigte ihre Mutter. Dann wurde getrunken und die Gespräche am Tisch setzten wieder ein.

„Armer Blodo“, sagte Anny. „Ich wünschte, wir hätten ihn nicht zurückgelassen.“

„Es war seine Entscheidung“, stellte ihr Vater fest. „Ihr wart kaum auf der Welt, als er sich schon geschworen hatte, euch immer zu beschützen, und genau das hat er nun getan.“

„Aber das wollte ich nicht“, erwiderte Wynn. „Mein Plan war, euch den Elfenstein zuzuwerfen und selbst in Minas Gorgon zurückzubleiben, um all die Fehler wiedergutzumachen, die ich gemacht habe.“

„Ich weiß“, sagte ihr Vater ernst. „Und Blodo wusste das auch, sonst hätte er wohl kaum getan, was er getan hat.“

„Du meinst, er hatte mir verziehen?“

„Hätte er sich sonst für dich geopfert?“

„Und ihr?“, wandte sich Wynn an ihre Eltern. „Habt ihr mir auch verziehen?“

Ihre Mutter sah sie liebevoll an. „Bisweilen sind größere Mächte am Wirken, als wir es erahnen können“, antwortete sie. „Wärst du nicht in die Menschenwelt gegangen, hättest du deine Schwester vielleicht niemals kennengelernt.“

„Und der Diebstahl des Armbands?“ Wynn hob fragend die Brauen. Das große Donnerwetter war bislang ausgeblieben. Würde es nun doch noch über sie hereinbrechen?

„Du hast einen Fehler begangen und zugleich alles unternommen, um ihn wiedergutzumachen. Du warst bereit, bei Gorgon zu bleiben, um deine Familie zu retten. Das ist weit mehr, als ich jemals von dir erwartet hätte. Du weißt jetzt, was Verantwortung bedeutet. Nichts anderes wollte ich dich lehren, denn das ist es, was eine zukünftige Königin wissen muss.“

„Eine zukünftige Königin?“ Wynn schüttelte den Kopf, der Gedanke war abwegig. „Dazu wird es niemals kommen.“

„Warum nicht?“

„Weil sich nichts geändert hat. Auch wenn Gorgon selbst nicht dort gewesen ist – seine Soldaten halten Dinas Yr Hen immer noch besetzt, oder nicht?“

„Das tun sie, aber zum ersten Mal nach langer Zeit musste der Dunkle König einen Rückschlag hinnehmen, denn es ist ihm nicht gelungen, die Tore in die Menschenwelt zu öffnen“, erklärte ihre Mutter weiter. „Er wird auch weiterhin nicht in der Lage sein, seine Diener auf die andere Seite zu schicken. Die Welt der Menschen ist damit wieder sicher, und solange sich das Armband in unserem Besitz befindet, wird sich daran auch nichts ändern." Sie hob ihr rechtes Handgelenk. Die Spange mit dem Elfenstein und dem Triskelion funkelte im Licht der Kerzen.

„Also können wir wieder nach Hause zurückkehren", folgerte Anny.

„Ich fürchte, das müsst ihr sogar", stimmte die Königin zu. „Denn noch ist Gorgons Herrschaft ungebrochen, und für den Fall, dass er irgendwann erneut versuchen wird, euch in seine Klauen zu bekommen, ist es wichtig, dass ihr euch nicht am selben Ort aufhaltet. Zumal er nun das Geheimnis kennt."

„Ich weiß." Anny sah zu Wynn. Beiden gefiel der Gedanke, wieder getrennte Wege zu gehen, ganz und gar nicht.

„Wisst ihr", begann Wynn, „wir haben uns schon gedacht, dass ihr das sagen würdet und dass wir uns bald wieder trennen müssen. Deshalb haben wir uns etwas überlegt."

„Nun ja", meinte Anny, „in den letzten zwölf Jahren bin ich bei Paps in der Menschenwelt gewesen ..."

„... und ich bei Mama in der Anderwelt", führte Wynn den Satz zu Ende.

„Aber da wir Kinder beider Welten sind, wäre es doch sinnvoll, wenn wir die jeweils andere Seite einmal kennenlernen würden", spann Anny den Gedanken weiter.

„Ihr ... ihr wollt wieder die Rollen tauschen?", fragte ihr Vater. „Wie der Prinz und der Bettelknabe?"

„Mit dem kleinen Unterschied, dass wir beide Prinzessinnen sind“, erwiderte Wynn grinsend.

„Und dass ihr diesmal Bescheid wüsstet“, fügte Anny hinzu. „Also, was sagt ihr dazu?“

Die beiden Mädchen blickten auf ihre Eltern, die wiederum einen Blick tauschten – mehr brauchten sie offenbar nicht, um sich zu verständigen.

„In Ordnung“, sagte ihre Mutter. „Wynn wird also mit ihrem Vater in die Welt der Menschen gehen und Anny bleibt hier in der Anderwelt.“

Wynn klatschte begeistert in die Hände.

„Das ist ja wunderbar!“, rief Anny.

„Das arme Fräulein Teg wird darüber bestimmt sehr erleichtert sein“, bemerkte Meister Cathbad, der neben Wynn am Tisch saß und dessen Augen schon ein bisschen glasig waren vom Beerenwein.

„Bestimmt“, pflichtete Wynn ihm lachend bei.

Und noch jemand wird sich vielleicht darüber freuen, fügte Anny in Gedanken hinzu und sah zu Jack, der leicht errötete.

„Warum willst du eigentlich so unbedingt wieder in die Menschenwelt zurück?“, fragte ihr Vater Wynn.

„Also vor allem“, erklärte Wynn, „will ich unbedingt mal wieder Fahrrad fahren. Außerdem ist die Welt der Menschen viel aufregender. Für meinen Geschmack ist hier in der Anderwelt einfach viel zu wenig los.“

Ihre Eltern sahen sie verdutzt an, und nicht einmal Anny wusste, ob ihre Zwillingsschwester das ernst meinte oder nicht. Da warf Wynn den Kopf in den Nacken und lachte laut, und alle anderen fielen in das Gelächter ein.

Selbst wenn sie sich wieder trennen mussten, sie waren jetzt eine Familie und würden es immer bleiben.

Epilog

Dunkelheit war über Tywyn hereingebrochen. Graue Wolken schoben sich vom Meer landeinwärts und verfinsterten die Sterne, als eine schwarze Limousine von der Hauptstraße in die Gray Street einbog. Motor und Scheinwerfer gingen aus, und das schwarze Ungetüm rollte lautlos noch ein paar Meter, ehe es schließlich zum Stehen kam.

Der Mann, der ausstieg, war ebenso düster wie sein Fahrzeug. Ein schwarzer Mantel und ein schwarzer Hut, mehr war von ihm nicht zu sehen. Er überquerte den Gehsteig und trat auf das schäbige Geschäftshaus zu, das sich am Ende der Gray Street erhob, ein alter Backsteinbau, der schon bessere Zeiten gesehen hatte. Früher war hier ein Friseurladen gewesen, später ein Tabakgeschäft und zuletzt ein Tattoo-Studio. Die letzten beiden Jahre hatte das Gebäude leer gestanden, doch damit war es nun vorbei …

Der Mann in Schwarz griff in die Tasche seines Mantels und kramte einen Schlüssel hervor. Das Türschloss war eingerostet, und er musste ein wenig daran rütteln, bis es sich endlich öffnen ließ. Dann schwang die Tür knarrend auf.

Im Laden herrschte ein entsetzliches Durcheinander.

Unrat lag auf dem Boden. Die wenigen Möbel waren mit Planen bedeckt, der Staub lag fingerdick darüber – und war da nicht eben eine Ratte im Halbdunkel davongehuscht?

Dem neuen Mieter war es egal.

Er hatte von seinem finsteren Gebieter den Auftrag erhalten, sich hier in Tywyn niederzulassen und zu beobachten, was vor sich ging.

Und genau das würde Agent 13 tun.

Während Anny in der Anderwelt bleibt,
möchte Wynn ihren Platz
in der Menschenwelt einnehmen.
Welche Verwechslungen das nach sich zieht,
erfährst du in Band 2:

TWYNS

Zwischen den Welten

Erscheint im
Frühjahr 2019!

LESEPROBE

„Twyns. Zwischen den Welten"
(Band 2)
von Michael Peinkofer
ISBN 978-3-473-40833-7

„Nein!"

Schweißgebadet schoss Wynlon in die Höhe.

Mit pochendem Herzen schaute sie sich um, und erst ganz allmählich wagte sie aufzuatmen.

Sie befand sich nicht mehr im Thronsaal von Minas Gorgon, und auch nicht in jener schicksalhaften Nacht, in der ihre Zwillingsschwester Annlea und sie versucht hatten, ihre Eltern aus der Gewalt des Dunklen Königs zu befreien.

Es war nur ein böser Traum gewesen. Wieder einmal.

Wynn rieb sich den Schlaf aus den Augen und warf einen Blick auf die Uhr, die auf dem Nachtkästchen stand und die sie inzwischen zu lesen gelernt hatte. Halb drei.

Wynn ließ sich von der Bettkante gleiten und ging zum Fenster des kleinen, gemütlich eingerichteten Zimmers, das früher Anny gehört hatte. Jetzt wohnte sie darin, während Anny Wynns Kammer in der Burg der Gobblinge übernommen hatte.

Die Ellbogen auf die Fensterbank gestützt, schaute Wynn hinaus. Es war eine sternklare Nacht, und der Mond tauchte alles in blaues Licht, sodass man bis zum Meer blicken konnte. Es war eine spannende, geheimnisvolle Welt, die nur darauf wartete, entdeckt zu werden. Und Anny ging es mit der Anderwelt vermutlich ganz genauso. Vielleicht, dachte Wynn, stand auch sie gerade am Fenster und schaute hinaus und war aufgeregt wie sie …

Wynn verspürte plötzlich Neugier. Sie musste wissen, wie es Anny ging. Ganz abgesehen davon, dass es ihr guttun würde, mit ihrer Schwester zu reden. Und vielleicht würde es auch helfen, die düsteren Albträume zu vertreiben.

Auf Zehenspitzen schlich sie zurück zum Bett und zog die oberste Schublade des Nachtkästchens auf. Annys altes Spielzeug-Walkie-Talkie lag darin, in quietschigem Rosa und mit Hasenohren daran. Aber darauf kam es nicht an, denn nur die inneren Werte zählten: Die beiden Schwestern hatten die Batterien herausgenommen und sie durch winzige Elfensteine ersetzt, und diese bewirkten, dass man über die Weltengrenze hinweg magifonieren konnte …

Wynn schaltete das Walkie-Talkie ein und flüsterte das Zauberwort, das die Kraft des Elfensteins heraufbeschwor.

„*Ar-aragur!*" Sofort begann es in dem kleinen Gerät zu rauschen. „Wynn an Anny", sprach Wynn leise hinein. „Wynn an Anny, bitte kommen … Kannst du mich hören?"

Keine Antwort. Sie ging auf Empfang.

„Wynn an Anny", wiederholte Wynn noch einmal. „Hey, aufwachen, du Schlafmütze! Ich bin's, Schwesterherz …"

Aber wieder war nur ein dumpfes Rauschen zu vernehmen.

Wynn probierte es noch einmal, dann schaltete sie das Magifon wieder ab und legte es in die Schublade zurück.

Entweder Anny schlief so tief und fest, dass sie das Gerät nicht hörte. Oder aber sie fand genauso wenig Schlaf wie sie und war unterwegs, um ihre neue Heimat zu entdecken …

„Pssst, leise!“

„Aber ich kann nichts sehen!“, wandte Anny flüsternd ein. Vergeblich versuchte sie, an der Augenbinde vorbeizulinsen, die Jack ihr umgebunden hatte.

„Kein Problem.“ Die warme und auch ein bisschen schwitzige Hand des Jungen griff nach ihrer. Sie zitterte vor Aufregung. „Ich werde dich führen.“

Anny beschloss, Jack zu vertrauen. Zwar kannte sie den Menschenjungen, der bei den Gobblingen aufgewachsen war und in ihrer Burg als Stallbursche arbeitete, erst seit ein paar Tagen, aber in dieser kurzen Zeit hatte er sich mehr als bewährt.

„Wohin führst du mich?“, fragte sie. Es war ein komisches Gefühl, einen Fuß vor den anderen zu setzen und nicht zu wissen, wohin es ging. Vor allem wenn man barfuß war und ein Nachthemd trug. Aber Jack, der so lange kleine Steinchen an das Fenster ihrer Kammer geworfen hatte, bis sie endlich aufgewacht war, hatte darauf bestanden, dass sie auf der Stelle mit ihm kam.

„Und es kann wirklich nicht bis morgen früh warten?“

„Nein, kann es nicht“, erklärte Jack entschieden. „Es ist eine Überraschung“, fügte er feierlich hinzu.

„Was denn für eine Überraschung?“

„Das darf ich nicht sagen“, erklärte der Junge ernst. „Sonst ist es ja keine Überraschung mehr.“

Anny beschloss, sich in Geduld zu üben. Bedächtig setzten sie ihren Weg fort und durchquerten etwas, das ein Tunnel oder unterirdischer Gang zu sein schien. Dann ging es ein paar steile Stufen hinauf, und plötzlich waren sie von kühler Nachtluft umgeben. Würzig süßer Blütenduft stieg Anny in die Nase, und ein lauer Wind ließ Blätter rascheln.

„Wir sind im Burggarten, richtig?“, riet sie.

„Ja“, räumte Jack ein. „Aber wir sind nicht wegen der Blumen hier.“

„Warum dann?“, wollte sie wissen.

„Nur noch ein kleines Stück“, ermunterte er sie und schubste sie sanft noch ein wenig weiter. „Jetzt stehen bleiben“, wies er sie an. Dann trat er hinter sie und öffnete den Knoten der Augenbinde. „Bereit?“, fragte er feierlich.

Anny musste kichern. „Wofür?“

Statt zu antworten, zog er den Stoff beiseite – und Anny blieb vor Staunen der Mund offen stehen. Sie befanden sich in dem kleinen Garten der Burg, wo die Gobblinge Kräuter und ihr berühmtes Pfeifenkraut anpflanzten. Doch Anny hatte nur Augen für den Busch, vor dem sie jetzt standen.

Zwar war es finstere Nacht, und ein Himmel voller glitzernder Sterne erstreckte sich über den Türmen und Mauern, doch der Busch leuchtete in noch viel helleren bunten Farben! Unzählige winzige lila- und türkisfarbene Lichter glommen zwischen den grünen Blättern, sodass Anny sich unwillkürlich an die Weihnachtsbäume erinnert fühlte, mit denen die Menschen von Tywyn ihre Vorgärten im Dezember schmückten. Und Anny liebte die Weihnachtszeit! Ihr wurde ganz warm und wohlig, während sie die Lichter betrachtete, und sie seufzte glücklich. „Oh Jack“, flüsterte sie. „Das ist wunderschön.“

„Das ist noch gar nichts, Prinzessin“, versicherte Jack. Er griff in den Busch, bog einen der Zweige herab und ließ ihn zurückschnappen. Daraufhin geschah etwas Unerwartetes: Viele kleine Lichter flatterten auf und verließen den Busch, eine große Wolke, die blau und lila funkelte, während sie in den dunklen Nachthimmel schwebte.

Anny konnte nicht anders, als begeistert zu klatschen, so wunderschön sah das aus. „Was ist das?“, fragte sie, während sie der Wolke nachsah. „Etwa Glühwürmchen?“

„Die Gobblinge nennen sie *Gollys*“, erklärte Jack, „das heißt ‚kleine Lichter‘. Sie sind mit den Pixlingen verwandt, aber noch viel kleiner. Am Tag sehen sie aus wie gewöhnliche Käfer, aber bei Nacht ...“

„Sie sind wunderschön“, bestätigte Anny und nickte ihm dankbar zu. „Danke, dass du mich hergeführt hast.“

Er strahlte sie an. Dann wurde er plötzlich rot und blickte zu Boden. „Vielleicht sollte ich dich jetzt besser wieder zurückbringen, Prinzessin“, meinte er. „Es ist schon spät, und wenn man uns hier draußen erwischt ...“

„... wird dir sicher nichts passieren“, sagte Anny, „denn ich werde sagen, dass ich unbedingt die Glühwürmchen sehen wollte und dass du keine andere Wahl hattest, als sie mir zu zeigen.“

„Sie heißen Gollys, Prinzessin“, verbesserte Jack ein bisschen verlegen.

„Und ich heiße Anny und nicht Prinzessin“, konterte sie lächelnd, worauf er noch ein wenig röter wurde und sich am Hinterkopf kratzte. Anny musste wieder kichern.

„Warum lachst du?“

„Nur so.“ Anny zuckte mit den Schultern. Sie wollte ihn nicht noch mehr in Verlegenheit bringen. „Weißt du was, Jack?“

„Was, Prin... äh, Anny?“

„Ich bin froh, hier zu sein. Hier in der Anderwelt, meine ich. Sieh dich doch nur einmal um!“ Sie drehte sich um ihre eigene Achse und blickte an den ehrwürdigen Burgmauern empor zum Sternenhimmel. „Hier scheint jeder Tag ein Abenteuer zu sein! Und ständig gibt es neue Wunder zu entdecken!“

„Na ja.“ Jack wog seinen Kopf hin und her. „Wenn man ein gewöhnlicher Stalljunge ist, dann …“

„Warum ist das so?“, fiel sie ihm ins Wort.

„Warum ist was so?“

„Warum bist du ein Stallbursche?“

Jack machte große Augen und ein langes Gesicht. „Eigentlich weiß ich das gar nicht so genau“, gestand er dann. „Wahrscheinlich, weil ich Tiere mag und mich immer schon gern um sie gekümmert habe. Also haben mich die Gobblinge zum Stalljungen gemacht.“

„Und die Schule?“, fragte Anny.

Jack schüttelte den Kopf.

„Soll das heißen, du warst nie in der Schule?“, fragte sie erstaunt. „Kannst du denn nicht lesen und schreiben?“

„Doch“, widersprach er leicht angesäuert. „Natürlich kann ich lesen. Und schreiben auch.“

„Und rechnen?“, hakte Anny nach.

„Für einen Stalljungen reicht's.“

Anny hatte plötzlich eine Idee. „Jack“, rief sie so begeistert, dass er zusammenzuckte, „würde es dir vielleicht gefallen, mit mir gemeinsam zur Schule zu gehen?“

„Zur Schule?“ Er sah sie ungläubig an. „Ich?“

„Du musst nicht, wenn du nicht willst“, lenkte sie ein. „Hier in der Anderwelt scheint das ein bisschen … na ja, anders zu sein als dort, wo ich herkomme. Aber vielleicht würde es dir Spaß machen, etwas Neues zu lernen.“

„Mei-meinst du?“

„Unbedingt! Möchtest du nicht etwas über andere Länder

erfahren oder über die Vergangenheit? In Büchern lesen oder andere Sprachen lernen?"

Jack schien angestrengt nachzudenken. „Na ja", meinte er schließlich und lächelte dabei, „das wäre ganz nett ... Aber ich habe doch meine Arbeit zu erledigen!"

„Gleich morgen früh rede ich mit meiner Mutter", kündigte Anny an. „Ich bin sicher, dass sie sich darum kümmern kann. Dann bräuchtest du vorerst nicht mehr im Stall zu arbeiten. Außerdem", fügte sie etwas leiser hinzu, „hätte ich dann auch keine Angst mehr, hier in die Schule zu gehen."

„Du?" Jack sah sie fassungslos an. „Du hast Angst?"

Anny nickte – nun war sie es, die verlegen war.

„Aber du bist doch eine echte Prinzessin!"

„Erst seit Kurzem", erwiderte Anny. „Und außerdem – wer sagt, dass Prinzessinnen keine Angst haben? Ich fürchte mich immer ein bisschen, wenn etwas neu ist oder ungewohnt."

„Kann ich verstehen." Jack nickte.

Anny legte den Kopf schief und sah Jack herausfordernd an. Ihr Haar, das sie schon für die Nacht gekämmt und mit einem Reif gebändigt hatte, glänzte blauschwarz im Sternenlicht. „Also? Willst du mich zum Unterricht begleiten?"

Er sah sie an, und ihre Blicke begegneten sich für einen kurzen Moment, ehe er wieder scheu zu Boden sah. „A-also gut", sagte er schließlich. „Ich kann's ja mal versuchen ..."

„Gute Entscheidung", lobte Anny und merkte, wie ihre eigene Furcht schon viel kleiner wurde.

In der Welt der Menschen hatte sie kaum Freunde gehabt. Sie war eine Außenseiterin gewesen und meistens allein. In der Anderwelt sollte sich dies nun ändern.

Und in Jack hatte sie bereits einen ersten Freund gefunden.

Michael Peinkofer, geboren 1969, studierte Germanistik, Geschichte und Kommunikationswissenschaften. Seit 1995 arbeitet er als Autor, Filmjournalist und Übersetzer. Der Roman „Die Bruderschaft der Runen" brachte ihn zum ersten Mal auf die Bestsellerlisten. Heute gilt er als einer der erfolgreichsten Fantasy-Autoren Deutschlands. Mit seiner „Gryphony"-Reihe hat er sich einen Traum erfüllt: die sagenumwobenen Greife endlich aus dem Schatten der Drachen zu befreien und ihnen die Hauptrolle in einem eigenen Abenteuer zu geben. Diesen Traum setzt er mit seiner Trilogie um die magischen „Twyns" fort, die ebenfalls zu großen Teilen in der aus „Gryphony" bekannten Anderwelt spielt. Michael Peinkofer lebt mit seiner Frau und seiner Tochter im Allgäu.